KB243993

드래곤 킹덤

BBULMEDIA FANTASY STORY

드래곤 킹덤

드래곤 킹덤 1

BBULMEDIA FANTASY STORY

공작과 드래곤, 만나다

1

SWORD OF DRAGON LOAD

강유 판타지 장편 소설

뿔미디어

드래곤킹덤

SWORD OF DRAGONLOAD 1권 공작과 드래곤, 만나다

1판 1쇄 찍음 2006년 12월 23일
1판 1쇄 펴냄 2006년 12월 27일

지은이 | 강 유
펴낸이 | 정 필
펴낸곳 | 도서출판 뿔미디어

출판등록 | 2002년 9월 11일 (제1081-1-132호)
주소 | 부천시 원미구 심곡2동 163-2 3층 (우)420-822
전화 | 032)651-6513,6092,6093 / 팩시밀리 032)651-6094
E-mail | BBULMEDIA@paran.com

값 8,000원

ISBN 89-5849-366-6 04810
ISBN 89-5849-365-8 04810 (세트)

※파본은 본사나 구입하신 서점에서 교환하여 드립니다.
※저자와 협의하여 인지를 붙이지 않습니다.

제1권
공작과 드래곤, 만나다

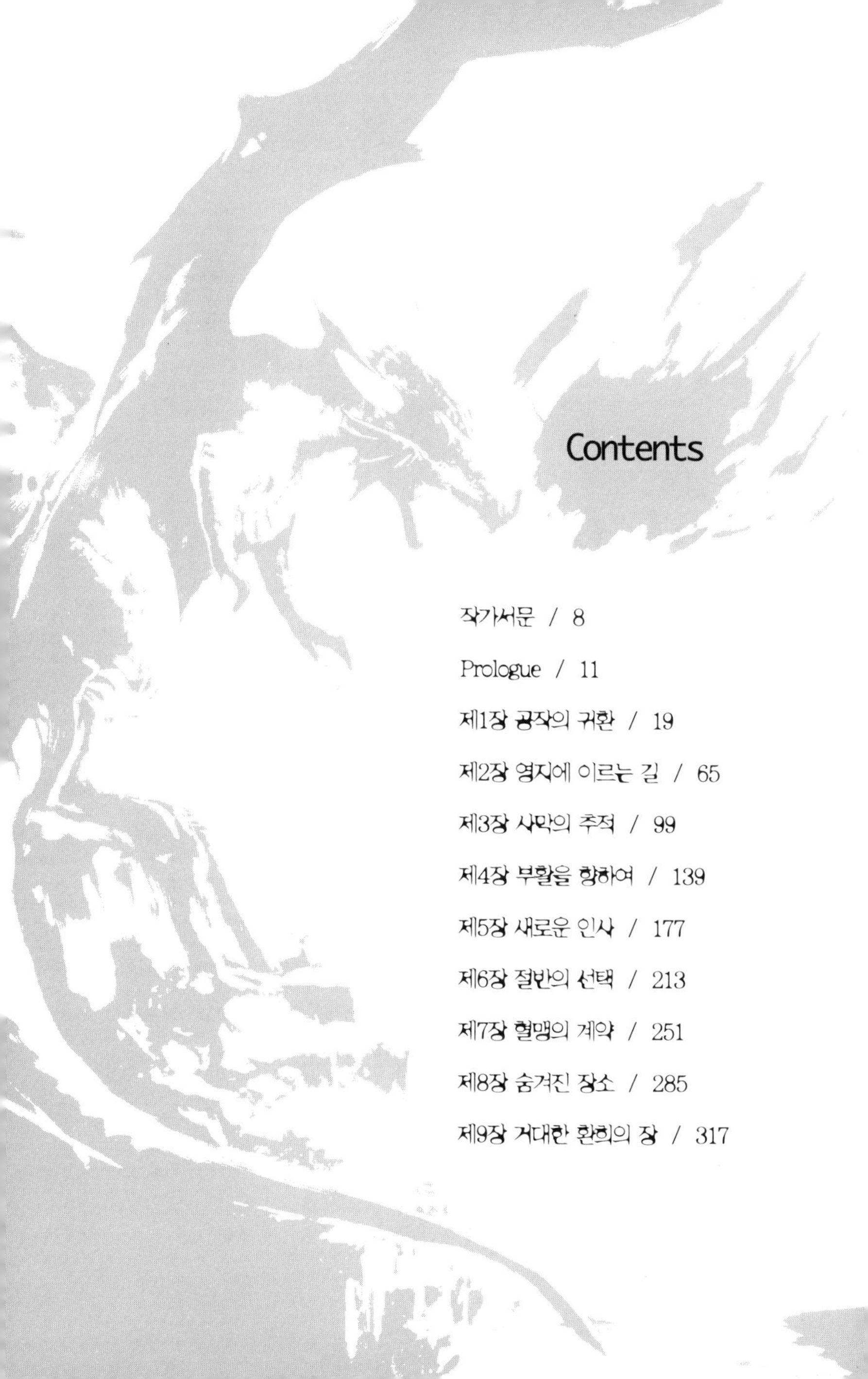

Contents

SWORD O
DRA

작가서문

안녕하세요. 강유, 이번에 〈드래곤 킹덤〉으로 인사 올리게 되었습니다.

작가 서문을 쓰고 있자니 너무 많은 생각이 떠올라서, 오히려 지면을 채우기가 힘들었습니다. 어떤 말을 해야 할까, 이 글을 읽어주시는 분들께 어떤 인사를 올려야 하나, 그런 생각으로 한참을 망설였습니다.

드릴 말씀은 결국 하나였습니다.

감사합니다.

GON LOAD

　주인공 카이젤 로인 공작이 걷는 길이 여러분의 가슴을 통쾌하게, 때로는 서늘하게 식혀 드렸으면 좋겠습니다.

　처음에는 누구보다 당당한 귀족의 모습을 보이고자 시작했지만, 그것은 결국 누구보다 당당한 한 인간으로서 바로 서는 과정을 그려 내는 것으로 바뀌었습니다. 존중받고, 혹은 사랑받으면서 자신의 목소리를 내고 지켜야 할 것을 지키는 사람의 모습으로 말입니다. 카이의 길을 보시며 여러분의 심장이 한 번이라도 더 세게 뛰며 동조하실 수 있도록 노력했습니다. 그리고 노력하겠습니다.

　그리고 많이 부족한 글인데도 예쁘게 봐 주신 뿔 미디어 여러분께도 감사의 인사 올립니다. 출판을 제의해 주셨을 때 제가 느낀 기쁨이 얼마나 큰지 말로 다 할 수 없을 것 같습니다. 감사합니다.

　이제 이야기를 시작해 보겠습니다.
　카이젤 아민 라 로인. 공작으로 태어난 한 사나이의 이야기입니다……

강유 배상

SWORD OF DRAGONLOAD

Prologue

제국의 수도, 란펜성.

그 황궁을 에워싼 다섯 개의 저택 중 한 곳.

다른 저택에 비해 유난히 황폐한 곳이었다. 인기척이라곤 거의 없었다.

그 집에 있는 사람이라곤 고작 둘뿐이었다. 둘은 지하실로 향하는 거대한 석문(石門) 앞에 서 있었다.

어린 소년의 얼굴에는 결연한 의지가 떠올라 있었다. 금발 소년은 애가 타는 듯, 어떻게 말해야 할지 모르겠다는 듯 소년을 안타까운 눈빛으로 바라보았다.

"도련, 아니, 공작님……."

"괜찮아."

소년은 고개를 흔들었다.

"들어가면 몇 년을 더 보내게 될지 몰라. 하지만 리슨, 네가 기억해야 할 것은 하나다. 내가 저 안에서 죽어 나오지 않는 한, 너는 내 집사다. 기다려라, 여기서."

소년은 손을 꾹 쥐었다.

"내가 힘을 갖고 나올 때까지……!"

"……공작님……."

리슨은 이윽고 결심을 한 듯 무거운 문을 열었다.

안은 어두웠다. 창문 하나 없었다. 그러나 문이 열리고 카이가 안에 들어서자, 바닥에서 하나 둘 희끄무레한 빛이 쭉 그어졌다.

카이는 리슨을 돌아보았다.

"……몇 년 후에 보자, 리슨."

"……공작님, 대성을…… 대성을 기원하겠습니다!"

카이는 리슨의 인사를 뒤로한 채 안으로 들어섰다.

문이 천천히 닫히면서 소년의 모습을 가렸다.

카이는 어두운 방 안에서, 기묘한 흰 선 위에 섰다.

갑자기 사방을 울리는 큰 목소리가 들려왔지만 카이는 전혀 놀라지 않았다.

"드디어 왔는가, 로인……!"

"힘을…… 주세요!"

"하! 몇백 년 만에 찾아와 놓고는 다시 옛날의 힘을 달라? 물러나라, 로인! 당장 죽이기 전에!"

그 목소리에 가득한 분노, 살기!

어린 소년의 몸으로 버틸 수 있는 것이 아니었다. 카이는 자신의 온몸을 억누르는 유형화된 살기에 억지로 버텼다. 아버지를 떠올리며 카이는 입술을 악물었다.

"나는 카이젤 아민 라 로인!"

악다물었던 입술을 간신히 벌리며 카이는 소리 질렀다.

"로인 가문의 마지막 주인! 용의 신의 사제시여! 이제 분노를 풀어 주세요! 과거의 약속대로 힘을 줄 것을 요청합니다!"

"……."

카이는 자신의 어깨 위에 계속해서 퍼부어지던 살기에 거의 기절할 지경이었다.

그 힘이 갑자기 싹 사라졌을 때, 카이는 저도 모르게 마법진 위에 무릎을 꿇었다.

"일어나라, 로인."

목소리는 한결 누그러져 있었다.

"약속해라."

"가문의 약속, 절대로 지키겠습니다! 모든 3대 맹약……."

"아니. 그건 물론 지켜야 하는 거고……. 카이젤 아민 라 로인, 힘을 얻은 후 곧 로인으로 나를 찾아오겠다고 맹세할 수 있겠는가? 그렇다면 나, 로잉루의 사제로 그대에게 맹약에 따른 힘을 되돌려주겠노라."

"약속합니다."

카이는 바로 눈앞을 바라보면서 똑똑하게 대답했다.

"반드시 영지로 가겠습니다."

"……좋다. 로잉루의 이름으로 그대에게 축복을 내리니, 로잉루여, 이자에게 힘을 허락하소서."

다음 순간, 바닥에 그려진 마법진이 더욱 환하게 빛나기 시작했다. 눈이 부셔서 눈을 뜰 수도 없을 정도였다.

창문 하나 없는 지하실이었는데, 어디선가 바람이 불어오며 카이를 위로 들어 올렸다. 그 힘에 몸을 맡긴 순간, 카이는 자신의 머릿속에서 울려 퍼지는 소리를 들으며 저도 모르게 그 말을 따라 외쳤다.

나, 카이젤 아민 라 로인은

이 자리에서

나의 몸 안에 흐르는

로인의 피를 걸고

맹세하노니

용의 신 로잉루여,

힘의 권능을 나에게 부여하소서.

마법진이 붉은빛을 내뿜었다.

빛이 소년의 몸을 감쌌다. 핏속에 빠져 든 것처럼, 소년의 온몸이 붉게 물들었다.

"크아아아아아악!"

온몸이 쪼개졌다가 하나로 다시 엉키는 것 같은 고통이 소년의 몸속을 파고들었다. 그러나 그런 지독한 고통 속에서 와 닿는 극렬의 환희!

최강의 힘!

뼈, 세포 하나하나까지 파고드는 강렬한 고통 속에서 카이는 생각
했다.

'내가 이곳에서 나가는 그 순간……!

SWORD OF DRAGON LOAD

제1장

공작의 귀환

라페드 제국.

페이유 강을 끼고 들판을 넓게 차지한 거대한 제국의 도성, 란펜 성은 대륙에서 가장 큰 성이었다.

800년의 역사 속에 몇 번이나 확장을 계속해 온 결과였다. 외성 시내의 곳곳에는 아직도 성벽이 남아 있어서 자연스럽게 시내를 구분하는 기준이 되곤 했다.

란펜을 구분하는 가장 큰 기준은 내성 벽이었다.

귀족들만을 위한 공간!

단정하게 단장된 길과 큼직한 저택들이 넓게 펼쳐진 내성은 외성의 번잡함과는 다른 단정함과 화려함을 뽐냈다. 다른 왕국에서 온 사신들은 그 성벽 한 겹 사이의 차이에 당황스러워 하곤 했다.

내성 중앙에는 제국 800년의 중심, 황궁이 자리하고 있었다. 그리고 그 황궁의 주변 다섯 방향으로 제국의 굳건한 반석이 되어 왔던 다섯 공작의 저택이 자리하고 있었다.

카이젤 아민 라 로인, 소년이 어렸을 적 거주하던 저택 역시 그중 하나로, 황궁의 북쪽 방향 땅을 차지하고 있었다.

카이가 마법진 속으로 사라진 지 10년이 지났다.

뜨거운 볕이 저택을 내리쬐었지만, 로인 공작가의 저택은 10년 전과 다름없이 황폐했다.

저택에는 인기척 하나 없었다. 황폐하니 잡초와 잡목이 우거진 정원은 물론이요, 거미줄이 우거진 내부 역시 마찬가지.

한 사람이 그 거대한 저택에 생기를 채우기란 역시 역부족이었다.

리슨은 그날도 아침부터 집사로서의 직분을 충실히 이행하는 중이었다.

부엌으로 가서 청소와 아침식사를 마련하고, 이어 공작의 사적인 공간을 청소하는 일이 그것이었다.

리슨은 서재 정리를 끝낸 후 이어 옆방으로 향했다. 800년 동안 공작의 방으로 사용된 침실이었다.

그는 지난 10년 동안, 단 하루도 그 방 청소를 게을리 하지 않았다. 그는 침실을 깨끗이 정돈해 두고, 이어 옆 드레스 룸으로 향했다.

리슨은 여기에서 잠시 한숨을 내쉬었다.

드레스 룸에는 옷이 꽤 많았다. 그러나 자세히 살피면, 대부분이 꽤 낡고 유행에서 엄청 뒤처진 것을 볼 수 있었다.

그럼 뭐 하는가? 입을 주인은 어차피 이 자리에 없는 것을.

리슨이 그런 생각을 하면서 옷을 정리하고 있던 그 시각, 계단을 걸어 올라오는 사람이 있었다.

젊은 사내였다. 아직 앳된 기가 가시지 않은 얼굴로 봐선 이제 열일곱? 열여덟이나 되었을까.

청년은 잿빛 눈으로 저택 곳곳을 바라보았다. 그의 눈에는 여러 감정이 스쳤다.

회한, 분노, 슬픔……. 그리고 그리움이 있었다.

사내는 천천히 계단을 올라가, 2층에서 잠시 멈칫거렸다.

그는 그곳에서 뒤돌아섰다. 거대한 홀이 눈에 들어왔다.

한때는 이 저택의 홀에서 무도회를 열면 수천에 이르는 귀족들이 모두 계단 위의 주인을 바라보며 축배를 들었다.

그러나 지금 그의 눈에 보이는 것은 거미줄로 들어찬 샹들리에뿐이었다.

사내의 입가에 미소가 스쳤다. 자조적인 웃음이었다.

그때 리슨이 복도로 나왔다. 그는 손에 걸레와 물이 가득 찬 양동이를 들고 있었다.

계단 바로 위까지 와서야 리슨은 청년을 발견했다. 그는 우선 손에 들고 있던 것을 조심스럽게 내려놓았다.

그러나 양동이의 손잡이가 아래쪽으로 떨어지는 소리가 딸깍 하고 울렸다.

청년은 고개를 반쯤 돌렸다. 지저분하고 길게 자란 머리카락에 얼굴이 가렸다.

"누구냐!"

리슨이 경계심 가득한 목소리로 외쳤다.

사내는 완전히 몸을 돌렸다.

"……리슨인가?"

리슨은 그 목소리에 주춤거렸다.

사내는 부드럽게 웃었다. 그리곤 손을 들어 천천히 머리카락을 뒤로 넘겼다.

"대체 몇 년 만인지 모르겠군."

"……도련님?"

리슨은 입을 떡 벌렸다.

카이는 리슨을 향해 고개를 끄덕였다.

어렸을 때의 모습이 언뜻 남아 있는 얼굴. 그러나 저 긴 머리와 갈가리 찢겨 이제 남아 있지도 않은 옷.

저택의 주인이 되돌아온 것이다!

10년이 흐른 후에야……!

서로 마주친 지 시간이 오래 흘렀다. 그런데도 리슨은 손가락 하나 꿈쩍하지 않았다. 그 자리에서 돌이라도 된 것 같았다.

"먼저 목욕을 하겠다."

이윽고 카이가 말했다.

마법이 풀린 듯, 리슨이 화들짝 놀라 자리에서 뛰었다. 그의 발끝에 양동이가 걸렸다. 더러운 구정물이 복도 위로 천천히 번졌다.

"주, 준비하겠습니다. 침실로……."

카이는 리슨의 뒤를 따르면서 천천히 건물 내외를 살폈다. 홀이나 복도나 다를 것이 없었다.

손이 닿지 않는 곳에는 거미줄이 가득했다. 창문 몇 곳은 깨진 채 방치되어 있었다. 복도에 깔렸던 카펫은 군데군데 구멍이 나 있었다. 무슨 색인지도 구분할 수가 없었다.

리슨은 그것들이 마치 자신의 죄라는 듯 고개를 숙였다.

카이는 리슨의 안내를 받아 침실로 향했다.

리슨이 뜨거운 물을 준비하는 동안, 카이는 거울을 들여다보았다.

10년 동안 보지 못한 자신의 얼굴이 그 안에 있었다. 낯설고 어딘지 강인해 보이는 인상. 긴 생머리가 어깨를 덮고 있었다.

리슨이 다가와 조심스럽게 물었다.

"식사는 어떻게 하시겠습니까?"

"나중에. 별로 배고프지 않아. 그것보다 리슨, 이 머리카락 좀 정리해야 할 것 같아. 어깨까지 다듬어 줘."

리슨이 가위와 천을 갖고 왔다. 가위가 사각거리면서 지저분하게 자란 머리를 조금씩 다듬었다.

카이는 천천히 질문을 꺼냈다. 몇 년이 흘렀는지, 지난 시간 동안 다른 공작들이며 황실은 어떤지.

리슨은 하나씩 침착하고 짧게 대답했다. 그렇게 중요한 사항을 몇 가지 묻고 나자, 카이의 머리도 거의 다 다듬어졌다.

냉정하고 차가운 잿빛 눈과 얼굴 생김새가 거울에 완전히 드러났다. 카이는 그 얼굴을 한동안 아무 말도 없이 바라보았다.

“10년 동안 나빠진 건 없군.”

이윽고 카이가 말하자, 리슨은 입술을 깨물었다.

“목욕 시중은 필요 없다. 대신 심부름을 해야겠다, 리슨.”

“어떤 일입니까?”

카이는 리슨을 바라보며 전혀 뜻밖의 말을 했다.

해가 거의 진 시각의 내성은 한적했다. 뜨거운 여름이라서 사교계는 거의 대부분 남쪽이나 동쪽으로 옮겨졌다.

이런 시기에 도성에 있는 귀족은 정말 높은 사람이나 정말 갈 곳이 없는 사람, 둘 중 하나였다.

그런 시기라서, 어떤 저택 앞에서 벌어진 소동은 다소 뜻밖의 것이었다.

그것도 감히 황궁의 모든 근위 책임을 맡고 있는 체스터 백작의 저택 앞에서 소동을 벌일 간 큰 자는 이제껏 단 한 사람도 없었다.

“벨하임 아리준을 불러 주겠나.”

리슨의 요구는 간단했다.

문지기는 그 말에 머리를 긁으며 리슨을 이상하다는 눈으로 바라보았다.

“벨하임 님 말씀이십니까? 누구…… 심부름입니까?”

“로인 공작가에서 왔다고 일러 주게.”

“로인……?”

소동이 시작된 것은 그때였다.

문지기는 이제 50줄에 들어선 나이 지긋한, 퇴역 군인이었다. 체스터 백작의 아래에서 40년 가까이 일하다가, 최근에는 문지기라는 편한 일자리에서 늙어 가게 된 처지.

그래서일까? 로인 공작이라는 이름을 듣고서 그가 가장 먼저 보인 반응은 큰 소리로 웃음을 터뜨리는 것이었다.

"크핫핫핫핫핫……! '그' 로인 공작 말이오? 응?"

"……뭐 하는 건가? 어서 벨하임 아리준을……."

"야, 너 미쳤냐? 응?"

문지기는 자리에서 끙차 일어났다. 그리곤 리슨을 위아래로 훑어보았다.

"어디서 기생오라비 같은 녀석이 체스터 백작 댁 앞에서 얼쩡거리면서, 그분 수제자를 오라 가라 하는 거야? 팔아먹을 사람을 팔아먹어라, 어디 감히 재수 없게 퇴물 공작 따위를……."

"뭣이!"

문지기는 그 자리에서 침을 퉤 뱉었다. 그리고는 재수 없다는 듯 돌아섰다.

"어디서 겉만 번지르르 한 녀석이 와 가지고는 지랄이야, 지랄은. 병사들을 더 불러서 혼쭐을 내기 전에 썩 꺼져!"

"로인 공작가의 일이다! 너 같은 녀석이……!"

"얌마, 이 댁 백작님이 어떤 분인지 알고나 있냐? 소드마스터님이시라고, 소드마스터님! 너 같은 건 얼쩡거려 봤자 나만 혼나니까 어서 썩 꺼져!"

"공작의 명이라고 했다!"

리슨은 외쳤지만 소용없었다. 오히려 문지기는 더 크게 비웃었다.

"그래? 빈궁 공작이 오늘 밥이 궁하신 모양이지? 옛다, 이걸로 밥이라도 사 드려라."

리슨이 그 말뜻을 알아채기 전.

사내가 주머니에서 뭔가를 꺼내 툭 던졌다. 리슨의 얼굴을 맞고 땅바닥으로 굴러 떨어진 것은 겨우 동전 한 닢이었다.

동전은 평민 아이들 간식거리 하나 살 정도의 돈이었다. 이 심한 모욕에 리슨의 얼굴이 창백해졌을 때, 문지기는 문을 닫고 안으로 들어가 버렸다.

"이……!"

리슨은 자신의 무력함에 몸을 떨었다.

그러나 이내 어깨를 떨어뜨린 채 몸을 돌렸다.

화도 나지 않았다. 단지 카이에게 어떻게 말해야 할지, 알 수가 없었다.

카이는 되돌아온 리슨의 표정을 보고 뭔가 일이 좋지 않게 풀렸다는 것 정도는 알아챘다.

"벨하임이 오기 싫다고 하던가?"

"아닙니다."

"벨하임이 나오지조차 않은 건가?"

카이는 약간 화가 나 물었다. 리슨은 고개를 흔들었다.

카이는 고개를 갸웃거리며 다시 물었다.

"무슨 일이 있었던 건지 처음부터 정확하게 말하도록."

"……전부를…… 말입니까?"

"그래. 대체 어디에서 어떤 대화를 나눴는지부터 분명히 말해라."

'차라리 제 혀를 자르십시오.'

리슨은 그렇게 말하고 싶었다.

그러나 일단은 카이의 말에 따라, 문지기와의 그 굴욕적인 대화를 하나하나 읊을 수밖에 없었다.

이야기를 들으면서도 카이의 표정에는 별 변화가 없었다.

'빈궁…… 공작이라.'

10년 동안이나 다른 세상에 갇혀 있어서일까.

카이는 그 이야기가 마치 남의 이야기 같았다. 아니, 솔직히 웃기기조차 했다.

가장 재미있게 생각되는 건, 황실이 아직 유지된다면 엄연히 '귀족 모욕죄'가 있을 거라는 점이었다. 그렇다면 대체 어떤 귀족이 지금의 황도(皇都)를 지키고 있기에 이런 정도의 심각한 귀족 모욕죄를 내버려 두고 있는 걸까?

"내가 그곳에 있던 사이, 귀족 모욕죄라도 엄청나게 완화된 것인가?"

리슨은 더욱 할 말이 없었다. 단지 고개를 조아린 채로 흔들어 댈 뿐이었다. 그의 얼굴에서 눈물이 흘러내렸다.

"……그래. 그런데도 나는 빈궁 공작이라는 건가."

카이는 미소 지었다. 그리고 한 손을 리슨에게 내밀었다. 카이가 손을 내밀자, 리슨은 영문을 모른 채 그것을 들여다보았다.

손바닥 위에는 굳은살이 있었다. 엄지와 검지 사이의 살점에는, 검을 착검할 때에 흔히 생기곤 하는 상처 때문에 생긴 흉터가 있었다.

"공작님, 이건……?"

카이는 리슨의 어깨 위에 한 손을 얹었다.

"그동안 네가 마음고생이 심했겠구나."

"……공작님."

"괜찮다. 전설은, 헛것이 아니었어."

카이는 부드럽고도 단호하게 말했다.

"그 지하에, 정말 무엇인가 있었던 겁니까?"

리슨은 물었다. 카이는 고개를 끄덕였다. 그의 얼굴에 웃음이 다시 피어났다.

"……아주 많은 것이 있었다. 정말이지 많은 것이……."

카이는 리슨을 내보낸 후, 공작의 서재로 들어섰다. 아버지가 없는 서재는 매우 낯설었다.

오랫동안 사람의 손길을 타지 않은 서재에서는 눅눅한 냄새가 났다. 청소는 깨끗하게 되어 있었지만, 그 때문에 오히려 냉랭한 분위기만 강조되었다.

카이는 책상 위에 놓인 책들을 한 권씩 빼내 훑어보았다. 아버지가 쓴 일기와 조사 내용이 노트 일곱 권에 걸쳐서 빼곡히 적혀 있었다.

"카이젤, 너는 앞으로 이 공작 가문을 되살리기 위해 정말 힘든 길을 택해야 할 수도 있다."

아버지는 누누이 말하곤 했다.

"가문에는 세 가지, 삼중의 맹약이 있다."

"세 개의 맹세요?"

"정확히는 모두 아홉 개의 맹세다. 첫 번째는 드래곤과의 맹약이란다. 이것이 우리 가문의 힘의 원동력이지. 카이, 드래곤이 뭔지는 알고 있지?"

"예."

"우리 가문의 선조 로인 공작께서는 드래곤과 맹세를 나누셨다. 드래곤의 부귀, 혹은 드래곤의 힘을 받는 대신 우리는 단 한 번이라도 용의 신의 신전에 가서 경배를 바쳐야 한다. 카이, 너도 약속하렴. 단 한 번이라도 괜찮단다. 용의 신께 가서 그동안 오지 못한 아비와 할아버지들을 대신해 용서를 빌고, 예전의 축복을 다시 내려 달라고 기도해야 한다."

"한 번이라도 괜찮아요?"

카이는 정말 진지하게 물었다. 아버지의 얼굴에는 그때 살짝 미소가 떠올랐다.

"그래. 인간의 일생은 겨우 100년……. 그동안 단 한 번이라도, 그것은 충분한 경배가 되니까. 그것이 우리 가족의 첫 번째 맹세란다. 그 맹세는 다시 황제께로 이어지지."

"황제……?"

카이는 얼굴을 찌푸렸다.

카이는 황제가 싫었다. 그들이 가난한 것도, 다른 귀족들이 놀리는 것도 모두 황제 때문이었다.

그들에게는 황제를 지킬 의무가 있었다. 그렇지만 황제는 그들을 보호해 주지 않았다.

황제는 만백성의 어버이, 황제는 만백성의 지도자! 그렇지만 카이가 아는 황제는 그렇지 않았다.

해가 바뀌면 아버지는 늘 황궁에서 온 시종들에게 곤욕을 치러야 했다. 제국 5대 공작으로 바쳐야 할 황제에 대한 정성을 보이지 않았기 때문이었다.

황제의 탄생일이나 다른 때, 파티가 있어도 황제는 그들을 부르지 않았다.

"황제는 우리를 버렸어요! 우리를 잊었다구요! 왜 우리가 황제를 지켜야 하는데요!"

"시간이 지나서 변하는 게 있다지만…… 시간이 지났어도 변하지 않는 게 있는 법이다, 카이."

아버지는 시선을 돌려 먼 하늘을 바라보았다. 로인을 향한 시선이었다. 언제나 아버지는 로인에 가고 싶어 했다.

"초대 로인 공작은 바로 황제의 여동생이셨다. 두 분 모두 영웅이셨지. 왕국에서 제국으로 주변 국가를 통일하고, 몬스터가 날뛰던 이 땅에 사람들이 살 수 있을 정도로 안정을 갖고 오셨단다. 초대 황제 폐하와 우리 로인의 선조, 두 분이 함께 하신 일이다. 우리 가문만이 황실의 가장 가까운 친척이다."

아버지는 그렇게 말하며 입가에 잠시 웃음을 머금었다.

"언젠가는 너도 알게 될 거다. 이런 맹약들이 어떤 가치를 갖고 있는지, 어떤 마음으로 공작의 이름을 갖고 살아가야 할지……."

아버지의 목소리에, 카이는 왠지 슬퍼졌다. 당장 소년의 눈에 보이는 것은 집안의 가난뿐이었다. 무너지는 저택도 참기 힘들었고, 초라한 정원도 싫었다.

그런 아들에게 아버지는 이야기를 계속했다. 담담하면서도 초연한 그의 목소리가 아직도 카이의 귓가에 선했다.

"드래곤의 힘으로 그들의 신에게 경배를 바치고, 그 힘으로 황제를 지키며 우리 가문을 지킨다. 그것이 우리의 첫 번째 맹세란다. 카이, 기억해야 한다."

"아버지……."

카이는 마지막 노트를 덮었다.

10년이 지나 읽은 노트 속에는 그때와 똑같은 내용들이 아직도 남아 있었다. 시간이 지나 잉크가 흐려지지는 않았을까 생각했는데, 다행히 아니었다.

카이는 오래도록 노트를 쓰다듬었다.

"이제, 아버지……. 제가 힘을 갖고 돌아왔습니다……."

아버지가 눈앞에 있다면 좋겠다.

자신의 힘을 보여 줄 수 있다면 좋을 텐데.

카이는 주먹을 불끈 쥐어 보았다. 그 안에서 꿈틀거리면서 분출되길 기다리는 힘을 느낄 수 있었다.

다음날도 카이는 리슨을 체스터 백작의 집으로 보냈다. 결과는 똑같았다. 그런 일이 무려 닷새나 반복되었다. 그럴수록 리슨은 이해가 가지 않았다.

일이 그쯤 되었으면, 문지기를 통해 한 번쯤 벨하임에게 기별이 갈 만했다. 아니면 주변 사람들이 눈치를 채고 벨하임에게 말하고도 남을 시간이었다.

리슨은 일주일이 지난 후 카이에게 물었다.

"공작님, 앞으로 어찌 하실 것인지 여쭈어도 되겠습니까?"

카이는 고개를 끄덕이며 리슨을 바라보았다. 리슨은 얼굴이 일그러지는 것을 억지로 참고 있었다.

"굳이 그 아리준을 데려오라 하시는 까닭을 모르겠습니다. 사흘 전에 제게 내리신 명령에 의하면, 이번 연말을 보내기 위해 곧 영지로 되돌아가신다고 하셨잖습니까?"

"그랬지. 준비는 잘 되어 가고 있나?"

"준비는 차질이 없습니다만……."

"그런데 왜 아리준을 데려가야만 하는 건지는 모르겠다?"

카이는 천천히 되물었다.

"그거야 당연한 이유일세. 자네를 데려가야 한다면, 당연히 아리준을 데리고 가야 하는 거지."

'뭐가 당연하다는 거지?

리슨은 입만 뻐끔거렸다. 어떻게 다시 질문을 던져야 할지 순간 감을 잡을 수가 없었다.

"그만 나가 보도록."

카이의 말에, 리슨은 어쩔 수 없이 등을 돌렸다.

주인이 명령을 내렸다. 더 묻지 말라는 뜻이다.

그렇게 리슨이 방을 막 나가려는 찰나, 카이는 약간 머뭇거리며 리슨을 다시 불렀다.

"잠깐만."

"예."

리슨은 공손한 태도로 카이의 앞에 앉았다.

카이는 리슨을 한동안 바라보았다.

어렸을 때 친구라곤 리슨 하나뿐이었다.

집사이자 친구. 물어야 할 게 있었다. 쉽지 않은 질문이었다.

"자네 아버지에게 멕 가문의 모든 일에 대해 들었겠지?"

"저희 가문이 공작님을 위해 충성한 시간을 배웠습니다."

"그렇다면 자네가 나에게 어떤 의미인지도?"

리슨은 그 질문에 고개를 갸웃하며 답하지 못했다.

카이는 씁쓸한 미소를 지었다.

"지하의 마법진을 기억하나?"

리슨은 고개를 끄덕였다.

"그 마법진을 통해 우리는 첫 번째 힘을 받고…… 그렇게 함으로써 두 번째 맹약을 이행할 힘을 얻게 된다고 하더군."

"두 번째…… 맹약이라니요?"

"우리 가문의 유일한 가신, 멕과 아리준 가문에 힘을 줄 수 있는 것."

카이는 그렇게 말했다.

리슨은 그의 말을 이해하지 못했다.

"……힘……이라니요?"

"멕 가문은 우리 가문을 대대로 섬긴 집사 가문이기도 하지만……."

카이는 아버지의 노트를 통해 알게 된 사실 중 하나를 담담하게 이야기했다.

"우리 가문을 위해 일한 암살자이기도 했다."

카이는 그렇게 말하며 리슨의 눈을 똑바로 바라보았다.

한동안 정적이 흘렀다. 리슨은 이마를 찡그렸다가, 손가락을 꿈질거리기도 하고 몇 번이나 카이를 바라보기만 했다.

카이는 그동안 차분하게 기다렸다.

"암살자……라고요?"

"그래. 그리고 그 일을 위한 힘을 주는 것이다. 소드마스터와도 일대일이라면 지지 않는 것은 물론, 어떠한 곳이라도 잠입할 수 있지. 뒷골목에서라면 사람 목숨 하나 취하는 건, 고양이가 쥐 잡는 것보다 더 쉬울 거야."

“제가…… 암살자가 되어야 하는 겁니까?”

리슨은 어질어질한 머리를 붙들고 물었다.

카이는 망설이지 않고 대답했다.

“아니. 너에게는 선택권이 있다, 리슨.”

카이는 담담하게 설명을 이었다.

“선택해라. 공작의 집사가 되어 힘을 손에 넣을 것인지, 다른 집으로 가서 평범한 집사가 될 것인지.”

다시 침묵이 흘렀다.

카이는 참을성 있게 리슨이 대답하길 기다리고 있었다.

리슨은 이윽고 고개를 쳐들었다.

“……몇 년이나 주인님의 곁을 떠나 있어야 하는 겁니까?”

“네 노력에 달렸다.”

“하겠습니다.”

리슨의 고민은 길었다. 그러나 대답은 짧았다.

“대신, 하나만 여쭙겠습니다.”

카이는 빙그레 웃으며 고개를 끄덕였다.

“10년 전, 그 녀석이 소드마스터를 만들어 놓으라고 했던 이야기가 저에게 하신 이야기와 같은 겁니까?”

“……그렇다.”

카이는 고개를 끄덕였다.

그러나 리슨의 이어지는 말에 그는 표정이 굳었다.

“그 녀석은 전 주인님을 죽게 만들었습니다.”

리슨의 눈에는 퍼렇게 날이 서 있었다.

리슨의 말이 반은 오해라는 걸 알면서도 카이는 뭐라 대꾸할 수가 없었다.

"아버지는…… 당신께서 택하신 길이다."

"그 녀석이 난데없이 나타나지만 않았어도, 소드마스터로 만들어 놓으라고 고집을 부리지만 않았어도, 전 공작님께서는 무리해서 그 녀석을 데리고 나가시는 일이 없었을 것입니다. 그 즈음의 일을 기억하시리라 믿습니다만."

그랬다. 카이라고 해서 어찌 잊을 수 있겠는가.

갑자기 나타난 소년, 벨하임.

영지에서 왔다고 울부짖던 소년은 맹약을 그의 아버지에게 들이댔다.

소드마스터가 되게 해 준다면서요!

힘을 준다면서요!

아버지가 할 수 있었던 일은 하나.

당대의 소드마스터, 체스터 백작에게 그를 제자로 들이도록 부탁하는 일이었다.

밀테이너 가문과는 200년 전부터 사이가 좋지 않았다. 그런데도 그의 아버지는 밀테이너의 부하인 체스터에게 벨하임을 의탁해 달라고 부탁한 것이었다.

체스터는 다음날 다시 오라고 했다.

그 다음날, 아버지는 소년을 데리고 거리로 나섰다가 밀테이너의 마차에 치어 죽었다.

숨을 헐떡이면서, 그 숨결에 피를 뿜어 대면서 자신의 손을 꼭 붙들던 아버지를, 카이는 이제껏 잊어 본 적이 없었다.

카이는 눈을 감았다.

"……그리고 돌아오겠다고, 그때는 공작의 은혜에 보답하고 복수를 하겠노라고 맹세하지 않았더냐. 그 녀석의 잘못이 아니다."

"벌써 10년이 지났습니다."

"그 녀석이 필요하게 될 것이다."

카이는 눈을 똑바로 뜨고 리슨을 바라보았다.

"소드마스터가 될 녀석은 쉽게 구할 수 없다. 그리고 그 녀석이 우리에게 빚이 있다면, 그만큼 써 줘야지."

"……만약 그 녀석이 오지 않겠다고, 체스터의 제자로서 살겠다고 하신다면 어떻게 하시겠습니까?"

카이는 머뭇거리지 않고 대답했다.

"그때는 끌고라도 가겠다. 가지 않는다면 적이다."

그 대답에 리슨은 만족했다는 듯 살짝 입가에 미소를 지었다.

"알겠습니다."

그로부터 2주일이 흐른 후.

여름 태양빛이 한창 뜨겁게 흩뿌릴 때였다. 해가 질 무렵이 되자 란펜성의 거리에는 사람들이 하나 둘 고개를 내밀었다.

카이 역시 그 시간이 되어서야 저택에서 나섰다.

거리에는 무도회 때문에 오가는 사람들이 많았다. 그러나 귀족의 거리라는 내성답게 모두들 마차며 말에 올라타, 넓은 거리가 꽉 들어차 있었다.

리슨은 조심스럽게 말을 꺼내 보았다.

"해가 좀 더 진 후에 나가심은……."

"지금 나서도 내성에 가면 꽤 늦은 시간이다."

카이는 나서다가 잠시 입구에서 멈칫거렸다.

"오늘이 무슨 날인가?"

리슨은 그 질문에 멈칫거리면서, 조심스럽게 말했다.

"……밀테이너 공작 셋째아들의 생일이랍니다."

카이의 눈빛에 잠시 어두움이 감돌았다.

내성 거리에는 그 어느 때보다 많은 마차가 오가고 있었다. 하나같이 사교계를 위해 치장한 마차들이었다. 화려함을 뽐내는 가운데, 로인 공작 저택의 입구에 서 있는 둘을 눈여겨보는 시선이 많았다.

그 누구도 5대 공작 중 한 사람인 로인 공작의 얼굴을 본 적이 없었다.

그러나 그에 대해서 분명하게 알려진 사실이 하나 있었다. 바로 리슨이라는, 불세출의 미남이 집사로 일한다는 사실.

저택을 홀로 지키는 이 미남 집사에게, 지난 10년 동안 퍼부어진 스카우트 제의는 셀 수 없을 정도였다.

그런 자가 외출을 하는 데다가, 그 옆에 서 있는 낯선 사내……! 그것만으로도 둘은 단숨에 주목을 받기에 충분했다.

차분한 검은 머리와 은빛이 감도는 짙은 회색 눈동자. 대대로 공작 가문에 내려진다는 특징이었다.

물론 검은 머리에 회색 눈을 지닌 사람은 많다. 그렇지만 리슨이 앞서거니 따르면서 길을 안내하는 것은…….

'로인 공작?'

'설마요! 어리다고는 들었지만 저렇게까지는……'

'하지만 저 미남 집사가 따로 데리고 나갈 사람은 없잖아요?'

'어디선가 죽었다는 소문도 들었는데……!'

마차 안에서 소곤거리는 온갖 대화들.

카이는 외성을 향해 당당하게 걸음을 옮겼다.

마차 안의 시선들이 모두 그를 향했다. 묘한 침묵이 내성의 거리를 채웠다. 반신반의 하면서도 저도 모르게 로인이라고 인정한 자들이, 차마 입을 열지 못하면서 부른 침묵이었다.

꼿꼿하니 세운 허리, 한 치의 흔들림도 없이 오만하게 앞을 바라보는 시선. 이제 겨우 열아홉 살이라고는 믿겨지지 않을 만큼 지독하게 오만하지 않은가!

'설마…….'

'로인 공작의 귀환?'

*　　　*　　　*

쉬우우우웅―! 펑! 퍼벙! 펑!

"에라, 아예 하늘이랑 전쟁을 벌여라, 벌여."

벨하임은 중얼거리면서 맥주잔을 입으로 가져갔다. 서늘한 거품이 입술에 닿은 순간 느낀 행복감에 어쩐지 서글픈 기분이 들었다. 그는 잔을 입에 댄 채 고개를 뒤로 꺾으려 했다.

그때 누군가가 그의 뒤통수를 힘차게 쳤다. 푸악—! 맥주가 그대로 앞으로 반쯤 쏟아졌다.

이가 나무잔에 빽 닿으면서 순간 위턱 전체가 얼얼했다.

벨하임은 눈을 부라리며 소리 질렀다.

"이런 제기랄, 누구야?"

"누구긴, 네 형님이시지."

삐죽거리는 소리와 함께, 상대는 맥주 두 잔을 테이블 위에 턱하니 놓고는 옆에 걸터앉았다.

"너도 나왔냐?"

"뭐, 오늘은 전체가 휴일이잖냐. 그 황송하옵는 밀테이너 공작의 셋째아드님인가 하는 분의 황송한 탄생일인 덕분에 우리는 술값 두둑하니 받아 챙겼고. 그런데 뭐가 불만이야?"

"제길, 애 하나 어른 되는 것 갖고 뭔 난리라냐?"

그때를 기다렸다는 듯, 다시 란펜성의 하늘을 오색 불꽃이 수놓았다.

화려한 그 광경에 아이들은 웃으면서 무리 지어 골목길을 뛰어 지나갔다. 아이들은 손을 뻗어 하늘을 가리키며 웃고, 달리고, 그 사그라지는 불꽃을 좇아 달렸다.

벨하임은 맥주잔을 만지작거렸다.

"왜, 너 그 공작 생각하는 거냐?"

맞은편에 앉은 웨너가 그렇게 묻자, 벨하임은 자리에서 펄쩍 뛰었다.

"무슨 헛소리야? 그냥 돈 저렇게 헛되게 퍼붓는 게 아까워서 그래! 아까워서!"

"얼씨구, 벨하임 아리준이 남의 잔치 돈을 아까워한다고? 지랄생판을 떨어라, 떨어. 술이나 처마셔."

웨너의 말에 벨하임은 씁쓸하니 웃었다.

밀테이너 공작의 장남도 아닌, 겨우 셋째아들의 열아홉 번째 생일날이었다.

벨하임과 웨너가 속한 군대는 정식으로는 밀테이너의 소속이기 때문에 그들은 오늘 하루 용돈을 두둑하게 받았다.

그런데도 벨하임의 속이 쓰린 이유는 하나였다.

"네 공작 각하의 생일은 언제라고?"

웨너는 아무렇지도 않은 듯 물었고, 벨하임은 아무렇지도 않은 듯 대꾸했다.

"내가 알 게 뭐냐? 살아 있는지 본 적도 없는데."

"그래서? 걱정되는 거야? 살아 있으면 또 어쩔 건데?"

웨너의 질문이 재차 이어지자, 벨하임은 입을 딱 다물었다.

그리고 웨너가 건넨 맥주잔을 가만히 내려다보다가 한숨을 내쉬었다.

“이제 알았다.”

그리고 맥주잔을 웨너에게로 확 밀었다.

“너, 영감이 보내서 왔냐? 확실하게 마음 돌리라고?”

“뭐, 그런 면도 없잖아 있지. 자원도 했지만.”

웨너는 벨하임이 든 잔에서 쏟아진 맥주를 피해 의자를 조금 옆으로 피했다. 짙은 황금빛 액체가 테이블 아래로 뚝뚝 떨어졌다.

“언제까지 스승님이 널 봐줄 거라고 생각하는 거냐? 그동안 충분히 너만 예뻐해 주셨으면 이제 좀 고분고분해질 때도 됐잖아.”

“그리고 들어가면 밀테이너 공작의 개가 되는 거지. 멍멍! 내가 애완견이냐? 그딴 녀석 아래에서 구르게?”

“스승님 아래 있는 건 괜찮고?”

그렇게 말하곤 웨너는 고개를 흔들었다.

“밀테이너 공작 휘하, 제국의 5대 소드마스터 중 한 사람인 체스터 백작. 네 스승은 그런 사람이라고, 벨하임.”

“내 스승은 소드마스터일 뿐이지, 체스터 백작은 아냐.”

웨너는 그 말에 입을 떡 벌렸다.

“……그게 무슨 해괴망측한 핑계냐?”

벨하임은 입술을 삐죽 내민 채로 고개를 흔들었다. 그리고 고개를 돌려 버렸다. 다시 창밖을 바라보는 그 고집스런 자세에, 웨너는 한숨을 내쉬고, 술잔을 비웠다.

둘은 잠시 가만히 창밖을 바라보았다. 해가 완전히 지자, 남청색 하늘은 점점 어두워지면서 하나 둘 별빛을 빛내기 시작했다.

“오늘밤 열 시쯤 되면 이제껏 본 적이 없을 정도로 거대한 불꽃놀이를 한다더군. 여기서도 볼 수 있을 거라던데.”

웨너가 문득 생각났다는 듯 중얼거렸다.

벨하임은 고개를 끄덕였다. 그리고 정말 쓴 입맛을 맥주로 가셔볼까 해서 술잔을 든 순간.

“여기 있었군, 벨하임.”

낯선 목소리가 등 뒤에서 들린 순간, 벨하임은 몸이 오싹했다. 저도 모르게 한손을 더듬어 검을 찾아 쥐려했다.

“늦어. 늦었다, 여러모로.”

‘무엇이……?

그렇게 생각하며 돌아선 순간이었다.

검은 머리의 청년이 눈에 들어왔다. 그와 눈이 마주친 순간, 벨하임은 검을 뽑으려던 것도 까맣게 잊었다.

그리고 저도 모르게 히죽 웃고 말았다.

“아아.”

카이는 손을 내밀어 벨하임의 목을 한 손으로 움켜쥐었다.

크지도 않고 여자처럼 희끄스름한 손이었다. 대번에 벨하임은 숨이 차단된 것을 깨달았다.

“감히 내가 찾아오도록 하다니…….”

“너, 넌 뭐냐!”

웨너가 옆에서 검을 뽑았다.

벨하임은 정신이 아득해졌다. 공기를 찾아 발버둥치고 싶었다.

그러나 벨하임이 먼저 느낀 것은 공포였다.

‘어떻게 이 가느다란 손으로 이런 힘을 낼 수 있는 거지?’

자신의 목을 채 감싸 쥐지도 못할 정도로 가느다랗고, 여자 손이라 착각할 정도로 예쁜 손이었다.

카이는 벨하임을 이대로 죽여 버릴까 하는 충동을 아주 잠깐 느꼈다. 그러나 그는 이내 감정을 억눌렀다.

“감히 내가 찾아오도록 하다니.”

카이는 벨하임을 놓아주었다.

벨하임은 거칠게 숨을 내쉬면서, 목을 쓰다듬었다.

웨너는 자신의 앞에서 벌어지는 일을 이해할 수가 없었다.

벨하임은 체스터 백작 수하의 제자 중에서도 가장 성격이 난폭하기로 유명했다. 체스터 백작의 제자 중 가장 강하고, 진검 승부로는 필시 상대방에게 부상을 입힐 정도였다.

‘너는 아무래도 기사감은 아냐.’

체스터 백작은 몇 번이나 벨하임에게 말하지 않았던가?

그러나 다른 면으로는 순수한 무인의 혼이 있어서 웨너는 벨하임을 좋아했다. 지는 걸 두려워하지 않는 남자였다. 상대가 강하다면 무조건 덤벼드는 그런 무모한 사내였던 것이다.

그런 벨하임이 카이를 보고는 시선을 힐끔 피하면서 고개를 수그린 채 얌전히 말하는 것이었다.

“뭐라도…… 드시겠수?”

“됐다. 이런 곳에서 오래 머무를 생각은 없어. 용건만 말하도록 하지."

카이는 차갑게 대꾸했다.

"내일 아침 출발한다. 오늘 밤 안으로 짐을 싸서 저택 앞에서 대기하도록. 이상."

벨하임은 잠시 카이의 말을 이해하지 못했다. 그러나 잠시 후, 벨하임은 저도 모르게 입을 떡 벌렸다.

"이해한 것 같군. 그동안 전하려 한 말은 그것뿐이다. 내일 아침 보도록 하지."

카이는 자리에서 일어났다.

웨너는 저도 모르게 그런 카이의 한쪽 팔을 붙들었다.

"너, 너희는…… 누구냐?"

"불손하다."

카이는 싸늘한 눈빛으로 웨너를 노려보았다.

"벨하임의 동료인가? 체스터 경께는 따로 기별을 넣지 않겠으니, 가서 전하라."

"무, 무슨……?"

"내 것을 찾아 간다고."

카이는 등을 돌려 입구로 향했다. 한 치의 망설임도 없었고, 한 치의 머뭇거림도 없었다.

웨너는 잠시 지금의 일을 이해할 수가 없었다. 그는 벨하임을 돌아보았다.

"벨하임, 이게 대체 무슨 소리냐?"

벨하임 역시 그 못지않게 당황한 표정이었다.

웨너의 질문에 벨하임은 퍼뜩 정신을 차린 듯 갑자기 카이에게 뛰어갔다.

"기, 기다려! 난 아직……."

"너를 기다릴 여유 따위는 이제 없다."

카이가 차갑게 대꾸했을 때, 막 문을 열고 들어서던 세 명의 사내들이 그 둘을 보고는 눈을 동그랗게 떴다.

"어이구, 이게 누구야. 우리 존경하옵는 소드마스터이자 스승님이신 체스터 백작님께 항상 덤벼들고 깨지는 귀염둥이 아니셔?"

앞장서 들어오던 사내가 입을 깐죽거렸다.

"무슨 순정극이라도 찍으시나? 그동안 스승님한테 바락바락 대들던 게 다 저 남자 때문이신가 보네?"

카이의 표정은 아까부터 냉랭하니 변화가 없었다.

벨하임은 당황스럽기도 하고 화가 나기도 해서 얼굴이 벌겋게 달아올랐다.

"그만 해라, 텀즈."

"허이고? 왜? 스승님이 널 오냐오냐 해 주시니까, 다른 녀석들은 아무것도 아닌 것 같냐? 말도 못하게 하려고?"

텀즈라 불린 사내는 여전히 깐죽거렸다.

웨너는 한숨을 쉬며 벨하임 옆에 섰다.

"텀즈, 그만 해. 스승님께서 아시면……."

"아서 봤자 저 녀석은 스승님과 10회 대련, 우리는 10일간 고문이겠지. 안 그러냐? 웨너, 넌 성격도 좋다. 그런 걸 빤히 봐 놓고도 저 녀석이랑 어울리는 이유가 뭐냐?"

텀즈는 그렇게 말하면서 벨하임을 노려보았다.

"아니면 뭐 설마, 미래의 소드마스터로 예정되신 분이라서 떡고물이라도 떨어질 거라 기대하는 거냐?"

"말이 심하잖아, 텀즈!"

"됐어! 나는 너처럼 성격이 좋지 않아서 어째서 스승님이 저 녀석을 싸고도는지 모르겠단 말이다! 제길, 누구는 그 대련이라는 거 한 번이라도 해 봤음 싶어서 별짓을 다 해 봤구만, 저 녀석은 뻑하면 대련이니……."

텀즈는 그렇게 말하면서 벨하임의 어깨를 홱 밀치려 했다. 그러나 벨하임은 꿈쩍도 하지 않았다.

벨하임은 나지막한 목소리로 말했다.

"그만 하고 가라, 텀즈. 그런 원망이라면 나중에라도 들어줄 테니."

"얼씨구? 승자의 여유냐?"

그 말에 오히려 텀즈는 울컥했다.

그는 피식 웃으면서 뒤의 두 동료를 돌아보았다.

"이분이 그만 하라고 하시네? 어이고, 이거 술 한 잔도 이제는 다른 데서 마셔야겠구만. 하긴, 우리같이 무시받는 제자들이 감히 총애받는 애제자인 벨하임 님이랑 같이 술자리를 할 수나 있겠냐?"

이어 텀즈는 자신의 앞에서 우뚝하니 서 있던 카이에게 그 분노의 화살을 돌렸다.

“넌 또 뭐야? 왜? 벨하임이 뒷구멍으로 우리 스승님하고 악수라도 하게 해 준다더냐?”

“이 녀석들이……!”

벨하임의 얼굴이 새파래졌다.

“말조심해! 이분은 로인 공작님이시란 말이다!”

그 말은 하지 않는 편이 좋았을지도 모른다.

그가 그렇게 말한 순간 텀즈의 눈빛이 더욱 빛났다.

“이 사람이 그 로인이란 말야?”

“말조심……!”

“어이! 여기 빈궁 공작이 와 계신데!”

텀즈가 말하자 뒤에 서 있던 두 사람이 낄낄거렸다. 텀즈는 옆구리에 손을 턱 올린 채로 카이를 향해 씩 웃어 보였다.

“어이구, 이거 참, 말씀 많이 들었습니다. 댁이 바로 어린 소년을 체스터 백작에게 팔아 치운 그 공작님이쇼?”

“눈이 뚫리고도 눈앞의 상황을 제대로 보지 못하더니, 귀가 뚫려도 허튼소리만 주워들은 모양이로군.”

카이가 조용히 말했다.

술집 안이 순식간에 고요해졌다. 사람들은 그들의 싸움을 흥미진진하게 지켜보았다.

텀즈는 얼굴을 찡그렸다.

“뭐가 어떻다굽쇼? 일개 공작이 쫄랑거리면서 이런 술집에 들어와 있는 건 뭐 정상으로 보이쇼?”

카이는 대꾸하지 않았다. 그는 대신 벨하임을 돌아보았다.

그 눈빛에 어린 경멸감에 벨하임은 속이 울컥 뒤집히는 기분이었다.

자신이 그를 이곳으로 부른 것은 아니었고, 이곳에 항상 이런 일이 벌어지는 건 아니었다……. 그러나 카이는 분명히 자신의 탓을 하고 있었다.

'어쩌라고!

그는 그렇게 외치고 싶었다.

'네가 온 거잖아! 나는…… 나는 아직 준비가 되지 않았다고! 네가 가야 한다느니, 무슨 소리를 해도 난 모르는 일이야! 아니면, 아니면…… 저 집사 녀석만 보내도 되잖아. 왜 이곳까지 온 건데? 나보고 어쩌라는 건데!

그렇게 외치기도 전이었다.

카이가 자신을 무시하자 사내는 얼굴이 벌게져선 카이의 멱살을 휙 붙들었다.

"잘한다!"

"어서 싸워! 한 판 붙어 보라고!"

"사내들이 말로만 싸우냐!"

주점 이곳저곳에서 찬동하는 소리를 내뱉었다.

사내들이 우르르 일어나서는 중앙 자리를 치우기 시작했다. 탁자와 의자들을 치우고 입구 주변으로 동그랗게 자리를 마련했다.

"싸우자는 건가?"

카이의 눈빛이 싸늘해졌다.

"분명히 경고하겠다. 싸우면 넌 죽는다."

"쳇! 입만 나불거리지 말고 검을 뽑으시지?"

"더 말을 이었다간 모욕을 주려는 의도가 분명하다고 판단, 그에 대한 처분을 내리겠다."

"처분? 그래? 한번 봐 봅시다!"

텀즈는 잘되었다는 듯 바닥에 침을 퉤 뱉었다. 건들거리는 폼이 술집 싸움에는 익숙한 듯 보였다.

벨하임이 카이의 앞을 막으려 하자 카이는 그의 어깨를 잡고는 옆으로 밀었다.

텀즈의 거친 손에는 꿈쩍도 않은 벨하임이었다.

그러나 카이의 손 아래에서 그는 너무나 가볍게 옆으로 밀려났다.

'어라?

그가 어리둥절해 하는 사이, 카이는 그들을 얕보는 눈초리로 훑어 보았다.

"당대 최고의 검술가라는 체스터의 제자들이 고작 검술의 도를 깨우치지도 못해 허우적거리며 서로를 끌어내리기 바쁜 꼬락서니 하고는……. 정말이지 못 볼 꼴이로군."

"뭐, 뭐얏!'

텀즈가 그의 앞으로 한 발 내딛는 순간이었다.

"제자만 100명 넘게 들였다고 하더니, 결국 그것이 밀테이너가 세를 불리기 위한 숫자 싸움이었던 거냐? 하긴, 그래서야 제대로 된 소드마스터는커녕 검술가 하나 키워 낼 수도 없겠지. 그렇지만 이런 인간 이하의 것들? 허! 웃기는 군."

카이는 분노한 눈으로 벨하임을 바라보았다.

벨하임은 저도 모르게 찔끔해서는 고개를 숙여 그의 시선을 피했다.

고작 이깟 것들 사이에서 허우적거렸느냐고, 그래서 10년 동안 약속을 지키지 않은 것이냐고 힐난하는 눈이었다.

"이 자식이—!"

텀즈가 카이의 말에 숨을 쌔근거리다가 갑자기 검을 뽑았다. 그리고 그가 그것을 휘두르기 전.

서걱.

정적이 새하얗게 깔린 가운데 그들은 낯선 소리를 들었다. 그리고 벨하임은 카이가 천천히 검을 집어넣는 것을 보았다.

체스터 백작, 소드마스터의 발검도 놓친 적이 없는 벨하임이 기껏 볼 수 있었던 것은 그것뿐이었다.

텀즈는 분노해 달려들던 표정 그대로였다. 그 상태에서 그의 얼굴만이 목에서 천천히 미끄러져 땅 위에 떨어졌다.

아무도 입을 열 수가 없었다.

당장이라도 입을 벌리면 베일 것 같은 예리함이 카이의 전신에서 뿜어져 나왔다. 검을 들지 않은 자라고 해도 느낄 수 있을 정도로 강렬한.

카이는 주점 안을 천천히 둘러보았다. 그의 얼굴에는 미소도, 두려움도, 분노도, 죄책감도 없었다. 단지 완벽한 냉정함이 자리하고 있을 뿐이었다.

그의 시선이 다시 벨하임에게 머물렀다.

"내일 아침 출발한다. 분명히 말했다."

카이는 한 걸음 앞으로 나섰다.

아무도 그를 막지 못했다. 자신이 지금 본 것이 사실인지, 환상인지 확신할 수가 없었던 것이다.

텀즈의 뒤쪽에 서 있던 사내들이 질리고 멍한 눈으로 카이를 바라보았다.

그들은 뱀 앞의 개구리처럼 뻣뻣하게 굳어 움직일 생각도 하지 못했다.

그들을 재촉하듯 목이 잘린 시체가 뒤로 쿵 쓰러졌다.

"으, 으아아아악!"

순간 두 사내가 소리를 지르면서 문 밖으로 뛰쳐나갔다.

"사, 살인이다!"

"텀즈가 죽었어! 텀즈가 죽었어!"

두 사내가 소리를 꽥 지르는 사이, 근처 주점에서 건장한 사내들이 우르르 쏟아져 나왔다.

벨하임은 그들이 누군지 단번에 알아챘다.

"제기랄! 이 근처에 몰려들었군, 다들!"

벨하임은 저도 모르게 카이를 숨기려는 듯, 그의 손목을 낚아챘다.

"어서…… 피하십시오!"

벨하임이 숨을 몰아쉬며 말했다.

"사람들이……!"

"그건 별문제가 아니다."

"저자들 손에 걸리면…… 위험합니다!"

그렇게 말하는 벨하임도 반신반의하긴 했다. 자신은 그의 발검(拔劍)조차 보지 못하지 않았던가.

'위험한 건 저 녀석들이겠지만, 그래도……!'

만에 하나의 일.

자신은 이 사람에게 빚이 있었다. 언뜻 그의 눈에 남아 있는 원망을 벨하임은 볼 수 있었다.

"나중에 소드마스터가 되면 꼭 찾아뵐 겁니다. 그렇지만 지금은…… 지금은 돌아가시라니까요!"

벨하임이 외쳤다. 두 팔로 카이를 붙들고 뒤로 밀쳤다.

그러는 사이, 주변 술집에서 뛰쳐나온 사내들이 주변을 에워쌌다.

멀리서 치안대가 달려오는 것도 보였다. 그 앞장선 사람들은 텀즈와 함께 있던 동기들이었다.

"저곳입니다! 누가 사람을 죽였어요!"

벨하임은 서둘러 카이를 자신의 등 뒤로 숨겼다.

"……제가 뛰라고 하면, 뛰세요."

벨하임은 검 손잡이를 잡으면서 비장한 목소리로 말했다.

"뒤도 돌아보지 말고 가시는 겁니다."

그때 카이가 조용한 목소리로 물었다.

"10년 전의 너처럼 말인가?"

벨하임의 몸이 굳었다.

"그렇지요. 10년 전……처럼. 뒤를 돌아보실 것도 없습니다."

벨하임은 검을 고쳐 잡으며 다시 앞을 바라보았다.

"그때 네가 거부했다면, 체스터 백작 아래 들어가지 않았다면 일이 쉬워졌을지도 모른다."

"소드마스터가 되지 않고서는 공작을 지켜드릴 수 없다고 생각했어요!"

벨하임은 내뱉었다. 그리곤 아차 싶었는지 덧붙였다.

"그런 말을 하실 때가 아니라니까요! 어서 피하세요!"

"어이, 벨하임."

주변 사내들의 몸에서 진득한 살기가 피어올랐다. 하나같이 옆구리에 검을 찬 채로, 어깨에는 체스터의 제자라는 표시로 여우 모양의 문양을 붙이고 있었다.

"네가 아는 사람이냐?"

"그, 그래."

"그 사람이 텀즈를 죽인 거야?"

"아, 아냐. 텀즈는……."

카이는 벨하임을 옆으로 밀치고 앞으로 나섰다.

카이가 앞으로 나서자 사람들의 눈이 희번덕거렸다.

"내가 그 사내의 목을 베었다."

"고, 공작님!"

벨하임과 리슨이 동시에 외쳤지만, 이미 나온 말을 주워 담을 수
는 없었다.

사내들이 울부짖었다.

"저 새끼가!"

"감히 텀즈를!"

"죽여어어어어어!"

"짓밟아, 저 새끼!"

"우리가 누구 제자인 줄 아는 거냐!"

"제기랄, 누구 제자인 게 그렇게 자랑스럽냐? 지금 이 상황이 부
끄럽지는 않은 거냐?"

벨하임이 앞으로 나섰다.

카이가 그를 뒤로 가볍게 밀었다. 그리고 리슨과 벨하임을 돌아
보았다.

"잘 봐 둬라."

"옛!"

"뭘?"

두 사람의 전혀 다른 대응에, 카이는 신경 쓰지 않았다. 대신 움직
이기 시작했다.

카이의 손이 다시 움직였다. 그러면서 가장 먼저 달려든 사내의
검을 막았다. 이 따위는 아무것도 아니라는 듯, 너무나 가벼운 몸짓
이었다.

"길거리에서 싸움을 걸어 오는 건가!"

카이는 사내를 향해 냉정하게 말했다.

"체스터의 제자들은 이 정도밖에 되지 않는단 말인가?"

뒤에 선 벨하임은 사내의 표정에서 살기가 광기로 바뀌어 가는 걸 멍하니 바라보았다.

'……왜 자신의 말이 화를 돋운다는 걸 모르는 거냐!

사람들의 성난 표정이 더욱 분명해졌다.

카이는 힘을 주어 가장 앞서 달려든 사내를 떨쳐 낸 후, 이어 검을 크게 휘두르며 한 바퀴 몸을 돌렸다.

그의 주변으로 달려들던 다섯 명의 사내가 그 한 방에 목에서 피를 내뿜었다.

"고, 공작님!"

벨하임은 시퍼렇게 질려서 카이를 바라보았다.

'여섯 명째! 대체 어쩌려고…….'

손을 쓰는 데 전혀 망설임이 없었다.

카이는 상대의 검을 막아선 채, 그를 노려보았다.

"이게 전부인가! 소드마스터의 제자로 배운 것이 이게 전부인가!"

"이이이이익!"

"뭐 하는 거냐! 본때를 보여 줘!"

다시 몇 번 서로 검을 주고받았다. 카이는 아까보다 누그러진 듯 사람을 죽이지는 않았다. 그러나 상대 중 둘이 손을 떨며 검을 놓친 것으로, 카이의 검에 실린 힘이 어느 정도인지 알 수 있었다.

그들은 치욕에 몸을 떨었다.

카이가 그들을 봐주는 것이 너무나 분명했던 것이었다.

그들은 잠시 숨을 헐떡이면서 카이를 노려보았다. 둥그런 원 한가운데 있었지만, 카이는 꿈쩍도 하지 않은 채 그들의 시선을 되받아쳤다.

웨너가 벨하임의 옆으로 다가왔다.

"믿을 수 없어……."

벨하임도 무의식중에 고개를 끄덕였다. 웨너는 이어 리슨을 바라보고, 벨하임을 바라보았다.

"대체 저 사람은 누구야?"

"……아아."

벨하임은 웨너를 바라보았다.

"로인 공작이시다."

벨하임은 힘없이 웃었다.

"우리 가문의 주인……인."

"뭣? 아냐, 믿을 수 없다. 저건……."

'100년쯤은 전장 한가운데에서 살아남아 온 무신(武神)이 아닌가!'

웨너가 보기에도 명명백백했다.

카이의 검술 실력은 체스터의 그것보다 더 강하고 빨랐다. 균형이 완벽하게 잡힌 모습이었다.

비록 검강은 형성되지 않았지만, 검술의 완성도만은 너무나 완벽했다.

카이는 자신을 향해 달려든 사내 셋을, 두 번 검을 휘둘러 무력화시켰다. 사내들의 손목에서 스팟, 하는 빛이 지나가면 그들은 여지없이 비명을 지르면서 검을 떨어뜨렸다.

"로인 공작이 검을 다룬다는 이야기는 들은 적이 없단 말이다! 저런 실력이면, 저런 실력이라면……."

웨너는 믿을 수 없다는 듯 계속 고개를 흔들기만 했다.

벨하임은 리슨을 바라보았다. 묵묵한 금발의 이 미남 집사는, 묵묵히 카이가 싸우는 걸 보고만 있었다.

"안 돕냐?"

"주인께서 저런 자들을 처리 못할 것 같은가."

그 주인에 그 집사였다.

리슨의 대답에 벨하임은 억지로 입술을 비틀어 웃었다.

드디어 치안대가 도착했다. 그러나 벌써 아홉 명의 사내가 죽었고 스무 명의 사내가 검을 떨어뜨리고 물러났다.

한 사람이 벌인 일이라고는 믿을 수 없는 결과였다.

"비켜라! 다들 떨어져! 오늘 같은 날 이게 무슨 불상사란 말이……!"

치안 책임자는 순간 상황을 한눈에 파악하고는 놀라 입을 다물었다.

카이는 리슨에게 한 손을 내밀었다. 잠시 후 리슨은 그의 뜻을 눈치 채고는 얼른 검 닦는 천을 건넸다.

카이는 천천히 검에 묻은 피를 닦아 내며 우아하게 이마를 찡그렸다.

"그대는 누군가?"

카이의 말에 책임자는 잠시 어이가 없었다.

'미친놈인지, 아니면 어디 든든한 배경이 있든지 둘 중 하나인가?'

"크람 자작이다. 너는 누구며, 대체 이게 무슨 소동……."

크람 자작의 질문에 먼저 답한 것은 카이를 뒤쫓아온 사내들 쪽이었다. 그들은 흥분해서 너나 할 것 없이 입을 열어 시끄럽게 소리를 질러댔다.

"살인자라고! 어서 잡아 쳐 넣어!"

"술집에서 사람 하나를 죽였어!"

"살인자야, 살인자!"

"잠깐! 조용히! 한 사람씩 말해라!"

크람 자작이 그렇게 간신히 사람들을 진정시켜 조금 조용해졌을 때, 카이가 앞으로 한 발 나섰다.

"이자들과 대결을 한 것뿐이다."

너무나 당당한 태도에 크람 자작은 처음엔 믿을 수 없다는 눈으로 주변을 둘러보았다. 대충 쓰러진 사내만 열 명이 훨씬 넘었다.

그는 이어 카이의 뒤에 선 세 사람, 벨하임, 웨너, 리슨을 바라보았다.

"그대들도 이 싸움에 끼어 있었나? 저자 혼자 싸운 건 아니겠지?"

웨너가 한발 나섰다.

"저는 체스터 백작의 제자, 웨너 블라힘입니다. 치안대장께 인사

올립니다."

"크람 자작일세. 체스터 백작의 제자를 보게 되다니 기쁘군. 그런
데 대체 이게 무슨 소동인가? 시체라니 무슨 소리지?"

웨너는 머리를 긁으며 당혹스러운 눈빛으로 주변을 둘러보았다.
그러나 아무도 대신 나서주지 않았다.

"누가 죽인 거지? 저 한 사람이? 왜 보고만 있었던 건가? 이자들
은 누군가? 복장으로 봐서는 체스터 백작님의 제자들 같은데 어째서
저 한 사람을 핍박한 건가?"

크람 자작은 상황을 믿을 수 없다는 듯 내쳐 물었다.

웨너는 그 질문에 망설였다.

"그게, 그러니까……."

카이가 천천히 걸어와 크람 자작 앞에 섰다. 사람을 죽였거나 싸
움을 한 것 같지 않은 당당함에 크람은 잠시 당황했다.

"내가 사람의 목을 잘랐다고 말했다. 시체는…… 저쪽 어디 주점
에도 하나 있을 거다."

"사람을 죽인 죄는 사형이다! 그 사실을 알고 말하는 것인가!"

"카이젤 아민 라 로인 공작이다. 본인은 제국 5대 공작의 한 사람
으로 귀족 모욕죄에 근거한 내 처분에는 황제 폐하라 하여도 어찌하
실 수 없다. 치안대장이라면 그 정도는 알아두도록, 크람 자작."

카이는 싸늘하게 대꾸했다. 즐거워 보이기조차 했다.

크람 자작은 잠시 입을 뻐끔거렸다. 그도 명색은 귀족이었다. 내
성에 저택을 소유하지 못하고 외성에서 거주하고 있을지라도.

이내 크람 자작의 말투에 가시가 돋았다.

"그렇다고 지금 사람 죽인 걸 이렇게 당당하게……!"

"본인은 다수 대 일 인의 싸움으로 이런 결과가 나온 것에 대해서 심히 자랑스럽다."

"그, 그렇다고는 해도……."

"웨너 군."

웨너는 카이가 부르자 깜짝 놀랐다. 그가 슬금슬금 다가서자, 카이는 그와 크람을 번갈아 바라보았다.

"웨너 군, 자네는 크람 자작과 함께 체스터 백작에게 가서 자네가 본 일을 고하게. 제자들이 죽은 이유와, 그들의 언행에 대해서는 묻지 않겠노라고 전하게."

"예에……?"

"그렇지만 분명히 전해라. 제자들의 방종한 행동에 대해서 봐주는 일은 이후로 없을 것이라고. 크람, 자네 역시 분명히 알아 두도록. 차후 다시 나에게 모욕을 가할 시에는……."

카이는 침착하게 말했다. 광장에 쩌렁거리면서 울리는 목소리는 아니었지만, 모두들 그를 주목하고 있었다.

"용서하지 않을 것이다. 이상, 카이젤 아민 라 로인의 이름으로 선언한다!"

카이는 검을 넣고, 이어 내성 쪽으로 걸음을 옮겼다. 차분하고 당당해서 마치 아무 일도 없었다는 듯이.

처음에는 꿈쩍도 못하던 사람들이, 제각기 얼굴에서 피를 흘리던 사내들이 이윽고 우물쭈물하면서 카이 앞에서 길을 열어 주었다.

체스터 백작의 제자들은 모두 고개를 수그린 채였다.

벨하임은 한동안 혼란스럽다는 표정으로 자신의 동기들을 바라보았다.

그는 곧 결심을 내린 표정으로 웨너의 팔을 붙들었다.

"웨너, 영감 만나면…… 부탁한다."

"벨하임!"

"원래 내 주인은 로인이다. 영감도 알고 있으니까 괜찮을 거야. 먼저 가마."

벨하임은 자신의 숙소를 향해 전력을 다해 뛰어갔다.

크람 자작은 어수선한 장소의 뒤처리를 위해 남았다.

부상당한 체스터의 제자들이 수십, 죽은 자도 열 명.

'이 일은 절대 그냥 넘어가지 않을 텐데……'

크람은 걱정되었다.

카이가 다음날 아침 성문이 열리자마자 도성을 떠났다는 것을 알았을 때 그는 저도 모르게 안도했다.

SWORD OF DRAGON LOAD

제2장
영지에 이르는 길

"더워. 더워. 더워. 더워."

벨하임은 용기를 내서 덧붙였다.

"목말라."

그러나 그의 요구는, 다시금 깨끗이 무시당했다.

"주공, 목마르진 않으십니까?"

오히려 리슨은 카이에게 다가서며 정중히 묻기까지 했다. 그의 눈이 아주 짧은 찰나 벨하임을 스쳤다.

벨하임 놀리는 의도가 반, 카이를 위한 진심이 반.

"어이, 날라리 집사. 너 죽여 버린다!"

벨하임은 크르릉거렸지만, 카이가 한 손을 들어 올리자 어쩔 수 없이 입을 다물어야 했다.

"몇 시간 더 걷고 쉬겠다. 그때까지 조용히 하도록."

그러나 카이의 말이 채 끝나기도 전에 벨하임은 신음 소리를 내며 비틀거렸다.

기묘하게도 세 사람 중, 카이만이 혼자 땀을 흘리지 않고 있었다.

그는 혼자 어디 걷기 좋은 산속을 천천히 걷는 것처럼 여유까지 있었다.

벨하임은 죽을 지경이었고, 리슨은 죽을 지경은 아니더라도 꽤 힘든 지경이었다. 둘은 땀으로 완전히 범벅이 되어서, 겨드랑이며 등에는 땀이 흘렀다가 마르면서 소금기가 허옇게 옷에 엉겨 붙었다.

그러나 카이는 땀 한 방울 흘리지 않고, 옷에도 모래가 별로 없었다.

"어떻게…… 어떻게……."

이윽고 벨하임은, 진저리를 치면서 물었다.

"어떻게 그럴 수가 있는 거지!"

"떠들면 그만큼 체력이 떨어진다, 벨하임."

카이도 진저리를 내며 대꾸했다.

"도대체 이 정도 길에, 새삼 왜 그렇게 짜증을 내는 거냐? 네가 10년 전에도 멀쩡히 살아 걸어 나온 길이었는데! 그때보다 체력도 튼튼해졌고, 물도, 먹을 것도 충분하단 말이다."

"지옥을 한 번 겪었다고 그 지옥길이 익숙해질까? 그 이야기가 아니잖아……요. 주공은 어떻게 땀 한 방울 안 흘릴 수 있는 겁니까?"

"오기다."

카이의 지나치게 짧은 대답에, 벨하임은 한동안 그 뜻을 알아듣지 못했다.

"……엥?"

카이가 어처구니없다는 눈으로 그를 돌아보았다.

"지저분하게 땀을 흘리면서 다닐 수는 없다."

"……아니, 그런 문제가……."

"그런 문제다."

"……."

벨하임은 두 손으로 머리를 쥐어뜯었다.

"그게…… 그게…… 가능하단 말입니까?"

그 순간 벨하임은 보고 말았다.

뒤돌아선 카이의 입 꼬리에 맺힌 웃음을.

"……놀린 겁니까!"

"왜 네가 이 나이에 이르도록 발전 하나 없는지 가르쳐 줄까?"

카이는 앞을 바라보면서 툭, 그 말을 아무렇지도 않게 던졌다.

"뭣……?"

"사막과 내 영지를 벗어나 도성에 도착했을 때, 넌 이미 소드익스퍼트 상급에 달하는 검기를 발현할 수 있었지. 그렇지만 그 상태로 10년이 지난 지금, 그 상태를 유지할 뿐 궁극의 단계를 넘어서지 못했어. 왠지 궁금한가?"

벨하임은 그 말을 듣고는 걸음을 움직일 수가 없었다.

'당연히 궁금하지! 궁금하지 않을 리가 있겠나?'

카이는 뒤돌아보았다. 그는 웃으며 외쳤다.

"어서 와라, 벨하임!"

"……기다려, 공작! 뭐냐, 이유가 뭐냔 말이다!"

그가 모래 위를 파닥거리면서, 카이의 뒤를 따랐다. 카이를 잡아 그 이유를 당장 캐묻지 않고는 견딜 수가 없었다.

그러나 카이는 그에게 잡힐 정도로 호락호락한 사람이 아니었다.

리슨이 당장 카이의 뒤를 가로막고, 벨하임을 향해 거칠게 명령했다.

"주공이라 불러라, 벨하임!"

"비켜, 날라리 집사!"

"더 이상의 불손한 태도는 봐주지 않겠다!"

"지금 넌, 그 주공한테 뭔가 좀 물어보려는 사람 앞을 네 의지대로 막아서고 있잖아?"

"……윽!"

리슨이 모처럼 입을 다물게 되자, 카이는 그 모습에 웃음을 참을 수가 없었다.

"아하하하하핫……! 리슨, 정말 한 방 제대로 먹었네. 그런 표정, 처음이야! 아하하하하핫……!"

"주, 주공!"

뻘겋게 달아오른 그 잘생긴 얼굴에, 카이는 정말 모처럼 원 없이 웃음을 터뜨렸다.

사막의 열기만큼이나 낭창하니 맑은 웃음소리. 그러나 그것도 잠시였다. 그는 웃음을 띤 채, 얼굴에 서늘한 기운을 떠올린 채로 벨하임을 돌아보았다.

"왜 발전이 없었는지, 그것도 10년 동안이나……. 답을 알고 싶다고 했나?"

"그, 그래! 아니, 그렇습니다!"

체스터 백작도 풀어 내지 못했고, 자신도 결코 그 답을 알 수 없었다. 지난 10년간의 답답함, 무작정 아무것이나 베고 싶을 정도로 억울한 기간이 한 순간 해결될지 모른다는 기대에, 벨하임은 고개를 열심히 끄덕거렸다.

카이는 어깨를 으쓱였다.

"그렇다면, 일단 오감을 열어라. 네가 지난 10년 전에 했던 것을 떠올려라. 굳이 네가 아니면 이런 사막에서 미적거릴 이유가 없어, 벨하임. 리슨, 그건 너도 마찬가지다."

카이는 둘을 향해 손을 뻗었다.

"둘은, 우리 가문에 있어서 지난 800년 동안 충성을 다 바쳐 온 사람이다. 리슨 멕, 너는 집사로 내부의 일을 도맡아 왔고 벨하임 아 리준, 그대의 가문은 수호기사로 외부의 적과 맞서 싸워 왔다. 하지만 지난 200년간, 이 가문의 어지러움으로 둘이 본래 지녔어야 할 것까지 잃고 말았지."

"본래 지녔어야 할 것?"

벨하임은 그렇게 말하면서 리슨을 힐끔 바라보았다. 리슨 역시 상당히 놀란 상태였다.

"주공, 그 말씀은······?"

"일단, 오감을 열어라."

"······응?"

그게 무슨 말인지 묻기도 전이었다.

벨하임은 뭔가가 눈에 들어왔다.

자신의 발아래에서 서서히 움직이는 모래였다. 바람에 날려 모래바람이 되어 베일처럼 흔들리는 정도가 아니었다.

모래산 하나가 통째로 그의 발아래로 흘러 내려가는 듯 많은 양의 모래가 움직이고 있었다.

그리고 불행히도 벨하임은 지금의 광경이 무엇을 말하는지, 10년 전 이미 겪은 바가 있었다.

"코모도다!"

"헛!"

리슨의 얼굴이 새파래졌다. 그러면서도 그는 카이의 앞을 막아서고는, 품에서 단검을 뽑았다. 벨하임도 검을 뽑았다.

카이는 태연하게 모래 아래에서 튀어나온 코모도를 바라보았다. 길이 15미터, 몸 둘레만 해도 10미터를 훌쩍 넘는 이 괴물 도마뱀은 모처럼 만난 사막의 먹잇감을 보고는 즐거운 듯 기다란 혀를 날름거렸다.

"오랜만이다, 코모도. 사막의 폭군."

벨하임이 긴장한 목소리로 말했다.

10년 전, 이것과 처음 만났을 때는 죽을 뻔했다.

로인 영지를 빠져나와 영주를 향해 맹목적으로 달려가던 이 사막은…… 열다섯 살의 벨하임에게는 마냥 지옥이나 다름없었다. 모든 것이, 심지어 공기조차 그를 죽이려 달려들던 그러한 곳.

그런 곳에 어째서 되돌아온 것일까?

아니, 그때는 어째서 그곳을 되돌아가야 한다는 걸 두려워하지 않았던 것일까?

'……와라! 까짓것 그래 봤자!'

벨하임은 지금 이 상태가 오히려 더 익숙했다.

목숨을 걸고 싸우는 것.

단 한 번 어긋나도 그냥 두들겨 맞고 끝나는 게 아니라, 정말 죽는 상황.

신경이 팽팽하게 곤두서는 듯하면서 다른 건 잊게 되었다. 심지어 더위와 갈증까지 그는 까맣게 잊었다.

있는 것은 코모도뿐.

"……와라!'

그러는 사이, 리슨은 카이의 앞쪽을 막아섰다.

"리슨."

"주공을 위험 앞에 노출시킬 수는 없습니다."

카이는 다른 곳으로 시선을 돌리고 있었다.

"……저곳에 다른 적이 있군."

"옛?'

카이는 퍼뜩 놀란 집사를 향해 고개를 흔들어 보였다. 그러나 이미 때는 상당히 늦어 있었다.

한 줄기의 바람이 카이의 몸을 감쌌다. 의지가 있는, 언뜻 옅은 녹색으로 빛나는 바람……! 흐릿하지만 여인의 얼굴이 그 속에 있는 것을 볼 수 있었다.

“바람의 정령!”

리슨이 외치는 동시에, 바람은 카이의 허리를 감싸고 사막을 건너 저 멀리로 사라졌다.

“주공!”

“뭐, 뭐야! 무슨 일이야!”

“이 얼간아! 그깟 도마뱀 따위 빨리 처치하고 얼른 따라와!”

“……댁이 그렇게 말할 때가 아니잖아, 이 상황 분별 못하는 주공 콤플렉스 날라리 집사야!”

코모도 꼬리에 붙들린 채 허공으로 횡 날아가는 벨하임이 용케 또박또박 말했다.

그리고 리슨은 카이가 날아간 방향으로 따라가려다가 자신의 앞을 홱 막아선 코모도의 앞발에 가로막혀 황급히 걸음을 멈췄다.

리슨은 이글거리는 눈으로 코모도를 올려다보았다.

“이 발 치우지 못해, 이 비만 도마뱀!”

벨하임은 땅에 처박히느라 그것을 제대로 보지 못했다. 그러나 모래 속에서 간신히 균형을 되찾아 일어났을 때, 그가 가장 먼저 본 것은 코모도의 앞발을 향해 달려든 리슨의 몸이었다. 그것을 본 순간 벨하임은 딱 하나를 생각했다.

‘저게 미쳤구나.’

벨하임은 저도 모르게 앞으로 달려갔다.

“위험해─!”

그는 검을 하늘 높이 치켜들었다. 그 순간 그의 검에 어린 검기가 마치 강철을 벼른 것처럼 단단하면서도 투명하게 바뀌었지만 그와 리슨은 전혀 눈치 채지 못했다.

"이 망할 것! 죽어!"

목을 가르지 못하는 단 한 끝 차의 힘!

"죽으란 말이다!"

그의 검이 앞다리를 스친 순간, 아까까지만 해도 끄떡없던 코모도의 비늘이 파삭 하고 부서지는 소리가 들렸다.

벨하임은 당황해 자신의 검을 보고, 검강이 형성되기 시작한 것을 눈치 챘다.

"으, 으하하하! 됐다, 됐어!"

집중력이 떨어지자마자 검강이 푸시시 사라졌다. 심지어 검기마저.

"이 멍청아!"

리슨이 외쳤다. 벨하임은 성난 코모도의 꼬리에 다시 얻어맞고는 허공 높이 날아올랐다.

카이는 자신의 앞에 선 여인을 바라보았다.

며칠 전부터, 아니, 사막에 들어서기 얼마 전부터 자신을 좇아오던 여인.

"바람을 통해 나를 끌어들일 줄은 생각도 못했네만."

카이는 그러면서 가볍게 상대를 나무랐다.

"무슨 일이신가, 자연의 균형자여?"

카이의 대응이 예상 밖인지, 아니면 카이의 뻔뻔함이 예상 밖이라 그런지 여인은 잠시 아무 말도 하지 않았다.

대신 그녀는 옆구리에 찬 검을 가볍게 뽑았다.

카이의 눈이 선뜻 빛난다 싶은 순간.

바람의 상급 정령 진이 붙들고 있던 포박이 풀렸다. 진이 호쾌한 웃음을 터뜨리고는 하늘 높이 나선을 그리며 사라지는 것을 보고 카이는 몸을 풀었다.

"정령의 힘이라는 건 사람이 견딜 수 없다더니, 정말이로군."

"그런 힘을 견뎌 낸 당신은 대체 뭐야?"

허스키한, 듣기 좋은 목소리였다. 카이는 고개를 끄덕이며 눈앞의 여인을 바라보았다.

'아름다운 종족이라더니……. 정말 그렇군.'

카이는 겉으로는 냉정을 가장했지만 속으로는 꽤 감탄했다.

자연의 균형자, 엘프. 숲의 모든 신이 어여삐 여겨 아름다움을 부여했다는 말을 듣는 종족답게, 카이의 눈앞에 있는 여인은 몹시 아름다웠다.

살짝 그을린 까무잡잡한 갈색 피부, 그리고 언뜻 분홍빛으로 빛나는 은빛 머리카락은 이 세상의 것답지 않았다.

그런 엘프 여인은, 카이의 이런 냉담한 표정에 꽤나 황당했다.

이제껏 이런 인간은 처음이었다.

인간은 보통 자신의 미모에 감탄하고, 엘프라는 데 감탄하고, 자신의 정체에 감탄했다.

그러나 이 인간은 정령을 보고서도 감탄 한 번 안 하고, 고작 그 힘이라는 데 감탄 한 번 한 게 전부였다.

카이는 그동안 모래 건너편을 바라보았다. 코모도가 광분해서 날뛰는 모습이 어렴풋하게 눈에 들어왔다.

그리고 흙먼지 사이로, 개미처럼 작은 인간 둘이 가끔 보이곤 했다.

"할 이야기가 있다면 서두르지 않겠나? 부하들이 위험하네."

"당신, 정체가 뭐야?"

엘프 여인은 시비조로 물었다.

순간 카이의 표정이 변했다.

"그렇게 묻는 그대는 누군가?"

그 표정이 얼음보다 더 차갑다고, 엘프 여인, 이르엘은 생각했다. 그녀가 정신을 차렸을 땐 벌써 카이가 검으로 그녀의 목을 겨누고 있었다.

"내 정체를 모르고 쫓아온 것은 아닐 터이고……. 너는 누구냐?"

서늘한 눈빛이 검보다 더 날카롭게 이르엘의 심장을 찌르는 것 같았다.

오히려 그녀는 되물었다.

"당신─. 인간, 카이젤 아민 라 로인이라는 인간이 맞긴 한 거야?"

"그렇다. 바로 찾아왔어. 내가 바로 로인 공작이다."

카이는 검을 이르엘의 목으로 좀 더 가까이 댔다.

깨끗한 검은 피부가 살짝 갈리면서 그 상처를 따라 피가 가늘게 흘러내렸다.

“질문을 바꾸기로 할까, 은빛의 요녀여.”

순간 이르엘은 몸을 흠칫 떨었다.

“누가 날 죽이라고 보낸 거냐?”

카이의 질문에 이르엘은 한숨을 내쉬었다.

“마음이라도 읽는 거야?”

그렇게 묻는 동시에 이르엘은 재빠르게 땅의 방패를 불러내 카이의 검부터 막았다. 그리고 거의 동시에 얼음의 창을 다른 한 손에 불러들였다.

엘프 특유의 정령술과는 약간 다른 방식의 정령술이었다.

단순히 정령을 이용하는 것을 넘어서, 형체가 없는 정령을 일정한 모양, 그것도 무기가 되도록 형체를 부여하는 것.

‘과연 역대 최강의 정령사…….’

카이는 감탄했다. 이르엘은 카이의 감탄하는 표정을 보고는 발끈했다.

“그렇게 한가롭게 감탄이나 하고 있을 때가 아니잖아! 덤벼, 로인 공작!’

“누가 날 죽이라고 했는지는 모르겠지만, 그대가 나섰다면 이유는 알 것 같군. 내가 엘프를 해쳤다고 그러던가?”

“그래!’

이르엘은 카이의 말에 귀를 기울이면서도, 카이의 움직임을 놓치지 않으려 했다.

그녀는 다른 때보다 더 많은 힘을 끌어올려 쓰고 있었다. 방패에

창은 물론, 언제든 불꽃의 차륜(車輪)을 에워쌀 준비를 갖추었다. 거기에 주변 정령들을 모두 동원해 카이의 움직임을 감시하고 있었다.

'움직이면 바로……'

이르엘의 이마 위로 한 줄기 땀이 천천히 흘러내렸다. 그 정도로 긴장했고 그 정도로 힘들었다. 그러나 그녀는 그 긴장 상태를 허물지 않았다.

카이는 검을 든 채 천천히 위아래로 그녀를 훑어보기만 할 뿐이었다.

"억울한 누명이라고 내가 말한다면…… 믿겠는가?"

"믿지 않는다."

"믿지 않는다라. 그렇다면 나는 이렇게 말해 주지. 나야말로 엘프를 믿지 않는다, 이 배신자들이여!"

"무슨 소리를 하는 거야?"

이르엘이 앙칼지게 되묻자 카이는 상대를 노려보았다.

"잊었다고는 말 못할 텐데? 그대들이 겨우 200년 전의 일을 잊었다고 하고 싶은 건가?"

"난 겨우 198살이야!"

'음?'

카이는 그 말에 잠시 놀랐다.

엘프의 수명은 평균 천 년.

성인기로 꼽는 것이 220살부터였다. 그렇다면 이르엘은 성인기가 채 되지도 않았는데, 극도의 정령술을 쓴다는 이야기였다.

‘엘프들은 조화를 중시하는 종족. 어린 엘프에게 이런 강한 힘이 있는 걸 좋아하지는 않을 텐데⋯⋯.’

“그러셨군. 어렸어.”

“당신도 어리잖아!”

“그래도 엘프에 비하면 인간에게는 다양성이라는 혜택이 있지. 그리고 엘프와는 다르게 간교한 종족이고.”

카이는 훗 웃으면서 이르엘에게 얼굴을 바짝 들이댔다.

이르엘은 순간 자신이 들고 있던 정령무기들을 써먹을 생각도 하지 못했다.

카이와 이르엘은 서로 키가 엇비슷했다. 이르엘이 아주 약간 작은 정도. 서로 굽히고 할 것도 없이 편하게 시선이 마주 닿고 호흡이 느껴졌다.

‘아⋯⋯ 이 향기.’

이르엘은 잠시 멍하니 다른 생각에 빠졌다.

‘예쁘긴 예쁘다, 엘프⋯⋯.’

흙에서 혼자 솟아난 분홍빛 꽃 같다는 생각이 스쳤다.

그런 생각을 애써 떨치려, 카이는 약간 시선을 다른 곳으로 돌렸다.

“크, 크흠. 그러니까⋯⋯ 내가 하는 말이 거짓말인지 사실인지 한 번 알아 맞혀 봐. 엘프가 우리를 배신한 적이 있다는 내 말은 거짓일까, 사실일까.”

“앗⋯⋯!”

이르엘이 그 말에 깜짝 놀라 그를 바라보았다. 그리고는 카이의 미소를 보고는 그가 자신을 놀린 것임을 깨달았다.

"인간 따위……!"

이르엘은 매섭게 소리쳤다.

"땅이여! 얼음! 바람! 불꽃……은 일단 대기!"

"듣고 싶으면 가만히 따라와. 200년 전, 우리 가문과 있었던 일을 말해 줄 테니까. 드래곤을 보증인으로 세운 신성한 또 다른 맹약을 엘프들이 어떻게 배신했는지 들려주마."

"내가 그 말을 믿을 것 같아?"

"믿지 않는다면, 그것도 네 자유다."

카이는 그렇게 말하며 등을 돌렸다.

"자, 잠깐!"

카이는 멈추지 않았다. 오히려 그는 사막을 가로질러 가 버렸다.

이르엘은 상당히 당황했다.

엘프지만 인간과 상당히 자주 접한 그녀였다. 게다가 종족의 안위를 위해 그녀는 상당히 거친 일을 해 왔다.

엘프족의 최고 장로는 그녀의 뛰어난 정령술을 이용해 엘프를 사냥하거나 죽인 자들, 혹은 엘프를 거래한 자들을 죽이도록 명령했다.

그리고 그녀는 그 명령에 따라 왔다.

이르엘을 만나면 많은 인간들이 변명을 하곤 했다. '내가 한 일이 아니다' 에서부터 용서를 해 달라는 말 등등.

그렇지만 카이처럼 모든 걸 알고 있다는 듯 말하는 사람은 처음이었다.

‘게다가 저 사람, 아무런 냄새도 나지 않아.’

엘프를 죽이면 그 특유의 냄새가 나기 마련이다. 참나무 껍질이 돼지의 피와 뒤섞여 그 위에 카카롭스 딱정벌레가 똥을 싸지른 후 썩힌 것 같은 묘한 냄새.

‘대신 이 사막에서 그런 냄새가 나는 건…… 왜지?

이르엘은 어리둥절했다. 이유를 알 수 없었다.

카이가 가까이 다가서기 전까지는 그 차이를 알 수 없었지만, 가까이에서 그의 체취를 맡자 확실하게 알 수 있었던 것이다.

다시 그 생각을 하자마자, 이르엘의 얼굴이 빨개졌다.

‘……카이의…… 냄새.’

이르엘은 퍼뜩 카이가 멀어져 가는 걸 깨달았다.

“로, 로인! 아직 내 이야기 끝나지 않았어!”

이르엘은 전력을 다해 카이의 뒤를 쫓아 달렸다.

리슨은 자신의 모든 힘을 다해 단검을 코모도를 향해 휘둘렀지만 코모도가 휘두른 꼬리를 막아서긴커녕 그대로 맞고 허공을 휙 날아갔다.

땅에 강하게 처박힐 때, 그는 눈을 질끈 감았다. 온몸의 뼈가 바스라지는 듯한 그 고통!

벨하임이라고 다를 리가 없었다. 몇 번이나 땅에 처박히면서도 벨하임은 검에 집중하려 애썼다.

‘검강만…… 검강만……!

그것만이 코모도를 벨 유일한 무기였다!

코모도가 사막의 폭군이라 불리는 데는 다른 이유가 없다. 뜨거운 모래 속에 달구어진 강철만큼이나 단단한 피부! 무거운 몸집에 어울리지 않는 잽싼 공격!

"이대로 죽을 수는 없단 말이다!"

피를 몇 번이나 토했던가. 그 발톱에 얼마나 찍혔는지, 그 발톱 끝에서 스며 나오는 독에 얼마나 중독되었는지 벨하임은 알지 못했다.

그리고 왜 그런데도 자꾸만 몸을 일으키는지, 벨하임도 그 이유를 알지 못했다.

'익숙한 느낌이지?'

카이가 물었다.

'그래, 이 망할 주공 같으니라고. 익숙해 죽겠다! 익숙해서 어떻게 해야 할지도 모르겠단 말이다!'

아까부터 그는 실실거리면서 웃고 있었다. 나오는 건 웃음뿐, 온몸을 짓누르는 고통 따위는 이미 까맣게 잊은 지 오래였다.

10년 전 그는 고향을 떠났다. 어른들도 혼자 몸으로는 100퍼센트 죽는다는 사막을 혼자 몸으로 헤쳐 나왔다. 단지 검 한 자루에 의지한 채, 물 한 동이에 의지한 채로.

'그리고 또 어떻게 도성까지 갔더라……?'

이제는 기억이 까마득했다.

단지 기억나는 건 하나였다.

공작의 문장이 그려진 저택의 대문을 봤을 때, 그는 긴장이 풀려 쓰러졌다. 정신을 잃어버리면서도, 공작의 저택 대문을 붙들고 쓰러졌던 벨하임이었다.

그리고 서늘한 회색 눈…….

자신이 죽는지 관찰하는 듯한 진지한 회색 눈.

'이거 죽은 거야?'

'그런 건 만지시는 게 아닙니다.'

그 말이 떠올라 벨하임은 다시 웃었다. 그리고 무릎을 꿇는 듯, 털썩 주저앉으며 몸을 낮췄다. 그의 머리 위로 코모도의 앞발이 세차게 휘둘러 날아갔다.

"죽은 게 아니란 말이다, 이 멍청한 공작과 날나리 집사 콤비 같으니라고……."

그는 웅얼거리면서 다시 일어나 검을 두 손으로 꾹 잡았다.

"이따위로는 죽을 수 없단 말이다……!"

그리고 그는 코모도를 향해 달려들었다. 리슨은 두 눈을 크게 떴다.

"벨하임!"

"크아아아아아아아앗!"

젖 먹던 힘이 아니다.

태어날 때의 힘이다. 자신의 등 뒤에서 살아나라고, 살아남으라고 떠밀던 그때의 힘. 한 발 한 발마다 그 힘을 쓰고, 사방의 모래 위로 자신의 기감을 펼치던 때.

코모도는 너무나 강력한 벽이었다.

벨하임은 이미 모든 힘을 써 버렸다. 모든 힘을 담은 검에는, 오러가 미약하게 실리지 않았다.

챙! 그의 검이 코모도의 목 바로 옆에서 휘둘러졌지만, 그 결과는 참담했다. 검이 오히려 부러져 버렸다.

코모도가 성난 눈으로 벨하임을 바라보고, 앞발을 높이 쳐들었을 때, 벨하임은 두 눈을 감아 버렸다.

자신의 머리 바로 위까지 코모도 앞발이 내리쳐 왔다. 그 압박이 느껴져 머리끝이 쭈뼛거리면서 바짝 섰다.

'……이젠 죽은 건가.'

벨하임은 입술을 질끈 깨물었다.

다음 순간.

"흐아앗―!"

벨하임이 눈을 떴을 때, 눈앞에는 카이가 서 있었다. 그는 검을 가볍게 휘둘러 피를 떨쳐 냈다.

그는 벨하임을 보면서 미소 지으며 물었다.

"익숙한 느낌이지 않은가?"

"……주공."

벨하임은 코모도가 있던 곳으로 시선을 돌렸다.

모래 위에서 코모도는 빼액거리면서, 분노의 함성을 내지르며 뒹굴어 대고 있었다. 한 발이 없어서 그 앞다리에서 피가 사방으로 뿜어져 나왔다.

카이는 유유히 저택의 복도를 걷는 듯 벨하임의 팔을 잡아당겨 공격 범위에서 벗어났다.

벨하임은 믿을 수가 없었다.

"어떻게…… 그렇게 쉽게……?"

누군가가 다가왔다.

벨하임과 리슨은 눈꺼풀이 먼지로 범벅이 되고, 완전히 탈진해 버려서 그의 얼굴을 알아볼 수가 없었다.

카이는 이르엘을 돌아보며 짤막하게 명령했다.

"둘을 씻기고, 시원하게 유지하도록."

"뭐, 뭐……?"

"그 후 네 배후에 대해 이야기하겠다."

"내가 왜……!"

"어서."

"……이 두 녀석을 인질로 삼을 수도 있어."

카이는 그 말에 고개를 끄덕이곤 돌아섰다.

"좋은 걸 보여 주지."

"뭘 하려고……."

카이는 검 한 자루를 든 채 코모도 앞으로 나섰다.

한 발이 잘린 후 코모도는 완전히 기가 죽어 있었다. 일찍이 그의 가죽을 꿰뚫은 인간은 없었다! 그의 이빨에 꿰뚫린 인간은 많았지만.

거기에 이렇게 당당하게, 두려움 없는 눈이 코모도의 야성에 즉각 말하고 있었다.

오늘 너 죽었다고.

꾸웨웨웨웨!(있을 수 없는 일!)

코모도는 그렇게 발악했다. 무엇도 자신의 두꺼운 가죽을 꿰뚫을 수 없다. 그러나 벌써 자신의 앞발 하나를, 저 인간이 잘라 냈다.

인간? 인간인가?

코모도의 야성이 외쳤다.

인간이 맞단 말인가?

카이가 검을 눈높이까지 치켜들었다. 검날 뒤에서 순간 빛나는 눈빛……!

꾸웨웨웨!

살려 주길 바라는 눈빛에 이르엘이 벌떡 일어났다.

"로인! 잠깐만!"

그녀의 말 따위에는 아랑곳없이, 카이는 검을 머리 위로 쳐들었다.

'한번 전력을 다해 볼까?'

이보다 더 좋은 장소가 있을까! 널린 것은 모래요, 표적은 수백 미터 밖에서도 알아볼 수 있는 거대한 도마뱀!

카이는 힘을 천천히 끌어올렸다. 자신의 온몸 구석구석 깔려 있는 그 거대한 힘……! 지난 10년 동안 자신의 몸에 축적된 그 기운은 자신의 것이었다.

온몸에 기운이 넘실거렸다. 힘을 얻은 후, 처음으로 그는 전력을 다 끌어올렸다.

꿰에엑!

죽을 수 없다는 듯, 코모도가 꼬리를 휘둘렀다. 그러나 카이는 신경도 쓰지 않았다.

“흐아아아아아앗!”

검을 휘두르되, 검을 내뻗는 것이 아니었다.

이르엘은 눈을 크게 떴다. 그녀는 저도 모르게 손을 올려, 입을 틀어막았다.

그녀의 온몸이 카이의 기운에 반응했다. 두려움, 공포! 사막의 한 가운데에서 보는 그 기운은 있을 수 없는 것이었다. 절대로 이 세상에서는……!

쿠콰콰콰콰콰콰콰콰!

모래 100톤이 한꺼번에 쏟아지는 소리? 아니면 거대한 폭포? 그런 소리가 순간 사막의 정적을 깨고 쏟아졌다. 엄청난 소리를 내면서 모래 위를 내달려 사라진 기운!

카이는 숨을 거칠게 몰아쉬면서, 만족스러운 눈으로 눈앞의 것을 바라보았다.

몸의 절반 정도가 깨끗하게 갈라진 코모도는 혀를 길게 내뿜고 있었다. 그리고 모래 위에 협곡처럼 길게 갈라진 상처가 있었다.

“……말도…… 안 돼…….”

이르엘이 중얼거렸다. 그녀는 다리를 떨면서 자리에 풀썩 주저앉았다.

벨하임과 리슨은 고통을 억누르며 억지로 일어나 앉았다.

“……저건……?”

카이는 검으로 땅을 짚고는 한쪽 무릎을 꿇었다. 숨을 거칠게 몰아쉬고, 몹시 힘들어하는 기색이 역력했다.

리슨이 비틀거리면서도 일어나서는 카이를 향해 달려갔다. 그리곤 자신의 망토를 벗어 카이의 어깨 위에 둘렀다.

"주공, 괜찮으십니까?"

"역시 지치는군."

카이는 리슨의 부축을 받아 자리에서 일어났다.

"거기, 엘프 여인! 어서 주공을 위한 자리를 마련해라!"

"무슨 소릴!"

이르엘은 발끈하여 소리 질렀다. 하지만 그녀는 자신의 목소리가 떨려 나온 걸 깨달았다.

"엘프 여인, 이제 이야기를 해야 될 때가 된 것 같은데……."

카이는 그렇게 간단히 상황을 정리했다.

"내, 내가 왜!"

카이는 모래 위를 발로 몇 번 툭툭 건드리며 말했다.

"그럼 여기 앉아서 이야기해 볼까?"

이르엘은 치를 떨면서도 그의 말에 따라 움직이기 시작했다. 사막 한가운데에서는 쉽지 않은 물의 정령을 잔뜩 불러내 그들에게 목을 축이고 씻도록 했다.

서늘한 바람이 팔랑거리면서 그들의 머리카락을 휘감고 지나갔다.

이르엘은 바득바득 이를 갈며 카이에게 물었다.

"자, 이제 이야기를 시작해 보지. 보나마나 거짓말이겠지만."

"주공, 이 여자는……?"

리슨은 그녀를 경계하며 물었다.

"아. 인사들 나누지. 이르엘 양, 이쪽은 내 가신으로 집사인 리슨,
이쪽은 호위기사인 벨하임이라 한다."

"호위……기사……?"

이르엘은 그 말이 인간의 농담인지 구분할 수가 없었다. 이르엘
의 눈길에 벨하임은 헛기침을 하며 시선을 돌렸다.

체스터 백작의 총애하는 제자, 다음 소드마스터가 될 제자에 항상
1위로 꼽히던 자신의 3개월 전 과거가 어렴풋하니 눈앞을 스쳤다.

'크흑, 내가 어째서 사막 한가운데서 이런……'

벨하임은 카이가 남긴 흔적을 보며 눈물을 흩뿌렸다.

'이런 괴물이랑 마주하고 있는 거지?

그러나 다음 순간, 벨하임은 그런 후회 따위는 까맣게 잊었다.

"이쪽은 은빛의 요녀 이르엘 양."

카이는 싱긋 웃으면서 서로를 소개시켰다.

"누군가 날 암살하기 위해 보낸 분이지."

후다다닥!

벨하임과 리슨이 동시에 자리에서 일어났다. 그들은 후들거리는
손으로 검을 뽑아서 이르엘을 겨누었다.

"으, 은빛의 요녀라고?"

"그래. 은빛의 요녀. 인간들이 그렇게 부르는 게 맞나, 이르엘?"

이르엘은 약간 당황했다.

"그, 그래. 로인."

"내 눈앞에……. 하지만 은빛의 요녀가 나타나면 살아남는 자가

없다고……."

벨하임은 믿을 수가 없었다.

요녀(妖女), 이르엘.

인간들은 그녀를 요녀라 불렀으며, 엘프들은 그녀를 해결사라 불렀다.

인간이 엘프족을 소유하고자 하는 욕구는 대단했다. 엘프족 등 이종족에 대한 납치와 거래가 금지된 지금도, 이따금 엘프족의 납치가 벌어지곤 했다.

그런 곳에 등장하는 것이 이르엘이었다. 엘프족의 구원자이자 해결사!

인간들이 그녀를 은빛 요녀라 부르는 이유는 반대였다. 엘프답지 않게 살상을 주저 없이 저지르기 때문이었다.

그녀가 세간에 알려지게 된 계기도 화려했다. 그녀는 숲 속 깊숙한 곳까지 들어온 인간들의 마을 하나를 통째로 숲으로 바꿔 버린 것이었다.

마을 사람들은 그 비료로 써 버렸고.

그녀가 지금 사막 한가운데, 카이의 앞에 모습을 드러낸 것이다.

"그런 것 따위는 들을 필요도 없어. 지금은 그럴 생각이 없다. 무엇보다 너희에게선……."

이르엘은 말을 정확히 끝맺지 않았다.

'어째서 이 사막 전체에서 그런 냄새가 나는 거야? 어째서? 정령들의 노래를 들을 수 없는 것이랑 무슨 관계지?

할 수 있다면 그렇게 캐묻고 싶었다.

그러나 이들에게서는 엘프와 만나기는커녕 스친 흔적조차 없었다.

"당장은 죽일 생각이 없어."

이르엘은 새침하게 리슨과 벨하임을 바라보았다.

"그러니까 그 칼 좀 치우지?"

그 말을 순순히 들을 리슨이 아니었다. 리슨은 언제라도 엘프의 공격이 있을지 모른다고 경계하면서, 단검을 한층 더 날쌔게 그녀에게 들이댔다.

"누가 우리 주공을 해치라고 했더냐!"

"이래서 인간들은 피곤하다니까……."

이르엘은 그렇게 말하면서 순간 손가락을 가볍게 마주쳐 소리를 냈다.

"으엇!"

리슨이 순간 비명을 질렀다. 순식간에 땅이 치솟아 오르면서, 그 혼자 하늘 높이 솟아올랐다.

"흐, 흐엇! 날라리 집사!"

벨하임이 손을 뻗었지만, 그 땅이 솟아오른 속도를 따라잡을 수는 없었다.

이르엘은 벨하임을 바라보며 날카롭게 물었다.

"너도 검, 안 치울 거냐?"

"……아니오."

곧바로 착검. 그리고 벨하임은 구석에 조용히 쪼그리고 앉았다.

카이는 그런 소동이 벌어지건 말건, 리슨이 막 꺼내 놓았던 다기(茶器)를 만지작거렸다. 차를 거름망에 넣고, 이어 그는 씩씩거리는 이르엘에게 주전자를 쑥 내밀었다.

"물, 이르엘."

"……내가 네 하녀 줄 알아?"

"그럼 모래로 차를 끓일까?"

이르엘은 한숨을 내쉬며 주전자에 물을 채우고, 이어 샐라만더를 불러 물을 적당히 데웠다.

카이는 우려낸 차를 잔에 조용히 따랐다.

"이제 이야기를 시작해 볼까?"

순간 카이의 눈이 사납게 빛났다.

"다른 네 명의 공작 중, 과연 누구일지를 맞히는 자리가 되겠지만."

"……!"

벨하임은 그 대화에 귀를 쫑긋 세웠다.

리슨은 그들 머리 위 오십 미터 정도 되는 곳에서, 더위와 공작에 대한 걱정으로 서서히 말라비틀어지고 있었다.

카이는 마치 이곳이 그의 정원 한가운데라도 되는 것처럼 태연스럽게 물었다.

"누가 날 죽이라고 했지?"

"그것보다 다른 이야기를 해야 하잖아."

"엘프는 말 돌리면서 장황하게 이야기하는 거 좋아하지 않아?"

"지금 내가 좋아하는 거 따질 때야?"

"좋아. 이야기를 한다면, 믿지 않아도 좋지만, 대신 무얼 해 줄 건가?"

"……뭐?"

이르엘은 어처구니가 없다는 듯 입을 삐죽거렸다.

"뭘 해 줄 거냐고."

카이는 물었다. 조용한 표정 속에서 눈빛만 집요하게 빛났다.

"인간이란! 정말이지 뭐든 거래를 하려 든다니까!"

"내가 원하는 건 이름이다. 누가 너를 움직이게 했는지."

"인간도 아니었어! 우리 숲에 연락이 왔을 뿐이야! 사실 로인 공작이 뒤로는 엘프들을 빼돌려 장사를 하고 있다, 라고."

이르엘은 삐친 채 외쳤다.

"그리고 나는 당연히 너를 쫓아올 수밖에 없었는데, 이건……."

"뭐가?"

"이제 말해, 로인."

"이야기가 좀 길어지는데……."

"그거랑, 이 사막에서 나는 냄새랑 관계가 있어?"

이르엘의 질문에 카이는 잠시 당황했다. 속내를 드러내진 않았지만 그녀의 질문이 불길한 추측을 낳았던 것이다.

"……뭐?"

"사막 말야. 이 네크시아라."

이르엘은 그곳을 둘러보았다. 그리곤 코를 킁킁거리고는 기분이 나쁘다는 듯 얼굴을 찌푸렸다.

“사방에서 엘프들이 죽으면서 남긴 저주의 냄새가 나. 처음에는 너희들 때문인 줄 알았는데, 그게 아니었어.”

“……!”

카이가 순간 눈을 부릅떴다.

심장이 터질 것 같았다.

“그런……!”

카이는 숨을 가라앉히려 노력했지만 참을 수가 없었다.

“……그런! 있을 수 없는 일이다!”

“엘프는 거짓말을 하지 않아.”

이르엘은 뾰족하니 소리쳤다.

카이는 입술을 깨문 채 주변을 두리번거렸다. 이르엘의 흉내를 내어 냄새를 맡았지만, 그가 감지할 수 있는 것은 사막 특유의 건조한 모래 냄새뿐이었다.

그러나 엘프가 죽으면서 흘린 피 냄새는 엘프만이 맡을 수 있다.

“……그렇게 된 건가.”

카이는 문득 떠오른 생각에 긴 침음성을 내뱉으며, 눈을 감았다.

“뭔데?”

이르엘이 뾰족하니 묻는 것에, 카이는 고개를 흔들었다.

“왜 네크시아라가 사막이 되었는지, 어째서 영지와 연락이 끊긴 건지.”

카이는 눈을 뜨고 이르엘을 바라보았다.

“그대도 익히 알고 있겠지? 엘프들이 죽은 숲에서 어떤 일이 벌어지는지.”

엘프는 숲의 신에게 축복받은 존재.

그런 엘프가 피를 흘리면 숲의 신 우네르가 노한다. 때문에 그곳에서는 숲이 사라지고 동물들은 몬스터로 변하게 된다.

‘네크시아라가 갑자기 사막으로 변했다 싶었더니…… 그랬구나.’

과거 네크시아라는 수백 년의 수목들이 우거진 숲이었다. 그 어느 땅보다 풍부한 자원과, 그리고 모든 엘프들이 거주하던 곳이자 로인 공작이 거느린 영지.

그런 곳이 갑자기 사막으로 변하게 된 것은, 엘프들의 죽음 때문인 것이다.

그리고 그 근본적인 이유를 카이는 짐작할 수가 있었다.

“누가 이곳에서 엘프들을 학살했는지, 그리고 어째서 자신은 그 사실을 모르고 있었는지 알고 싶은가?”

“당연히!”

이르엘은 발딱 일어나며 외쳤다. 흥분해서 얼굴이 붉게 달아오른 상태였다.

“누구든, 용서하지 않을 거야! 작은 흔적이라도, 증거라도 찾는다면 그땐…….”

그녀의 살기가 사납게 사방으로 뻗어나갔다.

“그땐 누구든 용서하지 않을 거야!”

그 무서운 살기에 벨하임은 주춤거렸지만 카이는 미동조차 없었다.

“그렇다면 따라와.”

카이는 가볍게 대꾸했다.

벨하임은 순간 기절하려는 것을 간신히 참고는 물었다.

"어, 주공. 그래도 암살자를……."

"이르엘 양은 암살자가 아니다. 정확히는 정령사고, 복수의 대행자지. 암살자라면…… 아니, 이 이야기는 그만두고. 어쨌든 도성을 빨리 떠난 보람은 있군."

"엣?"

"누군가 날 죽이려 한다는 건 알았잖나, 벨하임."

"엣…… 그렇다!"

벨하임은 코모도에 이은 은빛 요녀 이르엘의 등장으로 깜빡 무시했던 사실을 떠올렸다.

카이는 자리에서 일어나서 옆에 치솟은 흙기둥을 가볍게 두들겼다. 이르엘은 그의 뜻을 알아듣고는 기둥을 무너지게 했다.

리슨이 하늘거리면서 땅 위에 내려서자 카이는 그의 앞에 식은 차를 내밀었다.

리슨이 차를 마시면서 회복하는 사이 벨하임은 카이를 경악에 찬 눈으로 바라보았다.

"그렇군! 빈궁 공작을 죽인다고 해도 아무런 이득이 없잖아! 대체 어떤 멍청이가……."

"실례다, 벨하임."

카이는 순간 매섭게 말했다. 표정에 거의 흐트러짐이 없는 카이였는데, 방금 벨하임이 한 말에는 기분이 꽤 상한 표정이었다.

"내가 없어진다면, 그 저택만으로도 이득이다. 자식이 없으니, 제국의 남은 공작들이 두루두루 나눠 가지겠지. 로인 영지의 차지는 물론, 제국 한복판에 있는 저택의 넓이만 해도 탐낼 귀족은 많아. 아니면 다른 귀족, 후작이나 백작을 꼬드겨서 제국의 5대 공작의 숫자를 유지하려고 자리를 팔아먹는 데도 좋을 거고."

"그래서……."

카이는 고개를 끄덕이며 벨하임의 말을 잘랐다.

"그래서 남은 제국의 공작들을 우선 의심해 보자는 거다. 뭐, 솔직히 그 정도는 되어야지."

"된다니, 대체 뭐가?"

"적으로 말이다. 백작이나 후작 따위를 상대로 열을 내면서 싸우고 싶지는 않거든."

카이는 방긋 웃었다.

"그리고 또 한 번 빈궁 공작이라는 말을 꺼내면 죽이겠다, 벨하임. 그때는 가신이고 뭐고 없어."

"……쿨럭, 꽤 신경 쓰였나 보군……."

벨하임은 웅얼거리면서 시선을 돌렸다.

카이는 천천히 남은 차를 마시고, 모래가 서서히 덮어 버리는 사막 한가운데의 흔적을 바라보았다.

'아직까지 전력은…… 무리인가.'

손이 아주 가늘게 떨렸다.

SWORD OF DRAGONLOAD

제3장

사막의 추적

황궁의 소(小) 알현실.

말이 소(小)였지, 수십 명의 사람이 동시에 들어갈 수 있는 꽤 넓은 공간이었다.

지금 그 방에는 겨우 세 명의 사내가 마주 보고 있었다.

황제는 자신에게 내밀어진 종이를 흥미롭다는 듯 바라보았다. 그리곤 밀테이너 공작을 바라보았다.

"이게 뭐 하자는 건가?"

"로인 공작에 대한 탄원서입니다."

"로인 공작?"

황제, 헤첸 4세는 종이를 대충 읽고는 옆에 서 있던 젊은 귀족에게 넘겼다.

까맣고 긴 머리가 유난히 인상적인 사내였다.

"아직 그 가문에 살아남은 자가 있다고 들었는데…… 누구라고 했지?"

"이름은 카이젤 아민 라 로인이라고 합니다만 실제 그의 정체를 본 자는 아무도 없습니다, 폐하."

"그런가? 그러고 보니……."

헤첸 4세는 가볍게 턱을 쓰다듬으며 옛날 생각을 떠올렸다.

"분명히 로인 공작이 죽은 게……."

"10년 전입니다, 폐하."

"그래. 그 후로 로인 공작이라는 이름을 들은 게, 지금이 거의 처음인 것 같군."

헤첸 4세는 놀랍다는 듯 반문했다.

"어찌 된 건가? 그 가문에 후계자가 남아 있었던 말인가? 그런데 어째서 아무도 고하지 않았는가?"

"후계자가 있다는 것을 아무도 몰랐습니다, 폐하. 그리고 지금도 모릅니다만, 최근 시중에 그의 이름이 나돌고 있어서 뒤늦게나마 조치를 취하고자……."

"이름이 돌고 있다고?"

황제는 그렇게 중얼거렸다.

"이상한데."

"예?"

"……로인 가문의 일이 언뜻 기억난다. 모후께서 분명히 기억하실 것이다. 아마 그 당시 그의 자손이 태어났다고 기뻐하셨던 것 같은데……."

그렇게 말하면서 헤첸 4세는 이마를 찡그렸다.

"모후께 물으면 자세히 알 수 있겠지. 뭐, 그건 밀테이너 공작에게 맡기겠네."

"……황송하옵니다, 폐하. 그렇다면 믿어 주신 대로……."

짧은 대화였지만, 황제는 그것만으로도 충분하다는 표정을 짓고는 서둘러 알현실을 벗어났다.

밀테이너 공작은 황제가 알현실을 나가 버리고 한참이 지났는데도 꼼짝하지 않았다.

그것은 그 방에 있던 젊은 귀족 역시 마찬가지였다.

"너무 성급하셨습니다."

이윽고 그 젊은 귀족이 말했다. 밀테이너는 신경질적으로 머리를 긁었다.

"살인범으로 수배령이라도 내릴 생각이었네. 공적으로 말살하는 게 어렵다고는 생각하지 않았는데, 의외의 곳에서 일이 꼬이는 군."

"로인 공작 가문이 지난 200년 동안 그렇게 어려웠으면서도 끝내 멸문(滅門)하지 않은 것은 황실이 음(陰)에서 그들을 도왔기 때문인 모양입니다."

젊은 귀족은 침착하게 말했다. 그렇지만 어딘지 사내의 목소리에는 끈끈한 욕망 같은 것이 절로 풍기는 듯 했다.

"태후마마께서 아신다는 이야기는 곧, 그분이 로인 가문을 지지해 왔다는 이야기……가 될 테니까요."

"……."

밀테이너 공작은 그 말에 잠시 창밖을 바라보았다.

황궁은 그 자체가 하나의 도시와 같았다. 수많은 사람들, 수많은 건물. 그리고 수많은 호위 인원들.

그것을 생각하는 밀테이너 공작의 얼굴에는 아주 잠시 씁쓸함이 스쳤다.

밀테이너는 이제 겨우 중년의 문턱을 향한 사내였다. 때문에 젊음의 생생함과 노년의 중후함이 조화를 이루었다. 단정한 몸가짐에 날카로운 매부리코, 잘 다듬은 수염 아래 보기 좋은 입술은 그러나 좀처럼 미소를 짓는 법이 없었다.

"황실과 로인. 정말이지 마음에 안 드는 군. 200년 동안 끈질기게 살아남고, 이제 또다시 빠져나가려고 하는 건가."

"그렇지만 전례가 있지 않습니까."

"음?"

밀테이너 공작은 젊은 귀족을 돌아보았다.

사내는 미소 짓고 있었다. 그러나 그 미소는 보는 사람에게 불안함을 안겨 주었다.

마치 구렁이가 웃는 듯, 가느다란 입술 사이로 언뜻 보인 그의 어금니는 하얗고 날카로웠다.

"뭔가, 이프로스 백작?"

"이미 선대 로인 공작을 저택 밖에서 조치를 취한 예가 있습니다. 하물며 사막 한가운데서라면……."

"보고서를 보면 알겠지만, 그 사람에게는……."

밀테이너 공작은 이마를 찡그렸다.

"소드마스터에 준하는 힘이 있는 것으로 생각되네만."

“……그 힘이 아무에게나 쉽게 주어지는 건 아니지요. 최고의 추격병을 보내야 할 걸로 생각됩니다. 어차피 네크시아라를 건너는 일도 쉽지 않을 테니까요.”

“최고의 추격병이라면…….”

이프로스 백작은 다시 미소 지었다.

“쉬펜 백작 정도라면 괜찮지 않겠습니까? 그리고 거기에 체스터 백작의 제자들을 부추기면, 그들은 좋아라하고 출발할 겁니다.”

밀테이너는 불쾌한 생각이 떠올라 이마를 찡그렸다.

“체스터 백작이 가장 아긴 제자 녀석을 자네도 몇 번 만나 봤지?”

“예. 벨하임……이라고 했던가요, 이름이…….”

밀테이너의 이마가 구겨졌다.

“그 녀석이 그 로인의 가신일세.”

잠시 이프로스 백작도 어두운 얼굴로 생각에 잠겼다.

“그자가 소드마스터가……?”

“그 경지에는 아직 이르지 않았지만, 체스터가 심혈을 기울였던 자니 검술 자체로는 뒤지지 않는다고 봐야겠지.”

이프로스 백작은 뭔가를 입속으로 중얼거리면서 잠시 계산했다. 그러나 곧 그는 고개를 흔들고 한숨을 짧게 뱉었다.

“어차피 쉬펜 백작이 그 이상의 인원을 붙여준다고 해도 거부할 것 같습니다만…….”

“그래. 그렇겠지.”

밀테이너 공작은 창틀 위에 올린 손에 힘을 꾹 주었다.

"어차피 오늘만 기회는 아닐 테니까……. 살아 돌아온다면 말일
세."

＊　　　＊　　　＊

사막의 밤은 춥다.

이르엘이 불러 모은 카사들이 허공에서 날갯짓을 해 대면서 그들
의 주위를 맴돌았다.

따뜻하면서도 아름다운 불나비에, 벨하임은 신기한 듯 몇 번이나
손을 내밀어 보곤 했다.

사막을 여행해 온 지난 몇 주 내내 경계와 추위, 갈증 등에 시달
렸던 벨하임과 리슨이 잠에 빠져 드는 데는 시간이 얼마 걸리지도
않았다.

카이는 그런 가신 둘을 보면서 잠시 얼굴에 부드러운 미소를 지
었다. 그리고는 곧 자리에서 조용히 일어났다.

그가 없는 것을 가장 먼저 눈치 챈 것은 이르엘이었다.

"……로인?"

외로운 발자국이 모래 저 건너편으로 이어지고 있었다.

꽤 멀리 떨어진 곳에서 카이가 홀로 서 있는 것이 보였다.

서쪽으로 기울기 시작하는 보름달이 환하게 내리비쳤다.

달빛에 반짝이는 모래만큼이나 많은 별이 사막의 하늘에 박혀 있
었다.

카이는 그런 가운데 허공을 껴안듯이 한참이나 두 팔을 벌린 채 서 있었다.

'……?'

이르엘은 한참이나 그런 그를 가만히 보고 있었다.

어째서인지, 그녀는 주변에서 자신을 봐 달라는 듯 맴도는 카사들의 날갯짓에도 불구하고 점점 추워졌다.

그의 모습을 가만히 바라보고 있던 이르엘은 다음 순간 온몸이 오싹해졌다.

카이의 몸에서 흘러나온 기운에, 망토는 물론이고 주변 모래까지 스르륵 허공으로 떠올랐다. 마치 그의 주변에만 작은 회오리바람이라도 부는 것 같았다.

카이의 몸에서 뿜어져 나오는 것은 바람이 아니었다. 그것은 칼이었다. 그만큼 사납게 사방을 갈가리 찢어 내려 했다.

"……!"

이르엘의 얼굴이 굳었다.

그 기운은 처음 접하는 것임에도 불구하고, 굉장히 낯익었다. 마치 그녀의 영혼에 처음부터 새겨진 것 같았다.

'이 기운은, 절대 마주 보지 마. 피해─. 고개를 숙여!'

생물체로서의 본능적인 두려움이 솟아났다.

'일개 인간에게서, 어떻게……?'

카이는 다시 검을 휘둘러, 기운을 내뿜었다.

'아직 몸이 정상은 아니로군.'

한 번 써 본 힘에도 몸이 이렇게 배겨 내지 못할 줄은 그도 몰랐던 일이었다. 몸이 산산이 찢어질 것 같았다. 기술을 쓰면서 요구하는 마나의 양이 달랐다.

"……당신이 가려고 하는 곳이, 설마……?"

어느 샌가 이르엘이 다가와 물었다.

카이는 그녀를 돌아보며 고개를 끄덕였다.

"어딘지 아는 것 같군."

"……드래곤 밸리……?"

카이는 고개를 끄덕였다. 그리고 잠시 숨을 돌릴 겸 모래 위에 털썩 주저앉았다.

이르엘은 도망이라도 가고 싶다는 표정이었다. 모닥불이 있는 곳으로 가야 하는지, 아니면 그에게서 멀어져야 할지 망설이는 눈초리로 한참을 주저주저 했다.

이윽고 이르엘이 그의 옆에 와 나란히 앉았다.

"왜 굳이 가려는 건지, 물어도 괜찮을까……?"

"그곳이 내 고향이니까."

"엘프들의 배신 이야기는 대체 무슨 얘기야?"

카이는 그 말에 잠시 입을 다물었다.

둘 사이에는 조용히 침묵이 흘렀다. 달빛이 모래산을 지근거리며 밟고 서쪽으로 천천히 지기 시작했다.

"로인 공작과 엘프들이 서로 동맹을 맺었다는 이야기는 한 번도 듣지 못했던 건가?"

이번에는 이르엘이 고개를 끄덕였다.

카이는 그 대답에 힘없이 웃었다.

"과거에…… 그러니까 마족과 대항하면서 엘프들의 세가 급속히 위축되었을 때, 그때 엘프들은 용의 신 로잉루에게 자신들을 구해줄 것을 탄원했다."

"용의 신에게?"

"자신들의 숲의 신 우네르는, 자신의 방식으로밖에 구원해 줄 수가 없으니까."

숲이 지닌 속성 그대로, 묵묵히 견디어 내는 것.

이르엘은 한참 후에야 그 말에 아, 하면서 고개를 끄덕였다. 카이는 동쪽 하늘을 바라보면서 이야기를 계속 이었다.

"그러나 당장 어린 엘프 하나 구해 내지 못하면서, 시간이 그들의 아픔을 씻겨 내 주고 그들의 원수들에게서 최소한 구해 줄, 그런 상대를 찾았지. 바로 드래곤에게."

"……하, 하지만 그게 왜 로인…… 설마……?"

"아, 우리는 드래곤이 아니다. 인간이니까 안심해."

"그, 그건 알아!"

카이의 웃음 담긴 목소리에 이르엘은 다시 발끈해 외쳤다.

카이는 약간 이상하다는 듯 그녀를 바라보았다.

"그러고 보니 엘프치곤 참 성격 있네."

"그런 말은 자주 들었어! 그리고 인간 따위에 비하면 성격 있는 것도 아니라고!”

“하여간 용의 신 로잉루는 그들의 탄원을 들어주기로 했지.”

카이는 아무렇지도 않은 듯 말을 돌려 버려서, 이르엘은 저도 모르게 새침하니 삐쳤다.

카이의 말에는 귀를 기울이면서도, 딴 척을 하는 양 흙의 정령들을 불러내는 것이었다.

그들의 발 주변에서 작은 흙의 정령들이 우왕좌왕 놀기 시작했다.

“그래서 로잉루께서는 인간을 통해 그 균형을 잡고자 생각하셨다. 인간이야말로 마물과 싸울 수 있는 균형을 갖고 있으니까.”

“하지만 인간은 약하잖아! 모든 종족 중 가장 약한 체력과 가장 작은 체구, 성인의 힘에 달하기까지의 시간은 물론, 정령이나 마법, 심성, 그 어느 것도……!”

“하지만 마물과 싸울 수 있는 건 인간뿐이야. 그건 태초부터 주신이 정해 주신 바의 일. 거기에 필요한 힘을 갖춘 인간도 몇몇은 있고.”

엘프는 정령왕을 불러내지 못하는데 인간은 그럴 수 있다. 엘프는 마법을 쓰지 못하는데 인간은 그럴 수 있다.

태초에 만들어진 수많은 생물 중 인간과 엘프만이 서로를 견제하며 이제껏 살아남았다.

그러나 서로가 서로의 생존 이유를 아직껏 밝혀 내지 못했다. 이해하지도 못했다.

“엘프들이 뭉치지 않은 게 아냐. 단지…… 마물들이 그렇게 강했을 뿐이야. 그때 이미 로잉루가 인간에게 축복을 내리기로 결심을 했기 때문에, 상황이 그렇게 맞물린 것뿐이지. 그래서 로잉루의 이름을 딴 우리 가문이 시작되었고, 드래곤의 도움을 받아 우리는 마물을 처치하고…….”

“그리고 엘프들은?”

“엘프들과 협정을 맺었지. 우리의 협조에 그들은 우리를 도울 걸 약조했어. 교역을 하고, 우리는 그들의 거주지를 지켜 주고.”

“지켜 준다면…….”

이르엘은 말을 채 끝낼 수가 없었다. 대신 그녀는 주변 사막을 둘러보았다.

그녀는 이곳의 냄새에 좀처럼 무뎌질 수가 없었다. 코끝이 썩을 것 같아서 계속 입으로 숨을 쉬던가, 정령을 불러내 바람을 계속 불게 해야만 했다.

“문제는 그들이 우리를 돕지 않기로 했기 때문이야. 엘프들은, 배신했어.”

카이는 무뚝뚝하게 덧붙였다.

이르엘은 그 말을 이해할 수가 없었다.

“그런 이야기는 처음 들어, 로인.”

“카이라고 불러. 무엇보다 그 이야기를 알고 있는 것이 몇 되지 않을 테니까. 아마 내 추측이 맞다면, 그 때문에 노한 거야.”

“누가?”

“용의 신.”

이르엘의 얼굴이 창백해졌다.

신의 서열이라는 건 없다. 각 신들은 자신들이 창조해 낸 생물을 보살피며 주신의 인과율 속에서 어긋나지 않도록 한다.

그렇지만 그런 인과율에서 벗어난 존재가 있었다.

바로 드래곤이었다. 드래곤은 주신에게서 직접 힘을 받아 태어난 종족이었다.

그런 드래곤 중에 깨달음을 얻으면, 주신의 곁으로 직접 올라가 그의 율법 천사가 되는데 그들을 따로 용의 신이라 불렀다.

인과율에서 벗어나고, 혹은 더 나아가 인과율을 실행하는 자가 되는 것이다.

용의 신의 노여움이라는 것은 바로 드래곤의 노여움을 샀다는 것.

이르엘의 힘으로는 어떻게 대응할 수 있는 일이 아니었다.

“로인이 엘프를 보호하고, 엘프는 로인을 돕는다……, 로인은 드워프를 보호하며 그들은 로인을 돕는다.”

카이는 나지막하게 중얼거렸다.

“그것이 로인의 세 번째 맹약.”

아침 태양빛 속에는 항상 불의 하급 정령 카사가 날갯짓한다. 따스한 기운을 몰고 온 이 쾌활한 정령이 이르엘의 얼굴을 부드럽게 쓰다듬었다. 일어나요, 일어나요, 라고.

이르엘은 천천히 눈을 떴다. 서늘한 사막의 기운 위에, 정령들이 언제나처럼 그녀의 곁에 있었다.

단지 그것뿐.

그녀는 순간 완전히 잠에서 깨어났다.

"어, 어떻게!"

정령을 친구로 둔 그녀였다. 정령들은 사람들 움직임 하나하나까지 그녀에게 속삭이곤 했다.

하물며 천막을 거두고 야영지에서 떠나는 것을 말해주지 않을 리가 없었다.

그러나 지금 이르엘의 눈앞에 펼쳐진 것은 엄연한 사실이었다.

그녀는 사막 한가운데 덩그러니 혼자 누워 있었다.

그들은 어디에도 없었다. 바람이 모래 위의 흔적까지 모두 지워 버렸다.

"어, 어떻게 이런……!"

이르엘은 한동안 아무 생각도 할 수가 없었다.

어젯밤, 정확히는 새벽 늦게까지 카이의 이야기를 곱씹느라고 곤히 잠들었던 모양이었다.

혼란스러워하는 자신을 이곳으로 데려오면서, 카이는 말했다.

'내 이야기를 쉽게 믿을 수는 없겠지. 무엇보다 이르엘, 당신은 듣지도 못한 이야기니까.'

'……드래곤 밸리로, 정말 갈 거야?'

'가야만 하니까. 200년 동안이나 일이 엉켜 있었고, 이제 좀 복잡

한 일을 다 해결해 놓고 제대로 살고 싶으니까.'

카이가 그렇게 말하면서 싱긋 웃었던 게 떠올랐다.

'천천히 생각해 봐. 따라와도 괜찮아. 드래곤이 그대를 죽일 리는
없을 거야.'

'하, 하지만……'

엘프는 쉽게 잊지 않는다.

그러나 드래곤은 절대 잊지 않는다.

'우리가 정말 배신을 했다면……'

'괜찮을 거야.'

카이가 그렇게 말했다.

그 말을 어느새 믿어 버리고, 새벽에는 깊은 잠에 빠져 버렸던 것
이다.

그가 괜찮을 거라고 말했으니까.

"이게 뭐야!"

이르엘은 상대도 없는데 삐쳐선 외쳤다.

"괜찮을 거라며!"

역한 냄새가 순간 그녀의 코끝으로 스며들었다.

엘프들이 죽어 가면서 흘린 피 냄새. 그 피가 썩고 썩어 사막을
만들어 버린 이 땅.

순간 몸이 오싹해 왔다. 혼자서 드래곤을 만나게 되면 어떻게 하
나, 그녀는 정신이 혼미해질 지경이었다.

그때였다.

사막을 건너 말 두 필이 달려오는 소리에 그녀는 자리에서 벌떡 일어났다.

검은 말 두 마리가 흙먼지를 일으키면서, 그들이 있는 곳으로 빠르게 달려왔다. 그 말안장 뒤쪽에는 라페드 제국의 황궁 소속임을 나타내는 작은 깃발이 달려 있었다.

이르엘은 저도 모르게 뛰어, 코모도의 시체 뒤쪽으로 몸을 숨겼다.

두 사람은 코모도 시체를 보고는 잠시 어이가 없다는 표정이었다.

"이게 그 사막의 코모도라는 괴순가?"

"나도 말로만 들었지, 처음이야. 정말 큰데!"

둘은 코모도 시체 주변을 한 바퀴 빙빙 돌았다.

이르엘은 죽을 지경이었다.

'라페드 제국에서? 카이를 쫓아온 건가?'

이르엘은 그들의 반대 방향으로 빙 돌아 모습을 숨겼다.

"이거, 칼로는 베어지지 않는다고 들었는데?"

"에이, 설마. 무슨 짐승이 칼로 안 베어져? 게다가 이 중간에……이건 무슨 흔적이지, 대체?"

둘은 중간에 카이가 일격을 가한 곳에서 멈췄다. 그 광경을 보지 않은 사람은 이해할 수 없으리라. 다 자란 코모도가 사람의 일격에 의해 몸뚱이가 반으로 절단된 상황은, 설령 보고도 제대로 이해하기 힘든 상황이었던 것이다.

"……하늘에서 천벌이라도 내린 거 아냐?"

"뭐?"

이어 그들은 꼬리 부분으로 걸음을 옮겼다.

"꼬리는 왜 잘린 거지?"

"뭐야, 사막에 우리가 모르는 괴수나 뭐가 더 있나?"

그렇게 대화를 나누는 것을 들으며 이르엘은 자신이 왜 몸을 숨기는지 반문했다.

그 다음 순간이었다.

두 기사의 목소리가 경직되었다.

"설마, 이게……!"

"그렇군! 로인 공작이다!"

'……!'

이르엘은 순간 멍해졌다.

"꽤 따라잡은 모양이야!"

"제길, 그래도 방향은 제대로 잡았군. 이 상태면 못해도 닷새 내면 따라잡겠어."

"좋아. 연락을 보내라! 매를 풀어!"

그들은 머리 위에 맴돌던 매를 향해 높게 휘파람을 불었다.

그때였다. 이르엘이 결심한 것은.

'나는 배신하지 않아, 로인.'

자신들의 선조가 800년 전 약속했다고 했다. 로인을 돕는다고.

"당신의 말을 믿어."

이르엘은 중얼거렸다.

사내 둘은 그녀의 목소리에 화들짝 놀라, 뒤를 돌아보았다.

이르엘은 코모도 시체 위로 뛰어올라, 그 둘을 내려다보았다.

"누, 누구냐!"

"잠깐만, 봐 봐! 엘프다!"

두 사내가 이르엘의 정체를 파악하려 애쓰는 사이, 이르엘은 양손을 들어 올렸다. 그녀의 손끝에서 바람의 정령들이 웃으며 모여들었고, 서서히 그 기운을 드높였다.

사막 한가운데서 아름다운 엘프를 발견해서인지, 그들은 그 모습을 보면서 당장 경계하지는 않았다.

"엘프 여인이여, 잠시만! 우리는 그대를 쫓아온 게 아니다! 혹 이 근처에서 사람을 보았는가?"

기사 한 명이 물었을 때, 이르엘은 그대로 가볍게 뛰어올랐다. 바람의 정령들이 그녀의 몸을 받쳐 주었다.

그녀의 몸 주변에서 거대한 회오리가 일어났다. 그리고 그 사이에서 이르엘은 얼음 화살을 불러왔다. 회오리가 거대한 활대였다.

"뭐, 뭐냐!"

둘이 크게 놀라 검을 뽑았다. 그러나 늦었다.

"얼음의 화살, 바람의 의지를 따라!"

그녀의 손에서 화살이 차례로 두 번 가볍게 튕겨나갔다. 회오리의 가장 자리로 향한 화살은 갑자기 빨라진 바람을 타고 이윽고 무서운 은빛이 되어, 허공을 크게 몇 번이나 둥글게 맴돌았다.

기마병 둘은 어디서 날아올지 모를 화살을 기다릴 정도로 바보는 아니었던 모양이었다.

하나가 화살을 회오리 속으로 쏘았지만, 바람에 막혀 화살은 힘없이 땅으로 떨어져 내렸다.

다른 하나는 매를 부르기 위해 다시 휘파람을 불었다. 그러나 이미 모든 것이 늦었다.

가장 빠른 속도를 탄 얼음 화살이 회오리의 끝 바람에서, 둘의 심장을 향해 쏘아져 나간 순간!

"으앗!"

보면서도 막을 수 없었다. 손을 막 들어 올려 막으려 했을 때, 이미 화살은 심장 한가운데를 꿰뚫었다.

그들의 피가 사막 위를 적시는 동안 이르엘은 천천히 바람을 타고 땅 위로 내려앉았다.

그녀는 조용히 한 손을 하늘로 들어 올렸다. 하늘을 맴돌던 매가 그녀의 부름에 답해, 그녀의 손 위에 조심스럽게 내려앉았다.

"저런 인간들과 함께 할 이유가 없단다."

이르엘은 고요한 목소리로 말했다.

"나랑 같이 갈래?"

삐이?

매는 뭘 고민하느냐는 듯 고개를 갸웃거렸다. 그리곤 이내 다시 응석을 부리기 시작했다.

"그래. 가자, 로인 공작한테로. 멀든, 이 뒤처리를 부탁해."

그녀는 땅의 중급 정령을 아무런 신호도 없이 소환했다.

그리고 카이의 뒤를 쫓아 길을 서둘렀다.

그녀가 카이를 따라잡은 것은 다섯 시간 정도가 흐른 후였다.

"이르엘 양!"

그녀가 나타나자 벨하임은 온갖 오두방정을 다 떨며 그녀의 주변을 맴돌았다.

카이는 빙그레 웃었다.

이르엘은 굳은 표정으로 말했다.

"믿을게요, 당신의 말."

"고마워."

"그리고…… 우리에게 기회를 줄 수 있나요?"

카이는 그 말에 잠시 멈칫거렸다. 그러나 곧 그는 고개를 끄덕였다.

"오히려 기쁘게 받아들이고 싶은 말인데."

"선발대가 우리 속도를 따라잡았어요. 그들이 말하길 닷새면 따라잡을 거라 했는데, 이 다음엔 어떻게 할 건가요?"

"글쎄. 그렇지만 한 번 신세를 졌으니, 다음번에는 내가 알아서 처리하도록 할게."

"두 번 신세진 거예요. 코모도 시체까지 처리했으니까."

카이는 그 말에 고개를 끄덕였다.

"그럼…… 어서 가요, 당신의 땅으로."

그렇게 말하면서 이르엘은 몸을 부르르 떨었다.

"용의 신께서 기뻐하시겠군."

카이는 그렇게 말하면서 앞장섰다.

일행은 걸음을 서둘렀다. 로인으로 향하는 길은 이제 겨우 며칠 거리였다.

카이는 아직 알지 못했지만, 그들을 추격하는 자들은 황궁, 아니, 제국에서도 최고에 속하는 실력자들이었다.

흑창기마부대를 보낸 것은 그들의 속도가 가장 빠르기 때문이기도 했지만, 또한 그들이 가장 사납기 때문이었다.

"로인 공작에 관한 이야기가 정말이라고 보십니까, 대장?"

급한 명령에 따라 추격에 나선 지 3주일 만에 그들은 카이를 거의 따라잡았다.

그렇지만 흑창기마부대중 거의 대부분은 세간에 급격히 퍼진 카이 로인 공작에 대한 이야기를 믿지 않았다. 30명의 정예 부대는 그 이야기로 추격하는 내내 이야기가 분분했다.

그들의 뒤쪽에서는 체스터의 제자들 중 엄선한 30명의 사내들이 주눅이 들어선 그들을 쫓아오고 있었다.

그들은 체력으로나 실전 경험으로나, 흑창기마부대와는 비교할 수가 없었던 것이다.

3주일 내내 그들의 구박과 조롱에 시달린 것은 물론, 스승이 그들을 보내면서 한 말에 그들은 기가 잔뜩 죽어 있었다.

'쓸모없는 것들······!'

상황이 그러니, 그들은 흑창기마부대원들이 카이에 대해 믿지 않는 것에 반박을 할 수가 없었다.

"어떻게 소드마스터의 제자들이 다른 사람이 검을 뽑는 것도 보지 못할 수가 있겠습니까?"

"맞아요. 저 녀석들이 형편없이 약한 것뿐인데, 뭐 하러 이 많은 인원이 한꺼번에 움직여야 한답니까?"

그 말에 옳다구나 쏟아지는 불평에 쉬펜 백작은 고개를 절레절레 흔들었다.

사실 그도 아직 반쯤은 믿지 못하고 있었다. 아무리 명령이라지만 사막을 전속력으로 쫓아오는 것은 받아들이기 쉬운 명령이 아니었다.

'하지만 그 실력이라는 게······.'

그는 시체들을 직접 살펴본 몇 안 되는 증인 중 하나였다. 그러나 그 흔적이라는 건 도저히 사람이 쉽게 믿을 수 있는 현장이 아니었던 것이다.

사람의 몸은 사람들이 상상하는 것 이상으로 단단했다.

특히 검을 훈련하느라 근육이 붙어 있는 사내들을 베는 건 쉬운 일이 아니었다.

그러나 그 시체들은, 뼈가 마치 칼날을 만난 두부처럼 깨끗하게 잘려 있었다.

단 한 번에 잘라 낸 실력!

카이젤 아민 라 로인 공작이 깜찍하게도 그의 실력을 감추고 있었다는 이야기였다.

'검사라……. 좋지. 좋아.'

그는 벌써부터 손이 근질근질했다. 어떤 방식으로든 그와 한 판 붙어 보면 좋을 것 같았다.

게다가 그는 밀테이너 공작을 통해 따로 명령을 전달받았다.

'어떤 방식으로든 로인 공작을 죽여라.'

단순한 명령이었다. 그리고 그건 그의 마음에 쏙 들었다.

"워, 워워!"

쉬펜 백작은 갑자기 천천히 말 속도를 늦췄다.

"무슨 일입니까, 대장!"

기마대는 따로 명령을 전달받지 않았지만, 일사분란하게 말 속도를 늦춘 채 그의 뒤에서 멈춰 섰다.

잠시 자욱한 흙먼지가 가라앉기를 기다리면서, 쉬펜 백작은 날짜를 계산했다.

"정찰로 보낸 두 녀석에게서 연락이 언제 왔었지?"

"닷새 전이 마지막이죠."

"……여길 파라!"

느닷없는 명령에 부하들은 투덜거렸지만, 그들은 일제히 말 아래로 뛰어내려서 그가 가리킨 장소를 파기 시작했다.

그러는 사이 쉬펜 백작은 사막 다른 쪽으로 향했다.

부하들이 파내는 장소에서 어느 정도 떨어진 거리로 향한 그는 잠시 그 모래 위에 무릎을 굽힌 채 모래를 만지작거렸다.

'뭔가 다르다.'

그는 잠시 고개를 갸웃거리다가, 이윽고 그 자리를 손으로 파헤치기 시작했다.

처음에는 느렸지만 점차 속도를 빨리하기 시작했다. 그러나 그가 파내는 속도만큼이나 빠르게 모래들은 자꾸만 아래로 스며 내려갔다.

개 같은 자세로 모래를 있는 힘껏 파내던 그는, 이윽고 동작을 멈췄다. 모래들이 다시 빠르게 무너지기 직전.

그의 눈이 기광을 발했다.

"⋯⋯!"

이어 그의 뒤에서 부하들이 외쳤다.

"으악! 대, 대장! 여기 뭐가 있어!"

"⋯⋯뭐냐?"

그는 웅얼거리듯 물었다. 그러면서도 자신의 눈앞에 보인 그것을 다시 보려고 모래를 파헤치기 시작했다.

부하들이 하나 둘 달려와 그를 억지로 끌었다.

모래 아래에서 몸을 드러낸 것은 열기 속에 미라가 되어 가는 코모도의 시체였다.

그리고 그 곁에선 선발로 보낸 둘의 시체도 나왔다. 역시 열기 때문에 미라가 되어 말라비틀어져 있었다.

"계속 파! 계속! 코모도를 전부 다 꺼내라!"

이 이상한 명령에, 부하들은 이제 투덜거림도 없이 더 재빠르게 움직이기 시작했다.

대장이 그런다면 뭔가 이유가 있을 것이다.

그리고 그 이유를, 모두들 알 수 있었다.

쉬펜 백작은 바들거리며 떨리는 손으로 코모도의 시체를 따라 그 굴곡을 쓰다듬었다. 그 굴곡은 몸 중간쯤에서 완전히 동강이 나 있었다.

"……진짜다."

쉬펜은 몸을 바르르르 떨었다. 두려움이 아닌, 흥분했기 때문이었다.

이제야 호적수를 만난 것인가!

"……그 소문, 진짜였다……!'

쉬펜은 갑자기 미친 듯 말 위로 뛰어올랐다.

그는 닥치는 대로 말 옆구리에 박차를 가했다. 너무 심하게 차는 바람에, 말 옆구리가 순간 파여서 상처가 났지만 그는 아랑곳하지 않았다.

"추격한다! 어서!'

그는 바득바득 소리 질렀다.

"로인 공작의 뒤를 쫓아라! 그의 목을 베고야 말겠어! 서둘러라!'

＊　　　＊　　　＊

카이는 뒤를 전혀 돌아보지 않았다.

추격대가 차츰 가까워지고 있다는 것은 그를 비롯한 일행 모두가 알 수 있었다.

그들은 걸음을 서둘렀다.

목적지는 바로 이 앞에 있었다.

멀지 않은 길을 가는 걸음은 왜 항상 그렇게 더디게만 생각되는지…….

마음 같아선 한 번 와다닥 뛰면 도착할 것도 같은 짧은 거리라 카이의 마음은 내내 초조했다.

영지로 되돌아가지 못한 지난 100년 동안, 그들이 당한 수모란……. 재산을 잃고 권력을 잃고…… 있던 자리에서 떨어진, 극도로 비참했던 지난 과거.

그런 과거는 이제 안녕인 것이다.

자신의 손으로 가문을 되살린다.

자신의 손으로 모든 권력을 되찾겠다.

카이는 주먹을 불끈 쥐었다.

"주공, 보입니다!"

앞서 가던 리슨이 갑자기 소리를 지르면서 양팔을 휘둘렀다.

카이의 얼굴에 순간 화색이 확 돌았다.

이제껏 냉정하고, 나이에 어울리지 않는 침착한 표정만 보이던 카이였다.

카이는 애써 마음을 억누르려 했지만 저도 모르게 성큼성큼 걷고 있었다. 리슨이 팔을 휘두르는 곳으로.

리슨이 한곳을 가리켰다.

"주공, 보입니다……!"

"말 안 해도 보인다, 리슨……!"

카이는 자신의 목소리가 떨리는 것을 깨달았다.

그렇지만 어떻게 이 감흥을 억누를 수 있을까?

카이는 잠시 그곳에 우뚝 선 채로 움직일 수가 없었다.

자신의 눈에 보이는 것이 과연 로인이 맞는지 믿을 수가 없었다.

카이는 한발 천천히 앞으로 나섰다. 그리고 숨을 크게 들이마신 후 말했다.

"로인이로군."

"그렇습니다, 주공."

"남은 거리는 이틀 정도면 들어갈 것 같다. 서두른다!"

카이는 감흥 따위는 떨쳐 낸 채 앞으로 나갔다. 자신의 걸음이 다른 때보다 훨씬 빠르다는 걸, 조급한 마음이 드러났다는 걸 전혀 눈치 채지 못한 채로.

로인은 병풍처럼 절벽으로 에워싸였다. 천혜의 요새인 셈이었다. 병풍 같은 절벽은 정남쪽 딱 한 곳으로 마치 대문처럼 크게 뚫려 있었다. 그곳이 로인의 입구였다.

과거에는 그 관문에 거대한 요새가 있었다.

그러나 로인 공작이 권력과 재산을 잃은 지 오래된 지금, 그 요새는 거의 허물어져 썩은 나무벽만 남아 있었다. 지키는 사람은커녕 드나드는 발길조차 이제는 없었다.

그 절벽 위에 한 사내가 앉아 있었다. 사내는 뭐가 그리 흥겨운지 쉴 새 없이 콧노래를 흥얼거렸다.

그러던 중 사내는 한숨을 길게 내쉬었다.

“아아. 머리 아파. 굳이 그렇게 꾸역꾸역 올 것까지는 없지 않나.”

사내는 씩 웃었다. 그리고 가볍게 절벽 아래로 뛰어내렸다.

무려 수백 미터에 이르는 절벽! 그러나 그 아래 착지한 사내는 마치 이웃집 담장이라도 넘은 듯 가뿐한 표정이었다.

“드디어 만나게 되는군! 로인 공작!”

사내는 씩 웃었다. 유난히 큰 송곳니가 입술 사이로 비어져 나왔다. 다음 순간 사내는 그 자리에서 사라졌다.

사내가 다시 모습을 드러낸 곳은 카이 일행에게서 대략 50미터 정도 거리에 있는 커다란 고목 위였다.

과거의 우거진 숲이 아직 흔적은 남아 있었다. 말라죽은 나무들이 천지에 깔려 있었다. 마치 동물 뼈처럼 하얗게 말라서 그다지 보기 좋지는 않았지만.

사내는 그 나무 중 한 그루에 걸터앉은 채였다.

카이의 기감이 그를 짚어 냈다.

“음?”

“왜 그러십니까, 주공?”

“……”

카이는 아무 말 없이 일행을 향해 한 팔을 뻗었다.

"뒤로…… 물러나라."

카이의 이마에서 식은땀 한 방울이 흘러내렸다.

"……어서!"

리슨과 벨하임이 주춤거리며 뒤로 물러났다.

그러나 이르엘은 땅에 발이 붙어 버린 것처럼 꼼짝도 못했다.

"이건, 이건……!"

사내는 싱긋 웃으며 나무 위에서 뛰어내렸다. 그리곤 카이 앞으로 터벅터벅 다가왔다.

"생각보다 눈치가 빠르군, 로인 공작. 그렇지만 애송이가 다른 때보다 더 많은데?"

사내의 눈길이 잠시 엘프에게 머물렀다.

"그것도 아주 반가운 종족도 하나 끌고 왔군."

"저, 저는……."

이르엘은 입술을 달싹거리기만 했다.

"닥쳐, 엘프."

사내는 씩 웃었다. 다시 그의 송곳니가 반짝이며 드러났다.

카이는 검 손잡이에 한 손을 댔다. 그러나 당장 뽑지는 않았다. 사내를 바라보는 눈길은 그 어느 때보다 신중했다.

"다른 때보다 훨씬 간소한 일행이라고 생각하는데."

"그래? 할 수 있다면 어느 정도로 일행을 꾸리고 싶은가?"

"기마대 천, 근위부대 오천. 거기에 수행원은 오백 정도라면 공작의 품위에 맞겠지. 엘프들이 그 수행원들을 향해 나무 사이에서 웃고 환영해 준다면 더 좋겠고."

카이는 차분하게 대답했다.

"역시 그 어느 때보다 허풍이 심한 공작이로군."

"난 가능하다고 생각한다."

카이는 사내의 몸을 이리저리 살피며 대꾸했다.

"공작이 자신의 땅에 돌아왔으니……까 말인가. 뭐, 하지만 많이 늦었어."

사내는 히죽 웃었다.

"아주 많이 말야. 그 뒷수습은 어떻게 할 거지?"

사내는 질문을 던지면서 동시에 몸을 날렸다.

사람들의 눈에는 일순간 사라진 것으로밖에는 보이지 않았다.

카이는 황급히 검을 뽑아 앞을 가로막았다.

캉!

금속이 부딪치는 소리가 사방에 울려 퍼졌다.

말라 죽은 나무들이 부르르 떨렸다. 이르엘은 황급히 귀를 막았다.

벨하임이 정신없이 이르엘의 한 팔을 잡아 뒤로 끌어당겼다.

"피, 피하십시오, 이르엘 양!"

"그래, 엘프 꼬맹이야. 네가 무얼 알고 여기까지 왔는지는 모르겠다만…… 도망치는 것도 좋겠지. 네 순서는 곧 올 테니까, 갈 수 있는 곳까지 도망쳐 보렴."

사내는 장난스럽게 말했다. 사내의 시선이 다시 이글거리며 이르엘에게 향했다.

카이의 눈이 순간 빛났다. 그는 그 순간을 파고들어 검을 빼내고는 몸을 크게 한 바퀴 돌리면서, 검을 휘둘렀다.

"몸을 굽혀!"

벨하임이 손을 뻗어 이르엘을 자신의 품으로 잡아당기면서 땅으로 쓰러졌다. 리슨 역시 그의 한 손에 끌려, 땅 위로 쓰러졌다.

쿠콰콰콰콰콰콰!

그의 검이 모래밭에 깊은 골짜기를 만들어 냈다. 카이는 그런데도 다시 검을 휘둘렀다.

단 한 사내를 상대로!

그러나 카이는 단 한순간도 방심하지 않았다.

"흐아앗!"

크게 사내의 허리를 노리고 베던 검은 그 검고 출렁거리는 기운을 하늘로 내뿜었다.

"호. 대단해, 대단해!"

사내의 찬사에도 카이는 아랑곳하지 않았다. 그의 이마에서 진땀이 주르륵 흘러내렸다.

'크흑······!'

아직 전력은 무리다.

카이는 속이 우글거리는 것을 느꼈다. 피가 심장을 역류해서 치솟아 올라오려 했다. 어떻게 해서든 달려 나가려는 힘이 완전하지 않은 몸을 갈가리 찢어 버릴 것 같았다.

'견뎌야 해……!'

그러나 그렇게 생각한 순간에도, 입가로 피가 주룩 흘렀다.

"역시 그게 한계인가?"

"아직…… 아니다……!"

"내가 누군지 알고 이러는 건지나 궁금하군. 로인 공작이 이렇게 아무에게나 이빨을 드러내는 인물인가?"

"누군지는…… 뻔하니까!"

다음 순간이었다. 이빨을 드러내듯, 그의 검 끝에 분명한 형상이 생겨나기 시작했다.

사내는 순간 놀란 표정을 지었다.

"용보월강참(龍步月降斬)이로군!"

이어 사내는 문득 떠오른 듯, 경악해서 외쳤다.

"아직, 설마, 이 미친 애송이야……!"

카이는 사내를 향해 씩 웃었다.

"크아아아아아아앗!"

이제껏 사용한 전력 중의 전력을 다한 힘!

'피가 모조리 끓어 없어져도 좋아!'

카이의 두 눈에는 그 어느 때보다 무서운 빛이 번득였다.

'당신의 앞에 인정받을 수 있다면!'

"당신이 우리 선조들의 잘못을 용서해 준다면!"

카이는 외쳤다. 그 외치는 소리에 피가 터져 나왔지만 그는 개의

치 않았다.

그의 검에서 뿜어져 나온 기운이 땅 위를 달리면서 사방의 것들을 모조리 집어삼키기 시작했다. 끌어당겨 그 기운의 소용돌이 속에서 모조리 박살 냈다.

얼마 남지 않은 나무, 모래, 그리고 허공에 충만한 정령, 가릴 것이 없었다. 모조리 집어삼키고 파괴해 버렸다.

그러나 사내는 그것을 너무나 간단히 피했다. 단지 그는 손가락을 튕기며 카이의 뒤쪽으로 돌아섰다.

카이는 서 있는 것이 고작이었다. 그는 검으로 땅을 짚은 채 다시 한 번 피를 토했다. 그러면서도 사내를 뒤돌아보았다.

"……이것이 내가 물려받은…… 모든 것……입니다."

카이는 사내를 향해 고개를 수그렸다.

"……이 모든 걸…… 제게 주십시오…… 사제님."

그리고 카이는 앞으로 천천히 쓰러졌다.

사내는 그가 땅에 엎어지기 직전에 받아 냈다. 그리곤 그의 이마에 손을 짚었다.

리슨이 황급히 달려왔다.

"주, 주공!"

사내는 카이를 리슨에게 넘긴 채 한숨을 길게 내쉬었다.

"후우, 정말이지……."

그는 이마를 긁적였다.

"적당히라는 걸 도통 모르는 녀석이로군, 이번 로인은."

“너, 넌……! 누구냐!”

리슨이 바락 소리 질렀다.

“주공을, 주공을……!”

“그 애송이는 괜찮을 거다. 보아하니 가문을 정상으로 되돌리기 전까지는 죽으래도 죽지 않을 녀석으로 보이는데, 뭐.”

사내는 퉁명스럽게 말했다. 그리곤 주변에 남은 나무 위에 턱하니 걸터앉았다.

팔짱을 낀 채 넷을 찬찬히 살피는 눈길이 하도 진지해서 아무도 그에게 말을 걸 수가 없었다.

“정말이지, 어느 때보다 골치 아픈 녀석이로군. 일단은 봐주어야 하나, 역시.”

사내는 머리를 긁적거렸다.

“쳇. 녀석, 선수를 치다니. 곤란해, 곤란해.”

그때 카이의 얼굴이 급속히 창백해졌다. 뭔가 충격적인 일을 이겨 내려는 것처럼 몸이 부들부들 떨리기 시작했다.

리슨에게는 달리 도움을 청할 곳이 없었다.

“이, 이르엘 님! 뭔가 좀! 도와주십시오!”

“난…….”

이르엘은 몸을 떨었다. 그녀는 오히려 사내를 향해 걸어와 그 앞에 공손히 무릎을 굽혔다.

“……자연의 사랑을 받아 태어난 종족이, 감히 지배자께 인사를 올립니다.”

사내는 이르엘을 보고 피식 웃기만 했다.

"뭔가 아는 게 있는 거냐, 없는 거냐, 넌? 어딜 감히 기어와서 인사를 해!"

이르엘의 얼굴이 창백해졌다.

그녀가 몸을 부들부들 떨면서 땅 위에 바짝 엎드리자, 사내는 꼴 보기도 싫다는 듯 리슨에게 시선을 돌렸다.

"거기 멕 집안의 후손! 그 녀석 죽지 않을 테니까 별 걱정은 마."

"장담하실 수 있습니까!"

"그보다 귀찮은 파리들이 달라붙었군."

사내는 리슨의 분노를 가볍게 무시했다. 그리곤 자리에서 가볍게 일어섰다.

"이대로 피해 봤자 인간들은 순순히 포기하는 법을 모르니까……. 한 번 오랜만에 몸 좀 풀어 볼까? 어이, 로인 공작! 정신 차려라."

사내는 그렇게 말하면서 이르엘을 바라보았다.

"저 녀석, 물 좀 끼얹어 버려. 어이! 로인 공작!"

이르엘은 사내의 말에 따라 단번에 물의 정령을 불러내 카이에게 물을 세차게 퍼부어 버렸다.

카이는 신음 소리를 흘리면서 눈을 떴다.

사내는 카이를 향해 벙글 웃으며 말했다.

"네가 보여 준 기세의 답례다. 파리들 잡는 정도지만, 일단은 말야."

그 말에 카이는 억지로 일어나 앉으려 노력했다.

"크흑……!"

"주, 주공! 좀 더 누워 계셔야……!"

누워 있는 정도가 아니라 아예 한 달 정도 병실에 입원해야 될 정도의 부상이었다. 아니, 그보다 훨씬 더 심각한 내상이었지만 카이는 무시했다.

사내는 그 자리에서 부웅 위로 떠올랐다.

마법 시동어를 외친 것도 아니었고, 마법진을 그린 것도 아니었다. 그런데도 마치 이르엘이 정령을 부려 움직일 때처럼 너무나 자연스럽게 그 자리에 떠올랐다.

그리고 사내는 앞으로 쏜살처럼 달려 나갔다.

지평선 위에서 흙먼지가 구름처럼 뭉게뭉게 피어났다. 추격대가 다가오고 있는 것이었다.

카이는 리슨의 부축을 받아 그에게 기대어 앉은 채로 사내를 지켜보았다.

사내는 허공에 떠오른 채 앞으로 쭉 나갔다.

쉬펜 백작도 곧 그의 존재를 깨달았다. 그는 즉시 말의 속도를 늦췄다.

"누구냐!"

사내는 그의 외침에 싱긋 웃었다. 그리곤 손가락 하나를 쳐들었다.

워낙 하늘 높이 솟아 있어서 쉬펜은 그것이 뭔지 제대로 볼 수 없었다.

"뭐 하자는 거지?"

뒤에서 부하들이 수군거릴 때, 사내가 입을 열었다.

"카이젤 아민 라 로인은 그의 땅에 들어섰다. 그대, 로인의 사람이 아닌 자는 들어올 수 없다!"

"크아아악!"

"으앗! 귀, 귀가!"

사내가 말을 한 순간, 기마대는 일제히 머리를 쥐어뜯고 귀를 틀어막았다. 그러나 늦었다.

사내의 말은 공기 속에서 크게 울리면서 그들의 뇌 속으로 파고들었다. 말들이 고통에 미쳐 앞다리를 마구 쳐들었다.

이어 사내는 손가락으로 땅 위를 가리켰다. 그의 손가락이 가리키는 곳에서 곧바로 땅에 깊고 좁은 구덩이가 파이기 시작했다.

스파파파파파팟―! 그 소리 외에, 다른 어떤 소리도 들리지 않았다.

사내는 힘들다는 표정도 아니었다.

귀를 틀어막은 채 쉬펜은 자신의 앞에 펼쳐지는 그 광경을 믿을 수 없다는 듯 바라보았다.

"크, 크흑…… 이건……!"

"로인의 사람이 아닌 자는 들어올 수 없다. 그대, 인간들은 그 선 위로 물러나라!"

사내는 그렇게 다시 외쳤다. 그리곤 다시 천천히 허공을 날아 카이에게로 되돌아왔다.

카이는 창백한 얼굴로 사내를 바라보았다.

"……사제님."

사내는 한숨부터 내쉬었다.

"자, 그래. 가 보실까, 로인 공작?"

"대, 대체……."

벨하임이 멍하니 그 둘을 번갈아 보았다.

사내는 일행들을 향해 손을 펼쳤다. 그리곤 웃샤, 하는 듯 확 손바닥을 위로 올리자, 그들은 순식간에 하늘 위로 둥실 떠올랐다.

"으, 으앗!"

"시끄러워, 아리준의 후예. 조용히 따라와. 떨어뜨리지 않도록 조심할 테니까."

사내는 그렇게 말하면서 하늘을 빠른 속도로 가로질렀다.

그리곤 로인의 영지 내로 간단하게 입성했다. 높은 절벽을 가로지른 그 위에.

"너, 너 대체 정체가 뭐야!"

벨하임은 극심한 공포에 못 이겨 소리 질렀다.

사내는 싱긋 웃으면서 자신을 가리키며 말했다.

"나? 용의 신의 사제로 낙인 찍혀 버린 불쌍한 축생이시지."

"요, 용의 신의 사제?"

로인 공작의 부귀와 영광이 과거의 이야기라면, 용의 신이라는 이름은 환상 속의 이야기였다.

사내는 씩 웃었다.

"아. 레드 드래곤 일가이며, 용의 신에게 찍혀 버린 불쌍한 축생, 테엘이라 하오. 아직 말단 사제라서 할 줄 아는 건 그냥 드래곤이 하는 정도 밖에 못하고. 뭐, 잘 부탁하오."

"……아. 네."

그리고 벨하임은 그대로 혼절해 버렸다.

SWORD OF DRAGONLOAD

제4장

부활을 향하여

카이는 눈을 떴다.

지난 며칠 동안 눈을 뜨면 하늘이 있었다. 그러나 지금은 어둑한 천장이 눈에 들어왔다.

회색 돌로 만들어진 천장이 저 높은 곳에 있었다. 카이는 눈을 깜빡였다. 돌로 지어져서인지, 그늘 때문인지 그 안은 서늘했다.

카이는 몸을 일으켜 주변을 둘러보았다.

지나칠 정도로 높은 천장. 그리고 기둥 몇 개 외에는 텅 빈 곳이었다.

카이는 천천히 일어났다. 가슴이 아직 답답했다. 지난 며칠 동안 억지로 쥐어짜 쓴 까닭에, 힘이 완전히 회복되지 않았다. 다리가 후들거렸다.

카이는 그대로 기둥 사이를 걸었다.

한참을 걸은 후에야 사람 소리가 들렸다.

카이는 그곳으로 향했다.

이제껏 지나온 넓은 통로보다 더 넓은 곳이 불쑥 그의 앞에 드러났다. 그 벽면에는 벽화가 어지럽게 그려져 있었다.

"저게 어떤 그림인지 알고 있나?"

테엘이 뒤에서 불쑥 나타나 물었다.

카이는 별로 놀라지도 않은 듯, 고개를 천천히 끄덕였다.

"용의 신의 모습이군."

테엘은 고개를 끄덕였다.

거대한 벽화 아래, 옥신각신 다투는 리슨과 벨하임의 모습이 보였다. 그 옆에서 이르엘은 몸을 움츠린 채로 가만히 주변을 살피고 있었다.

"……이곳이 용의 신의 신전……."

카이는 속삭이듯 말하고는 주변을 홀린 듯 바라보았다.

과거 드래곤들이 수십, 때로는 수백이 모여들어 그들의 신에게 경배를 바치던 장소. 모든 드워프 종족이 달려들어 만들었다는 전설 속의 신전.

카이는 시선을 테엘에게 돌렸다.

"……카이젤 아민 라 로인, 약속대로 왔습니다. 사제님."

처음이지만 처음 본 것은 아닌 테엘과 카이였다.

마법진을 통해 10년 내내 보아 온 사이 아닌가!

드래곤의 사제, 테엘.

그는 마법진을 통해 카이와 만나 온 사이였다. 지난 10년 동안 그에게 힘을 준답시고 고문(?)을 가해 온 당사자이기도 했다.

10년 전 그에게 힘을 약속하며 찾아올 것을 말해 주었던 당사자이기도 했다.

"……그렇군. 독한 녀석."

카이는 그 말에 부드럽게 웃었다.

"일단 왔으니, 가문을 대표해서 혼부터 나서야지?"

"혼부터 내는 건가."

카이의 당찬 대꾸에 테엘은 혀를 찼다. 그리고는 씩 웃으면서 주먹 관절을 일부러 꺾어 소리를 냈다.

어설픈 협박이었다. 굳이 드래곤이 그런 소리를 낼 것 까지는 없을 텐데.

카이는 테엘이 왜 그렇게 나오는지 알고 있다는 듯 씩 웃기만 했다.

피하지도 않는 시선이 약간은 부담스러운 듯, 테엘은 허풍을 쳤다.

"비록 지금 오기는 했지만, 용의 신의 가호를 빌어 주지는 않을 걸세! 조상의 업보가 너무 커!"

힘을 얻는 대신 한 번은 영지로 와서 용의 신께 경배를 바쳐야 한다는 맹약.

그런 로인 공작들이 영지에 돌아오지 않으니 화가 났고, 때문에 로인 공작들이 저택에서 아무리 어려움을 호소했어도 듣지 않던 테엘이었다.

그러나 카이는 어렸을 때부터 테엘에게 당당하게 요구를 해 왔다. 힘을 달라고. 가겠다고.

이제 정말 로인에 왔으니, 거칠 것은 없었다.

"크다고 해도 드래곤에게는 찰나의 순간 아닌가."

테엘은 전혀 두려워 않는 카이를 유심히 살펴보았다. 그리곤 히죽 웃었다.

"뭐, 자네는 그렇게 생각할 수도 있지만……. 일단 자네 일행은 어떻게 하실 건가?"

"가문의 비전을 다시 일러 줄 생각인데."

카이의 대꾸에 테엘은 이르엘을 가리켰다.

"저 애송이는?"

"그러고 보니, 저 엘프 여인이 기묘한 이야기를 꺼냈는데……."

"뭔데?"

테엘은 이 별난 인간을 돌아보며 물었다.

"네크시아라가 사막이 된 이유를 혹시 아시는가?"

"……응?"

이제껏 잘 나가던, 유유자적하던 모습이 순간 허물어졌다. 당황한 표정, 죄책감, 그런 것이 잠시 드래곤의 얼굴에 스쳤다.

"사막 말인가?"

"200년 전만 해도 사막이 아니었잖아. 어떤 저주라도 받은 건 아닐까?"

"그, 글쎄?"

테엘은 고개를 갸웃거리며 자연스럽게 몸을 돌렸다.

'도망치는 거냐! 드래곤이!'

'도망치는 거로군, 드래곤이.'

벨하임과 리슨은 테엘을 보며 그렇게 판단했다.

자세한 상황은 알지 못했지만 카이가 단단히 약점을 틀어쥔 것만은 분명했다.

그렇게 내버려 둘 카이가 아니었다. 카이는 한 손으로 테엘의 어깨를 턱하니 잡았다. 테엘이 삐질 땀을 흘리며 도망치지 못하는 사이, 카이는 이르엘을 향해 물었다.

"전에 사막에서 저주의 냄새를 맡은 것 같다고 하지 않았나?"

"저, 저주라니?"

테엘이 주춤거리며 이르엘을 돌아보았다.

"그거야 드래곤인 사제님이 더 잘 알 것 같은데. 200년 전, 대체 무슨 혈사가 있었던 건지……."

혈사(血史).

카이의 표현에 테엘은 어떻게 해서든 평정을 지키려 했지만, 쉽지 않았다.

"그, 글쎄 말이다. 정말 긴 시간이었지, 200년! 이 땅을 지키기에……. 너희 조상들도 도성에서 고생이 많았겠구나."

테엘은 속으로 이를 갈았다. 그러나 자신의 잘못 또한 너무 컸다.

그가 엘프를 학살하지 않았다면, 저 넓고 기름진 네크시아라가 사막으로 변했을 일은 없었을 것이다.

테엘은 카이가 더 따지고 들지 않기만을 바랄 뿐이었다.

'그땐 어렸지.'

겨우 200년 전이었지만, 그때는 정말 눈에 보이는 게 없었다.

‘동맹은 깨졌습니다.’

아직도 그 말을 들으면 머리에서 스팀이 펑펑 솟아나는 듯한 기분이었다.

‘그게 무슨 소리냐!’

그는 겨우 3대 사제였다.

사제직을 맡은 지 100년.

그는 겨우 100년 만에 자신의 앞에서 깨진 동맹을 어떻게 해석해야 할지 알 수가 없었다.

로인은 죽었다고 하고, 그의 자식은 아직 어려서 가문의 비전을 전해 듣지 못했다. 가주에게서 가주에게로 이어지는 비밀이 대가 끊긴 것이다!

거기에 엘프들은 동맹이 깨졌음을 통보해 왔다. 로인이 그들을 지켜 주지 않는다는 명분이었지만…….

‘그 누구도 드래곤이 보증을 선 맹세를 깰 수는 없어!’

그리고 폭주.

정신을 차렸을 땐, 네크시아라에 머물던 엘프들의 절반을 찢어발긴 후였다.

숲의 신이 노하고도 남을 정도로, 그들의 시체 하나하나에서 모든 피를 땅 위에 흩뿌리며 그들을 추적했던 것이다.

“화를 낼 일도 사실은 없지…….”

테엘은 씁쓸하니 말하며, 이르엘을 노려보았다.

“200년 만에 엘프가 되돌아왔으니, 이제 남은 건 그동안 얽힌 감정을 해소하는 것뿐. 카이, 네게는 아무런 감정도 없다."

"다행이군."

카이는 다시 빙그레 웃었다. 그런 그의 얼굴이 급속히 창백해졌다.

테엘은 혀를 찼다. 그나마 마음속에 꽁하니 남은 감정도, 이 우직한 공작을 보노라면 녹아내릴 수밖에 없었다.

"무식하게 힘을 쓰더니……. 내가 너 마법진 밖으로 보내면서 뭐라고 했지?"

"……로인 땅에 올 때까지 기술은 절대 쓰지 마라."

카이는 힘없이 중얼거렸다.

리슨이 재빨리 그의 한쪽 어깨 아래를 부축했다.

"주공! 몸은 좀 괜찮으십니까!"

카이는 고개만 끄덕였다.

사실 몸 전체가 터지기 직전의 풍선 같았다. 한없이 늘어나서 이제 곧 뻥— 하고 터져 버릴 것처럼 온몸이 아팠다.

그렇지만 카이는 침착하게 다음과 같이 말했다.

"리슨, 벨하임. 둘은 이제부터 당분간 방에 처박혀 있어라."

"……."

벨하임은 입을 헤 벌리고 카이를 올려다보았다.

"……방에 처박히라니요?"

벨하임과 리슨은 약간은 당황해서 서로를 보고, 이어 카이를 바라보았다.

테엘은 고개를 절레절레 흔들었다.

정말이지 이번 로인 공작은 종잡을 수 없는 녀석이었다.

"방이라니……? 주공……?"

"테엘과 볼 일이 있다. 몇 개월 정도는 걸릴 것 같고, 그동안 너희가 처박혀 있기 좋은 방도 있으니 겸사겸사 잘되었군. 테엘, '그 방' 들은?"

테엘은 벨하임과 리슨에게 고개를 홱 돌렸다.

"뭐 해! 발딱발딱 일어나지 않고!"

"예, 옛!"

벨하임은 자리에서 벌떡 일어났다. 그러나 리슨은 카이를 놓으려 하지 않았다.

"주공, 전 주공을 모실 겁니다."

"그런 건 나 혼자 할 수 있다. 적어도 테엘이 맞춰 줄 거다. 그보다 리슨, 넌 네 가문에 내려오는 힘을 어서 빨리 익히는 게 우선이다."

"……주공!"

리슨이 울기 시작했다.

"전 죽어도 주공 따라가렵니다! 절 버리시는 겁니까!"

카이는 생전 처음 당하는 집사의 반항에 몸이 굳어 버렸다.

도와달라는 뜻으로 테엘을 돌아보았지만, 이 드래곤은 눈치 빠르게 용의 신 앞으로 자리를 옮겨 기도를 올리는 시늉을 하고 있었다.

이런 난리 중에, 벨하임이 슬쩍 한 손을 들었다.

"저기, 진지한 대화 중에 죄송합니다만……."

'어디가 진지한 대화냐!'

"……용이 뭐예요?"

벨하임은 다음 순간 테엘의 양손에 멱살이 잡힌 채 하늘 높이 쳐들렸다.

"너, 임마! 죽을래!"

드래곤에 관한 상식 하나.

드래곤을 화나게 하지 마라.

벨하임은 다시 기절해 버렸다.

음, 그러니까. 어디에서부터 이야길 풀어놓음 좋으려나. 결국 태초때로 올라가야 하나. 허허, 요새 인간 사이에서는 어떻게 이야길 하는지 모르겠는데…….

창조주께서 처음에 만드신 게 어둠이라는 건 알지? 그리고 창조신의 신성력은, 그것을 어둠으로 만든 게 아니라 어둠의 또 다른 신으로 만들어 내신 것도. 그리고 어둠에 이어 밝음이 따라 태어났지.

창조주께서 만드신 것에는 모두 신이 깃들었어.

그 신들은 창조주를 몹시 닮았어. 때문에 뭔가를 만들어 내고 싶어 했지. 자기를 닮은 어떤 걸 말야.

그래서 어둠의 신은 마족을 만들어 냈어. 숲의 신은 엘프를 만들어 냈지.

그렇게 다른 종족들이 차례로 태어나기 시작했다. 인간들이 분류하는 몬스터도, 요정들도, 그렇게 가릴 것 없이 이 세상을 꽉 채웠다.

창조주께서는 어느 날 자신도 생물을 만들기로 하셨다.

신성력이 없는 존재를. 신이 아닌 생물체를.

창조주께서는 생물을 만드셨지만 동시에 신인 존재를 만들어 내셨다.

그것이 드래곤이고, 신이 되었을 때는 용이라 부르지. 너희 인간들이 편하라고 용의 신이라고 부르지만…….

"그렇게 해서 드래곤이 좀 더 도를 갈고 닦고 이 세상의 인과율에 대해 깊게 이해하게 되면, 용의 신이 될 수도 있다라는 거지."

테엘의 이야기에 벨하임은 멍한 시선으로 그를 바라보았다. 리슨이나 이르엘도 과히 이해했다는 표정이 아니었다.

테엘은 머리를 긁적였다.

"……하여간 그런 것이다."

벨하임이 용기 있게 한 손을 들어 올렸다.

"저기, 질문이 있는데요."

"뭔가, 벨하임."

"그럼 사제가 되면 어떤 신성력을 발휘할 수 있나요?"

"용의 신 로잉루의 축복을 받게 되면, 용언을 사용할 수 있게 되지."

테엘은 그렇게 말하며 씩 웃었다.

"이제 알겠냐, 아리준 가문의 멍청한 후예여? 용과 드래곤의 위대한 탄생 신화……."

"그럼 테엘 님도 용언을 사용하실 수 있겠네요?"

순간 테엘의 눈이 훨훨 타오르기 시작했다.

"그래, 나…… 나, 말단 사제다! 어쩔래! 크아아아악!"

테엘의 손에 벨하임이 형편없이 구겨지는 사이, 리슨은 카이 앞으로 가 섰다.

"어떻게 하겠느냐?"

"당분간 불편하실 텐데…… 괜찮으시겠습니까?"

카이의 입가에 보기 드문 미소가 스쳤다.

"괜찮을 거다, 리슨. 몇 개월이 걸리든 네가 나올 때까지는 기다리겠다."

카이는 거대한 신전 안을 가리켰다.

"드래곤이 열어 놓은 이공간은 이곳 어딘가와 연결되어 있을 거다. 네 조상들이 모두 익혔던 기술들이 마법을 통해서 고스란히 네 몸이 체득할 수 있도록 기록되어 있는 곳……. 힘들겠지만, 그렇게 오랜 시간이 걸리지는 않으리라 믿는다."

카이는 그렇게 말하고, 리슨을 바라보았다.

어려서부터 자신의 친구이자 유일한 가신이었다. 벨하임이 나타나기 전까지는 그뿐이었다.

"그대 가문은 대대로 우리 로인 공작가문을 위해 어쌔신과 정보 조직을 도맡아 왔다. 리슨, 그대도 할 수 있겠느냐? 나를 위해 암살자가 될 수 있겠느냐?"

"……명이시라면, 주공!"

리슨은 무릎을 꿇었다. 그의 얼굴에 굳은 결의가 떠올랐다.

"어떤 길이든 가겠습니다! 설령 그것이 피와 비명으로 얼룩진 지옥길이라 해도!"

테엘이 다가왔다. 그리고 리슨에게 손을 내밀었다.

"가라, 리슨. 그곳에서 모든 것을 익혀라."

리슨은 고개를 끄덕이며 테엘을 바라보았다.

테엘이 이공간을 여는 주문을 외웠다.

그러자 그들의 옆 공간에 문 하나가 천천히 나타났다. 그 안에서 풍기는 싸늘한 기운에 이르엘은 몸을 떨었다.

리슨은 카이를 향해 다시 정중한 인사를 건넨 후, 곧장 문을 열고 안으로 뛰어들었다. 테엘은 그의 뒤에서 문을 쾅 닫고는 재빨리 이공간으로 사라지게 만들었다.

테엘은 기절한 벨하임 곁으로 다가가 가볍게 한 손가락으로 들어 올렸다.

"이건 키워봤자 쓸모 있겠어? 아리준 가문 중 이렇게 허약하고 가벼운 녀석이 있다는 이야기는 못 들어 봤는데."

"그렇다고 몇 개월 동안 달고 다니자고?"

테엘은 카이의 말에 고개를 끄덕였다.

"그건 또 싫지."

그리고는 이공간을 간단하게 만들어 내서 문을 열고는 그 안으로 벨하임을 집어 던졌다.

"으, 으앗……! 뭐야아아아아아아아……!"

그의 목소리가 아주 크고 넓은 공간 속에서 급속하게 멀어지는 것을 들으며 이르엘은 몸을 바들바들 떨었다.

이어 모든 것이 정리된 공간에서, 카이와 테엘은 이르엘을 바라보았다.

"저건 어쩌지?"

카이는 잠시 고민했다.

"위, 위대한 존재께…… 감히 말씀 올려도 될까요?"

테엘은 고개를 끄덕였다.

"저는 여기서 당분간 명상을 좀…… 하고 싶습니다."

"어리석은 고민이라도 하려는 거구나. 하여간 엘프들이란. 세월이 많다 하여 너희에게 죽음이 없는 것도 아닌데 말야. 어이, 카이젤. 어디에서 이런 귀찮은 물건을 끌고 온 거냐?"

카이는 이르엘을 가만히 바라보았다.

"아무것도 없는 곳에 혼자 남아도 괜찮겠나?"

"이 벽화…… 800년 전에 만들어진 것, 맞죠?"

"그럴걸?"

이르엘은 그럴 줄 알았다는 듯 고개를 끄덕였다.

"몇 부분, 엘프들의 이야기가 있어요. 고대 문자가 선명하지는 않지만 해석하는 데는, 시간이 좀 필요할 것 같아요."

이르엘의 대답에 카이는 고개를 끄덕였다. 그리곤 테엘을 바라보았다.

"갈까, 테엘."

"쳇, 엘프 애송아, 식량 같은 건 알아서 적당히 찾아봐. 대신 내

방에 들어가서 껄떡거리면 다녀와서 혼쭐을 내 주겠다. 알겠냐?"

이르엘은 고개를 끄덕였다.

"뭐야. 사제면서 보물이라도 챙겨 놓는 거야?"

"사제는 청빈하라는 신의 말씀이라도 있던가? 우리 용의 신께서는 그런 사소한 건 신경 안 써."

둘은 드래곤 밸리를 향해 출발했다.

*　　　*　　　*

"드래곤 밸리에는 가 봤겠지?"

카이의 질문에 테엘은 고개를 갸웃거렸다.

"뭐…… 가보긴 했지. 수백 년 전이라 방향은 조금 헷갈리지만. 변하지는 않았을 거야."

"어떤 곳이야?"

카이의 질문에, 앞서 가던 테엘은 걸음을 딱 멈췄다. 그리곤 입을 떡 벌린 채 카이를 돌아보았다.

"모르는 건가?"

"모를 리가 있냐! 지난 300년 동안 너희 선조들을 데리고 거기에 갔었는데. 나는 네가 모른다는 게 놀라워서 그런다."

"당연히 모르지. 내가 수백 년이라도 살아왔거나 전의 로인 공작이 환생이라도 한 줄 알아?"

"……허허. 거참……."

"게다가 애당초 거길 가야 하니까 오라고 한 건 당신이잖아."

"그건 그렇지만……. 허허, 로인 공작이 드래곤 밸리가 어떤 의미인지 모른다니, 신기한 일이네."

카이는 그 말에 웃었다.

테엘은 그에게 간단하게만 말했다.

와라. 영지에 도착할 때까지 기술 쓰지 마라. 드래곤 밸리에 가야 한다.

테엘은 혀를 차며 다시 말했다.

"가서 보면 알게 될 것이다. 이 어린 로인 공작아. 그보다 날파리들이 꼬였군."

카이는 주변의 기척을 그제야 읽어 냈다.

"13명인가?"

"스물일곱. 신전 근처까지 올 줄이야……."

테엘의 말에 카이는 고개를 갸웃거렸다.

"산적이라도 생긴 건가?"

"뭐…… 산적이랄까."

테엘은 말하다가, 갑자기 혀를 찼다.

"너도 어리긴 어리구나. 겨우 집사랑 호위기사만 거느려서 그런가? 너한테는 더 많은 사람들이 있다는 건 까먹었어?"

"……설마……?"

"그 설마야. 너, 이 땅이 이렇게 엉망이 되었는데 다른 사람들은 다 잘 지냈을 거라고 막연하게 생각하고 있었던 거냐?"

카이는 입술을 악물었다.

"그렇군. 일단 내 힘을 되찾는 것만 생각했지, 영지 문제는 뒷전이었다."

"이거, 이거……. 앞으로 갈 길이 멀구만."

테엘은 그렇게 말하며 씩 웃었다.

"그래도 축하하오, 로인 공작. 처음으로 영지민과 조우하는 순간이구만."

그랬다.

먼저 힘을 완전하게 갖추는 것만 생각했다. 자신이 힘을 되찾는다고, 가문의 부귀와 영광을 되살릴 수 있는 것은 아니었는데.

영지민들이 잘 살고, 그들이 이곳에서 살아갈 수 있도록 하는 것이 시작이었다.

그러나 지금 카이 앞에 하나 둘 모습을 드러내는 자들은…….

카이는 그들을 본 순간 저도 모르게 놀라 소리를 질렀다.

잠시 놀라 심장이 멎어 버린 듯싶었다. 그 정도로 강렬한 고통에 카이는 몸을 돌려 테엘의 멱살을 붙들었다.

"어째서 저들의 기도에 귀를 기울이지 않은 건가, 테엘!"

카이는 테엘을 향해 고개를 돌렸다.

테엘은 가볍게 한숨을 내쉬었다.

"나에게 화살을 돌리지 마라, 로인. 그 당시에는…… 나도 내 정신이 아니었으니까."

"어째서 나의 사람들에게 이렇게 혹독한 형벌을 내린 거냐!"

카이의 목소리에는 점차 분노가 실렸다.

영지민들은…… 인간의 꼴을 하고 있지 않았다.

벌거벗은 데다가 나무껍질로 간신히 치부만 가렸다. 피부와 뼈만 남은 깡마른 모습이라서, 인간인지 스켈레톤 술저인지 구분이 되지 않을 정도였다.

퀭한 눈을 뒤굴거리면서도 그들은 손에 나무 막대기 같은 것을 들고 있었다. 아아, 알 것 같았다. 그보다 무거운 것을 들었다간 저 연약한 팔이 부러지겠지.

그런데도 뭔가 잡아야 한다고, 못해도 뭔가 먹을 걸 찾아야 한다고 그들은 돌아다니는 것이다.

생명이란, 이다지도 질기고도 처참한 것인가.

카이는 어째서 자신이 그들을 열셋으로 파악했는지 깨달았다. 그 정도로 그들의 생명은 희박했다.

그들에게 어떤 말을 해야 한단 말인가. 그들의 지금 이 모습은 순전히 자신의 책임이었다.

앞선 자가 입을 열었다. 메마른 입에 허옇게 침이 말라붙은 데다가, 목소리는 계속 갈라졌다.

"먹을 게 있음 뭐든 내놔!"

찢어지는 쇳소리가 카이를 더 못 견디게 만들었다.

카이는 천천히 그 자리에 무릎을 꿇었다.

높은 자긍심으로 똘똘 뭉친 철심(鐵心)과, 인간으로서는 지닐 수 없는 힘을 가졌다 해도 지금의 눈물 한 방울을 막을 수가 없었다.

“……나의…….”

그 뒷말을 차마 잇기가 힘들었다.

그들의 얼굴을 보면서는…….

“……백성들이여…….”

그 말은 연못에 던져진 돌멩이처럼 파장을 일으켰다.

사내들의 얼굴에 충격이 차례로 번져 나가던 중, 사내 하나가 나섰다.

“그대가…… 영주란 말인가?”

떨리는 목소리.

“그대가 정말로 로인 공작이란 말인가?”

카이는 고개만 주억거렸다.

카이의 눈물이 후드득, 빗물처럼 로인의 땅을 적셨다.

카이는 자신의 온몸을 쥐어짜 그들 앞에 내어 준다 해도, 그들의 성이 풀리지 않을 것을 알고 있었다.

사내들의 팔이 부들거리며 제각기 나무 몽둥이를 하늘로 쳐들었다가도 내리길 몇 번.

사내들은 하나 둘 그 자리에 털썩 주저앉았다. 기운이 쭉 빠진 그들은 당장이라도 죽을 것 같았다.

카이는 그 상황에 퍼뜩 떠올렸다.

“테엘! 네 몸이 필요하다!”

“나, 난 맛없어!”

카이는 테엘의 느닷없는 소리는 무시했다.

"당장 사막 한가운데로 가 줄 수 있겠나? 거기에 코모도 시체가 있다! 말라비틀어졌어도 먹을 수 있을 거야! 오는 길에 그 엘프를 불러와라! 뭐든, 뭐든 이자들에게 줘야 해!"

"코모도……?"

"제발! 서둘러라!"

카이는 그를 털털 흔들어 댔다.

테엘은 결국 사막 한가운데로 텔레포트 했다.

사막을 파서 뭘 찾아볼 것도 없었다. 쉬펜 백작이 부하들을 시켜 코모도를 꺼내 놓은 덕분에, 사막의 태양이 그것을 이미 완벽한 육포로 만들어 놓았다. 테엘은 그것을 짊어진 후, 바로 자신의 레어이자 신전으로 옮겼다.

이르엘은 자신의 뒤에 갑자기 나타난 테엘을 보고 깜짝 놀랐다.

"꺄악! 살려 주세요!"

"나도 꺄악이다, 이 애송아."

그리고 납치.

순식간에 되돌아온 테엘을 보고 사내들은 한 번 놀라고, 그의 등에 짊어진 미녀에 두 번 놀라고, 그가 꺼내 든, 말라죽은 커다란 고깃덩이를 보고 세 번 놀랐다.

"당장, 끓여! 죽을 만들어라!"

"이, 이봐. 카이젤 로인 공작님. 이 산 한중간에서 뭐 하자는 거야?"

카이는 테엘의 지적에 아차 싶었다.

"자네들의 마을은? 몇 사람이나 있지? 솥은 있나?"

"이, 있지만……."

"당장 안내해라!"

테엘은 들뜬 듯 흥분한 카이를 보면서 고개를 내둘렀다.

"뭘 굳이 보려는 거냐, 봐 봤자 가슴만 더 찢어질 텐데……."

갑자기 이끌려 온 이르엘은, 연달아 벌어지는 일들에 입만 헤 벌리고 있었다.

"대체……?"

"아. 잘 봐 둬라, 애송이. 너희 고고한 엘프들이 정령을 벗 삼아 유유자적 지내는 동안, 이 힘없는 가여운 인간들이 어떻게 생명력을 끌어 왔는지."

테엘의 말에 이르엘은 입을 뻐끔거리기만 했다.

'하, 하지만 테엘 님이 엘프들을 죽이지 않았으면 이런 일도 없었잖아요!'

그렇게 항변하고 싶었지만, 이들 앞에서는 어떤 말도 할 수가 없었다.

엘프인 그녀에게 사람들은 말라죽은 나무들을 보는 것만큼이나 처참했다. 아니, 그런데도 꾸역거리면서 살고자 움직이는 이들이 더 처참했다.

일행이 천천히 산속을 기어 산골로 향했다.

화전민 부락이 있었다.

사내들이 돌아오자 마을에 남아 있던 사람들이 하나 둘 천천히 토굴집에서 기어 나왔다. 하나같이 여자인지 사내인지 분간이 가지 않을 정도로 말라붙었다.

카이의 눈에 다시 눈물이 그렁거렸다.

카이는 마음 깊이 맹세했다.

'이 영지에 생명력과 아이 울음소리가 들릴 때까지 절대로 다시는 울지 않겠다.'

그러나 지금은 눈물이 솟구치는 걸 참을 수가 없었다.

네크시아라를 지나왔다.

이들은 그런 사막 근처의 황무지에서, 말라죽어 가는 땅을 보면서 절망을 키우며 200년을 버텨 온 것이다.

테엘이 나서서 마을 사람들에게 적당한 식사거리를 나눠주었다. 그들은 잠시 거기에서 사람들이 기력을 되찾는 것을 기다렸다. 카이는 그동안 사람들에게 말 한 마디 건네지 않았다.

마을 촌장은 그들에게 구해 주셔서 고맙다는 말조차 하지 못했다. 눈을 데굴거리고 손가락을 계속 만지작거리면서 그는 입을 뻐끔거렸다.

카이는 그가 하려는 말이 무엇인지 알 것 같았다.

사내는 묻고 싶은 것이리라. 정말 로인 공작인지, 되돌아온 것이 맞는지. 혹 자신들을 죽이거나 노예로 사 가려는 것인지…….

선뜻 그 모든 호의를 받아들이기에는 몸도 마음도 모두 지친 이들이었다.

한없이 가여운 자신의 영지민!

카이는 사내 앞에 섰다.

"잘 보았다."

사내는 무슨 말인가 싶어서 눈만 굴렸다.

"……곧 모든 힘을 회복해 돌아오겠다. 너희들의 영주로서, 그때 이 모든 것에 대한 죄를 달게 받아들이겠다."

그 희번덕거리던 눈동자가 일순간 멈췄다.

카이는 자신을 바라보는 그 눈동자를 마주 응시했다.

"나를 쳐 죽이고 싶거든, 너희 배가 모두 부르고 너희 부가 모두 회복된 후에 해라."

"그런 날이 옵니까?"

사내가 쉿소리로 물었다.

카이는 고개를 끄덕였다.

"이제 곧, 그날이 올 것이다."

카이는 강한 확신을 담아 말했다.

"이제 곧."

"아아. 정말이지 이 영지 사람들 중 제대로 된 사람은 없는 건가."

테엘은 투덜거렸다.

카이는 산을 타고 그야말로 쭉쭉 앞으로 나아갔다. 방향이 어딘지 알고나 가는지 테엘은 묻고 싶었지만 참았다.

어차피 방향이란 존재하지 않는다. 드래곤 밸리란 그런 곳.

드래곤이라는 '생물' 이 존재한다는 것부터가 사기다. 무한의 마나와 더불어 마법을 배우지 않아도 이해하며, 인간에게 마법을 전수한 존재라고 한다.

그렇지만 인간의 마법이라는 지식을 드래곤에게 그대로 적용하는 것부터가 말이 되지 않는다. 그것은 바다에서 퍼 올린 물 한 바가지로 바다를 설명하려는 것과 같다.

무한한 지식, 그리고 무한에 가까운 수명.

그들이 신이 아닌 생물인 이상 그들에게도 죽음이 찾아온다. 사제가 되려는 드래곤은 몇천 년에 한 마리일 뿐.

다른 드래곤은 죽음을 택한다. 그 역시 인과율의 한 굴레이며, 순환의 고리라는 것을 알고 있으니까.

그들이 죽음의 방식으로 택하는 방식은 보통 자연회귀다. 모든 것을 자연으로 흐트러뜨리는 방식.

그러나 거대한 마나가 자연으로 돌아가는 것은 엄청난 후유증을 남긴다.

레드 드래곤의 경우에는 주변에 가뭄이 든다든가, 실버 드래곤의 경우 겨울이 일찍, 그리고 길게 온다든가 하는 영향이 조사된 바 있었다.

그들의 죽음은 자연의 균형을 깨뜨린다. 어차피 수천 년에 한 번 있는 일이라 해도, 100년 인간사에 드래곤의 죽음이 한 번 겹치면 엄청난 재앙이 된다.

그리하여 드래곤은 다른 방도를 생각해 냈다.

있되, 없는 공간.

평범한 인간, 아니, 백만 년에 한 번 태어난다는 9서클 마법사라 해도 통과할 수 없을 정도로 완벽한 장소.

그리고 죽음의 때가 되면 드래곤은 날개를 펼쳐 대륙에 인사를 고하고 신의 품으로 날아가듯, 드래곤 밸리를 찾는다.

생명의 근원만이 용의 신의 품으로 날아가며, 모든 것은 그대로 남는 곳.

수백만 년이 지나도 썩거나 사라지지 않는 드래곤의 본체가 그대로 그곳에서 잠든다.

그곳이 드래곤 밸리.

"테엘! 방향은?"

"응? 아, 쭉 가."

테엘은 카이가 씩씩하게 걷는 것을 구경했다.

"이봐, 로인 공작."

"왜?"

"그 방향이 맞다고 확신하는 거야?"

카이는 테엘의 질문에 고개를 휙 돌렸다.

그들은 거의 산 정상에 이르렀다. 주변 풍경이 시원하니 눈에 들어왔다. 바람이 카이의 이마에서 흘러내리는 땀을 훔쳤다.

테엘은 땀 한 방울 흘리지 않았다. 심지어 발이 땅 위에서 2센티미터가량 떠 있었다. 이제껏 그는 놀면서 쫓아온 것이었다.

카이는 영지민들이며 가문의 일로 머리가 복잡해서 마구 뛰듯이 산을 올랐는데. 카이는 이제야 그 발이 떠 있는 것을 보고는 주먹을 불끈 쥐었다.

테엘은 놀리듯 말했다.

"뭐냐, 그건? 잘하면 치겠다?"

"네 이놈—! 테엘 사제!"

카이의 외침이 산 구석구석으로 메아리쳤다.

"감히 로인 공작을 희롱하는 것이더냐!"

"이봐. 그 말은 말이지."

다음 순간 테엘은 바로 카이의 앞으로 순간 이동했다. 그리고 그는 자신의 마나를 개방했다.

주변 땅이 조금씩 흔들리기 시작했다.

"강한 녀석이나 할 수 있는 거야. 지금 네 입장에서는 말할 때가 아니지."

"네…… 이 녀석……!"

테엘은 한 손으로 카이의 목을 움켜쥐었다.

카이는 숨이 막혔다. 의식을 잃을 것 같았다. 카이는 한 손으로 자신의 다른 팔을 할퀴었다.

얼마나 세게 할퀴었는지, 순식간에 살점이 뜯겨 나가면서 피가 테엘의 얼굴에까지 튀었다.

"독한 녀석!"

테엘은 혀를 내둘렀다. 그리곤 얼른 손을 놓았다.

카이는 숨을 거칠게 내쉬면서 테엘을 노려보았다.

테엘은 손가락으로 얼굴에 튄 피를 슥 닦아 냈다. 그 피는 아직까지도 뜨거웠다.

"주제에 인간이라고, 그래도 피는 뜨겁구나."

"네 이 녀석……!"

"머리 좀 식혀. 어제까지만 해도 얼음침대 위에서 자는 녀석처럼 냉정하더니만, 갑자기 피가 끓어선……."

"후웃……!"

카이는 그 말에 정신이 번쩍 들었다.

테엘은 그런 사이 카이를 등진 채, 땅 위에 뭔가를 주섬주섬 늘어 놓고 있었다.

그의 머리 위에는 이공간이 덩그렇게 뚫려 있었다. 테엘은 거기서 사제복을 꺼내 입고, 끈을 꺼내서 어깨 위에 둘렀다.

흰색에 빨간색으로, 카이가 알아볼 수 없는 글씨가 쓰여 있었다.

"짜안!"

테엘은 이윽고 뒤로 돌아섰다.

"이제 좀 사제 같지?"

흰색의 부대 자루에 끈 몇 개만 두른 정도였는데도 꽤 사제 분위기가 풍겼다.

카이는 그따위 것에 눈길 주는 시간조차 아까웠다.

"어서 안내해라, 드래곤 밸리로."

"쳇. 차가운 녀석. 그런 식으로 했다간 결혼식 때 주례 안 서 드립니다, 공작.”

테엘은 그렇게 말하다가, 갑자기 입을 헤 벌렸다.

“그러고 보니…… 어떻게 가는 거였더라?”

“……!”

불끈. 카이의 희고 고운 이마 위에 붉게 돋은 힘줄 하나.

테엘은 이공간 속에 손을 넣어 뒤적거렸다.

“뭔가 하나 더 필요한 것 같은데……. 수백 년 만이다 보니 그만 까맣게 잊고 말았구만. 어떻게 하는 거더라…….”

“어. 서. 안. 내. 해.”

“잠깐만.”

그는 이공간에 손을 밀어 넣고는 뭔가를 한참이나 뒤적거렸다.

카이의 이마에 힘줄이 몇 개나 돋았다.

“네 이 녀석……!”

“가만히 있으라니까, 이게 다……! 헛!”

테엘은 늦게 깨달았다.

그의 손에 들린 검에서 검은 기운이 무럭무럭 일어나고 있었다. 이미 한발 늦었다. 피할 수도 없는, 바로 심장을 향해 달려들고 있는 검!

“으, 으앗!”

테엘은 순간 검은 기운에게서 재빨리 몸을 피했다.

그가 옆으로 몸을 피하자 그 아래에 있던 작고 검은 틈이 순식간에 하늘을 뒤덮을 정도로 자라났다.

마치 까맣게 탄 나무가 하늘을 받치고 선 것 같은 틈.

그리고 그 틈으로 향해 달려가는 카이의 검기.

"으, 으앗! 이 멍청아!"

테엘은 비명을 지르면서 몸을 날렸다.

그리고 땅바닥 위에 바짝 엎드린 채 머리를 수그렸다. 카이 역시 순간 놀랐다.

쿠황―

거대한 징소리가 로인 곳곳으로 천천히 퍼져 나갔다.

각지에 퍼져 있던 영지민들은 물론이요, 이르엘은 대체 이 소리가 무엇일까 싶어 고개를 들었다.

'아주 깊고 고요한 연못 위에 떨어진 한 방울 물방울 소리 같다.'

이르엘은 그렇게 생각했다.

잠시 시간이 흐른 후, 테엘은 식은땀을 닦으면서 자리에서 일어났다.

"다, 다행이다. 네 힘이 약한 덕분에……."

"누가 장난이나 치래? 드래곤 주제에 육중(肉重)한 맛이라곤 없어선……."

"너 임마, 육중이라니! 일부러 그렇게 말한 거지!"

둘이 막 서로의 멱살을 잡으려고 달려든 순간.

쿠와와와와와와와왓!

틈이 벌어지면서 순식간에 나뭇잎과 열매를 피워 내듯이 거대한 공간으로 화했다.

"으아아아앗!"

"큭!"

둘이 서로를 붙들 틈도 없었다.

드래곤 밸리의 입구, 수천수만 겹의 환영진과 미로진이 힘의 충돌로 엉클어지기 시작했다. 그러면서 일순 거대한 힘을 내뿜었다가 반대로 안으로 빨아들이기 시작했다.

테엘은 순식간에 검은 미로 안으로 사라지는 카이를 향해 손을 뻗었지만 소용없었다.

"로인 공작!"

그의 목소리도 마법진 사이에서 일그러졌다. 소리까지도, 빛까지도 완벽하게 왜곡하는 그러한 곳.

드래곤 밸리의 입구였다.

사방에서 몰아닥치는 힘.

힘이 폭풍이 되어 자신의 몸을 휩쓸고 어디론가 흘러간다. 눈을 뜨기도 힘들 정도로 온몸을 억누르고, 다음 순간 깔깔거리면서 옆으로 흘러가는 뭔가가 있었다.

카이는 그 힘이 무엇인지 잘 알고 있었다. 이미 10년 전에 그 힘을 한 차례 겪었다.

'드래곤……'

사람의 몸속에 바닷물을 들이붓는 것 같은, 너무나 거대한 힘. 카이는 그 힘에 가만히 몸을 맡겼다.

지난 며칠간 무리했던 몸이 천천히 회복되었다.

그 힘은 어렸을 때에도 그랬다. 힘을 억지로 받아들이려 하면 미치게 할 정도의 고통을 주었고, 그 힘에 몸을 맡기면 오히려 편안하게 온몸을 감싸 주었다.

몸이 거의 다 회복되었다.

그리고 부드러운 빛이 느껴졌다.

카이는 눈을 떴다.

힘에 이끌려 이공간 속으로 빨려 들어갈 때만 해도, 카이는 산 정상 위에 있었다. 허리춤에나 닿을 정도로 낮은 나무가 몇 그루 있었고, 발목에도 미치지 못하는 야생화나 밟히는 곳이었다.

그러나 지금 그가 눈을 뜬 곳은, 마치 수목이 폭포수처럼 쏟아지는 숲의 한가운데였다.

"눈을 떴어."

"눈을 떴어."

"알려야 해."

"알려야 해."

어린 소녀의 목소리가 귓가에 울렸다.

카이는 벌떡 일어나 앉았다.

"여, 여긴……!"

그는 저도 모르게 입을 떡 벌렸다.

그의 앞에 블루 드래곤이 앉아 있었다.

눈을 감고 머리를 앞발에 기댄 채였다. 그 앞발의 크기만도 그의 가슴 높이에 이르렀다.

"정말…… 거대하구나."

그리고 정말 아름다웠다. 비늘 하나하나가 보석보다 더 영롱하게 반짝거렸다. 하늘색을 그대로 옮겨놓은 듯, 그보다 약간 더 진한 푸른색 비늘이 겹겹이 그 몸의 곡선을 그대로 보여 주었다.

거대한 본체의 모습은 날렵해 보였다. 길고 우아한 목, 그리고 뿔이 돋은 듯 부드러운 곡선을 그리는 머리 형태…….

카이는 저도 모르게 손을 뻗었다.

그 콧등 위에 간신히 손이 닿았다.

"실로, 실로 대단하구나……."

모든 것을 압도하는 느낌이었다.

"물이란 너그러운 듯하면서도 그 포악한 성질이 한 번 터졌을 때에는 모든 것을 파괴해 버리는 난폭한 성질이지. 그러면서도 생물 모두를 태어나게 하는 근원의 곳이요, 생물 모두가 죽게 되는 종말의 것이니, 그만큼 혹독한 것이요, 그만큼 강대한 것이다. 세상 어디에도 맞출 수 있으며 세상 모든 것을 자신의 것으로 감춰 버릴 수도 있지."

갑자기 들린 목소리에 카이는 깜짝 놀랐다.

블루 드래곤이 눈을 뜨고 그를 바라보고 있었다.

"왜 하필이면 나를 택한 것이냐, 새로운 로인이여."

"선택……한 건지는 모르겠지만……."

카이는 그의 모습을 다시 바라보았다.

"……아무리 보아도 아름답고, 또 아름다워. 모든 드래곤이 이렇다면 나 역시 드래곤이 되고 싶다는 생각이 든다."

"그러한가……."

드래곤은 다시 눈을 감았다.

"이 모습은 어떤지 모르겠군……."

드래곤은 순식간에 인간의 모습으로 변했다. 그러나 다른 드래곤과는 달리 그 모습은 노인의 것이었다.

물빛이 일렁거리는 연한 푸른색의 흰 머릿결에 창백한 얼굴에는 주름이 군데군데 있었다. 그런 모습의 노인이 버드나무 아래 기대어 앉은 채 카이를 바라보고 있었다.

카이는 약간 놀란 채 그를 바라보았다.

"여기 앉아 보시게나, 로인이여."

"카이젤 아민 라 로인이다."

"그래, 인간 카이젤이여. 그대는 어떠한 공작이 되고 싶은가?"

카이는 노인의 앞에 앉았다.

어떤 공작이 되고 싶은지는…… 계속 생각해 왔는데, 어째선지 노인의 앞에 앉자 쉽게 말문이 열리지 않았다. 생각이 너무 거대하고, 실타래처럼 엉켜 있었다. 어디서부터 풀어야 할지 알 수가 없었다.

카이는 얌전한 냇물이 되고 싶지 않았다. 하나 거대하고도 잔잔한 강물은 더더욱 싫었다. 찾아오는 사람 많은 바다가 되고 싶지는 않았다.

오히려 자신이 되고 싶은 것은…….

'사정없이 할퀴고 흐르며 폭포가 땅 위에 누운 듯 격렬한…….'

"인간이란 묘한 생물이다. 창조신께서 인간을 접한 후에 드래곤을 만들었다는 걸 알고 있느냐?"

"예?"

카이는 노인의 말에 깜짝 놀랐다.

노인은 손가락 하나를 들었다. 그 손가락 주변으로 물의 정령들이 순식간에 몰려들었다.

카이는 그제야 아까 들은 소녀의 목소리가 정령들의 목소리라는 걸 알아챘다. 정령 친화력이라곤 눈곱만큼도 없는 카이에게조차 그 목소리가 들리고 모습이 보일 정도로, 드래곤의 힘이란 무궁무진했다.

"물의 힘을 손에 넣는다면, 네 자신이 그 물을 제어해야만 한다. 한 번 성나서 흐르기 시작한 물은 멈추게 할 수가 없다. 막을 수도 없어. 새로운 로인, 카이젤이여. 그 힘을 제어할 수 있겠느냐?"

알고 있었다. 카이도.

힘이라는 게 얼마나 무서운 것인지. 처음 드래곤의 힘을 받아들이던 때부터 알고 있었다.

거기에 물의 속성의 힘이라는 건 대체 어떤 것일까. 홍수가 터진 듯, 태풍이 몰아닥친 듯, 폭우가 쏟아지듯, 그렇게 사방을 할퀴려 할 것이다.

하물며 자신은……

"적어도 알 것 같다. 물의 힘이라는 것이 어떤 것인지……"

"그래?"

노인은 빙그레 웃었다.

"넘치되 넘치지 않는 것, 흐르되 고이지 않으며 고이되 흘러야 하는 것. 실로, 실로 강하구나, 물의 힘이여! 세상 모두를 휩쓸어 버릴 듯 광폭하면서도 일순 이슬이 되어 사라질 수도 있으니……."

"그래, 카이젤. 그런 것이다."

노인이 빙그레 웃었다. 카이는 자신의 생각에 몰두해서, 약간은 흥분한 채로 말을 이었다.

"알 것 같아! 물 그 자체……! 바람보다 더 강렬한 자유, 불꽃보다 더 강한 폭발, 땅보다 더한 고요함……!"

"그래, 카이젤. 그런 것이야."

노인은 빙그레 웃었다.

어느 사이에 사방을 정령의 무리가 에워싸고 있었다.

물의 강한 힘에 이끌려 다가온 정령들이 한 목소리로 그의 주변에서 외치고 있었다. 그러나 그 목소리는 제대로 알아들을 수가 없었다.

환한 빛이 카이의 주변에서 맴돌았다. 그리고 이어, 온몸으로 폭포수가 쏟아지듯 강한 힘이 우르르르 하늘에서 떨어지기 시작했다.

이전과는 비교도 할 수 없을 정도로 강한 힘이었다. 온몸을 폭포수로 찢어 내서 다시 조각을 내는 듯, 그런 힘이 여러 번 온몸을 관통했다.

빛 때문에 카이는 눈을 감았다.

노인의 모습이 다시 드래곤으로 바뀌고, 크게 그 날개를 펼치는 것이 그가 본 마지막 장면이었다.

다시 눈을 떴을 때 그는 황폐한 계곡 사이에 누워 있었다.

눈앞에 드래곤이 있기는 했다. 그러나 한눈에 보아도 죽은 것이 분명했다. 생명력이라곤 하나 없이, 석상처럼 그 자리에 놓여 있을 뿐이었다. 푸른색 비늘도 반짝거리지 않았다.

카이는 비틀거리며 일어나 앉았다.

"내가 용의 신의 사제가 되겠다고 했을 때 말야."

갑자기 테엘의 목소리가 들렸다. 카이는 뒤를 돌아보고, 그가 바위 위에 앉아 있는 것을 보고는 피식 웃었다.

"살아 있었나."

"내가 가장 먼저 들은 게 로인에 관한 이야기였다. 이 땅에 모든 드래곤들이 눕는 장소가 있고, 그 장소를 보호하는 것이 신전의 역할이라는 것 등등 말야. 그때는 참 의문이었다. 어째서 용의 신의 축복이 로인이라는 한 사람에게 내릴 수 있는 것인지……. 아무리 우리가 맹세의 종족이라곤 해도 말야, 이 정도로 긴 시간 힘을 그들에게 주었으면 충분한 게 아닌가, 하고."

테엘은 그렇게 말하며 바위에서 내려와 카이 옆으로 다가왔다. 그리곤 그의 이마를 짚어 보고 눈을 이리저리 까뒤집어 보았다.

"맹세를 깨고 싶은 건가, 테엘?"

"뭐. 글쎄. 하지만 너흴 보고 있으면 재미있긴 해. 어차피 이 땅을 수호하는 게 내가 해야 할 일이기도 하고."

테엘은 그렇게 말하곤 카이를 가만히 바라보았다.

"……왜?"

부담스러울 정도로 진지한 눈빛에, 카이는 되묻지 않을 수가 없었다.

"몸은 괜찮냐? 보통 인간이라면 벌써 수백 번은 죽었을 것 같은데."

"확실히 대단한 마법진……."

"아니, 그것 말고. 이것."

카이는 자신의 가슴을 내려다보았다. 그리곤 순간 놀라 손가락으로 그것을 만지작거렸다.

가슴 한복판에 전에 없던 것이 있었다. 마치 누가 억지로 박으려다가 힘이 들어서 포기한 듯 보였다. 붉게 빛나는, 심장 크기만 한…….

아니, 심장이었다. 자신의 몸에서 뛰는 것과 다른, 고요한 박동이 그 심장에서부터 흘러나오고 있었다.

드래곤 하트. 그것이 자신의 가슴에 묻혀 있었다.

카이는 자신의 가슴을 내려다보았다. 자신의 심장과 화합하려는 듯 조용히, 이따금 꿈틀하면서 흘러나오는 따뜻한 기운. 자신의 온몸에서 활력이 넘쳤다.

"이것이…… 로인이 손에 넣어야 할, 진정한 힘인가?"

"그래."

테엘은 따스한 눈으로 그를 바라보았다.

"축하한다, 로인이여. 정식으로 로인의 지위에 오른 것을 축하한다. 그대, 용의 힘을 손에 넣은 자여."

SWORD OF DRAGONLOAD

제5장

새로운 인사

드래곤 밸리는 고요했다. 이따금 바람이 불어왔지만 적막함까지 날려 버릴 정도는 아니었다.

고요하고, 한없이 침잠하는 장소.

카이는 감탄하고 있었다.

거대하게 패인 골짜기 사이사이에, 드래곤들이 마치 잠들어 있는 듯 조용히 내려앉아 있었다. 그들의 비늘이 언뜻 빛날 때에는 마치 금방이라도 눈을 뜨고 드래곤의 포효를 터뜨릴 듯싶었다.

카이는 눈을 가늘게 뜨고 그 넓이를 가늠해 보았다. 로인 영지 전체를 차지할까? 그보다 훨씬 더 넓지 않을까. 이공간이라 해도 이 정도로 넓으면, 또 다른 차원의 세계라고 할 수 있지 않을까.

카이는 그런 생각을 하는 내내 드래곤 하트 위에 손을 올리고 있었다.

"일단 한 발인가……."

"뭐가 한 발이라는 거냐. 하여튼 인간들이란……."

테엘은 핀잔을 주었다.

"이제부터 할 일이 많으니까……. 로인에 대해 모르는 것투성이
라, 시간이 얼마나 걸릴지 모르겠군."

"뭘 모르겠는데? 뭐 할 건데?"

테엘의 질문에 카이는 씩 웃었다.

"새로운 영주 취임식 겸 내 생일잔치."

그때 테엘은 생각했다. 이 녀석도 누구 못지않게 죽음을 자초하
는 녀석이라고.

그의 눈에는 선했다. 껄껄 호탕하게 웃고 있는 카이를 향해 날아
드는 낫과 도끼, 뭐든 손에 잡히는 것을 들고 뛰어나온 영지민들이
우르르 달려들면서 카이의 몸에서는 철철 피가 넘쳐흐르고…….

테엘은 씩 웃었다.

"거참 재미있겠군. 생일? 도와주마. 제일 먼저 뭘 할까?"

"일단 여기서 나가야지."

*　　　　*　　　　*

이르엘은 자신의 뒤에서 울리는 소리에 몸을 흠칫 떨었다.

용의 신전은 그녀가 처음 각오했던 것보다 훨씬 더 정적에 휩싸
여서, 그녀를 무섭게 했다.

창세 신화 그림을 보다 보면 누군가 자신을 지켜보는 느낌까지
들었다. 오싹한 느낌이 사방에서 그녀를 압도했다.

퉁…… 퉁퉁퉁퉁…….

뭔가가 굴러 떨어지는 소리.

"……테엘 님?"

이르엘은 떨리는 목소리로 외쳤다.

"테엘 님, 돌아오셨어요?"

살려 줘…….

이르엘은 기둥에 착 달라붙었다.

용의 신전에는 불빛 하나 없었다. 그러나 어디선가 어슴푸레한 빛이 감돌았다. 신전의 고요함과 신비스러움을 높이는 효과가 있었지만, 지금은 공포를 조장하는 효과도 있었다.

들려오는 것은 이르엘의 숨소리뿐.

가녀린 여인에게서 요녀의 모습이라곤 찾아볼 수 없었다. 그녀는 기둥에 착 달라붙은 채, 자신의 귀를 쫑긋거렸다.

……제발……!

"누구야!"

더 이상 견딜 수가 없었다.

공포에 질린 그녀는 악을 써 댔다. 신전 바닥이 우드드득 흔들리기 시작했다.

땅의 상급 정령 클레이가 솟아났다. 거기에 불의 상급 정령인 이그니스가 어디선가 날아들어, 마치 파이어볼이 수십 개 사방으로 날아다니는 것 같은 장관이 연출되었다.

그런 일시적인 폭주 끝에 이르엘은 지쳐서 천천히 무릎을 꿇었다. 그리곤 땅바닥에 쓰러진 채 서서히 의식을 잃었다.

그런 그녀의 귓가에 여지없이 그 목소리는 들려왔다.

……뒤를 봐…….

이르엘의 얼굴로 눈물 한 방울이 흘러내렸다.

"테엘 님, 어서 돌아와 주세요……."

돌아온 테엘은 비명부터 질렀다.

"으악!"

"드래곤의 비명이라."

"으악, 으악, 으아아아악!"

테엘은 좌절했다.

카이는 땅바닥이 형편없게 일그러지고, 기둥 몇 개가 쓰러져 있는 신전 안을 둘러보며 혀를 찼다.

워낙 많은 신이 있으니, 혹 어디 시골에 가면 '신전을 마음껏 더럽히고 때려 부숴도 괜찮아' 라고 말하는 신이 있을지도 모른다. 그렇지만 용의 신은 그렇지 않다.

용의 신전부터가 다른 교의 신전과는 그 의미를 달리 했다. 용의 신전은 드래곤의 무덤을 지키는 장소이다. 고요함은 물론, 엄숙함까지 다른 신전의 배로 요구하는 장소.

테엘은 완전히 좌절해서 땅바닥에 기절해 버렸다.

그런 사이, 카이는 역시 쓰러진 이르엘을 발견했다.

"혹시……."

카이가 아는 한, 이르엘은 최강의 정령사였다. 그런 여자가 쓰러질 정도에, 주변 흙이 들썩일 정도라니……. 무슨 일이 있었는지 상상도 되지 않았다.

'정령사 간의 싸움이라도 있었던 건가!

카이는 이르엘의 머리를 부축해 안색을 살폈다. 완전히 탈진한 상태라는 걸 한 눈에 알 수 있었다.

"테엘! 신성력은 사용 가능한가!"

"드래곤이 신성력이라니, 무슨 헛소리야……. 이거나 먹여……."

테엘은 여전히 엎어진 상태에서, 이공간으로 손만 밀어 넣어 뭔가를 꺼냈다.

"꽤 좋은 포션이니까……."

카이는 병뚜껑을 열고 신중하게 이르엘의 입 안에 액체를 흘려넣었다. 녹색의 짙은 액체에서는 다소 역한 녹즙 같은 냄새가 났다.

그러나 효과는 있었다. 이르엘의 얼굴에 이내 생기가 돌았다.

그녀가 눈을 떠서 가장 먼저 본 것은 카이였다.

"로, 로인 공작……!"

"무슨 일이 있었던 건가. 몸은 이제 좀 괜찮나?"

그 진지한 목소리에 이르엘은 고개를 끄덕였다. 다시 눈물을 흘리기 시작했다.

테엘이 그 옆으로 힘없이 기어왔다.

"엘프…… 너와 신전을 이렇게 만든 게…… 대체 누구냐?"

"그, 그것이……."

이르엘은 순간 자신이 한 일을 깨달았다.

더불어 이곳이 어떤 곳인지도.

그리고 이 신전의 사제가 어떤 존재인지도.

이럴 때 엘프라는 건 참으로 불쌍했다. 인간이라면 대충 어떻게 둘러메치고 요리조리 빠져나갈 텐데.

이르엘은 그런 생각은 시작도 못했다.

"죄, 죄송합니다, 위대한 존재시여……!"

"무슨 일인지 이야기나 해 봐아……."

"이 신전 안에…… 뭔가 보이지 않는 것이 있어서 그만……!"

이르엘은 눈을 질끈 감았다.

카이는 주변을 둘러보았다.

쑥대밭이 되어 있는 것만 빼면 신전의 모습 그대로였다. 물론 그 전에도 신성한 기운이라곤 거의 찾아볼 수 없는 공간이긴 했지만, 그렇다 해도 보이지 않는 것이라니?

카이는 못마땅한 눈빛으로 이르엘에게 시선을 돌렸다.

이르엘은 카이의 그 눈빛이 억울하기만 했다.

"정말이에요! 귀를 기울이면……."

"귀를 기울이면?"

"……뭔가 이상한 소리가……."

이르엘은 울먹이다시피 말했다. 카이는 피식 웃었다.

"그간 지은 죄가 많다 보니 인간의 원혼이 여기에까지 쫓아와 말하던가?"

"그런……!"

이르엘은 발끈했다.

카이는 그녀를 부축하던 것을 놓고 확 일어나 버렸다. 이르엘은 비틀거리면서 팔로 땅을 짚었다.

"그런 헛소리……."

갑자기 카이가 입을 다물었다.

안색이 그 어느 때보다 진지하게 바뀌는 것을 보며 이르엘은 저도 모르게 귀를 기울였다.

……우, 우아아아아아……!

다시금 신전 안에 은은하게 메아리치는 듯한 그 소리……!

"이, 이거…… 이거야!"

"우음."

카이는 무거운 한숨을 내쉬면서 이르엘을, 그리고 테엘을 바라보았다.

테엘은 아직도 좌절감에서 회복하지 못한 상태였다.

"아무래도 복잡한 문제가 여럿 얽혀 버린 것 같군, 테엘 사제! 진지하게 이야기를 나눠야 할 것 같네만."

"신전만 되살릴 수 있다면 뭐든 좋아……."

"복구 마법이라도 어떻게 좀 써 보지?"

"용언을 쓸 수 있다면 일도 아닐 텐데……."

테엘은 신전 안을 둘러보며 말했다.

"이 신전이 용의 신께서 얼마나 염두에 두고 지으신 곳인지 알기나 해? 드래곤 밸리와 연결되는 딱 하나의 지점인 셈이라서 드래곤의 마법들이 크게 제한받는 곳이라고……."

그것도 그랬다. 비록 드래곤의 마법에 미치지는 못해도, 인간들 역시 마법을 쓸 수는 있다.

그들이 마법으로 뚫고 들어가면 곤란한 것이다.

"당시 드워프 족이란 드워프 족은 몽땅 부려먹어서 200년 동안 지은 거라고. 회복하려면 드워프나 뭔가 정령의 힘이 필요하고……."

"일단 정령사 하나는 여기 있잖아. 복구는 저 엘프에게 맡기면 되니까, 잠시 이쪽으로."

테엘의 힘이 반쯤 돌아왔다. 그는 순간 번쩍, 이르엘 앞으로 이동했다. 그리곤 그녀의 두 손을 붙들고는 물었다.

"이르엘 양, 해 줄 수 있지? 제발!"

드래곤이 물었다. 드래곤이 제발이라는 말까지 꺼냈다.

이르엘은 원혼에 대한 두려움과 드래곤에 대한 두려움 사이에서 아주 아주 잠깐 망설였다. 그러나 다른 대답이 있을 수가 없었다.

"제, 제가 할 수 있는 한은……."

그리고 이르엘은 눈을 질끈 감고 말했다.

"그전에 원혼부터 처리해 주세요!"

"쳇, 그게 문젠가, 역시! 좋아! 용의 신의 사제로서……."

카이는 그쯤에서 사태를 정리해야 할 필요성을 느꼈다.

"테엘, 잠시 이리 와 주지 않겠나!"

그가 목소리를 높이자, 어느 정도 기운을 회복한 테엘이 느릿느릿 그의 곁으로 다가왔다.

"왜?"

"너, 잊어버렸지?"

"뭘?"

"벨하임과 리슨. 잊은 거냐?"

"그렇지. 응? 앗."

귀를 기울이면 아련히 들리는 비명 소리.

주로 벨하임의 것이었다. 리슨은 살아나 있는 건지…….

카이는 고개를 끄덕였다.

테엘은 아차 싶다가, 이어 사태의 원인을 깨닫고는 이르엘을 향해 눈을 부라렸다.

"……그럼 저 애송이 엘프가……!"

"잠깐, 테엘."

"또 왜!"

"이 처분은 나에게 맡겨 주지 않겠나."

카이는 이르엘을 바라보았다.

그 지긋한 시선에 테엘은 잠시 고개를 갸웃거렸다.

'인간이란 정말 속을 모르겠단 말야. 그림자의 신이 낳은 피조물답다고 해야 하나.'

어쨌든 재미있었다. 지난 몇백 년, 아니, 수천 년의 인생 중 이렇게까지 재미있게 해 주는 녀석은 없었다.

'뭐, 고생은 엘프가 한다면야…….'

테엘은 뒤늦게 떠올렸다.

"여긴 고쳐 주는 거지?"

"확실하게. 분명히."

카이가 부드러운 미소를 지으며 말했다. 전과는 달리 지금의 미소에는 좀 더 여유가 흘렀다.

"걱정 마시게나, 테엘."

카이는 이르엘에게 다가섰다.

이르엘은 불길한 예감에 조금씩 그를 노려보며 뒤로 물러났다.

"무, 무슨 생각을 하는 거야, 로인 공작?"

"테엘 사제는 내가 다룰 수 있다."

"……어이, 카이 로인 공작. 나 귀 안 막혔다."

뒤쪽에서 테엘이 뭐라 중얼거리던 카이는 깨끗이 무시했다.

이르엘은 눈을 크게 떴다.

"거, 거짓말. 감히 일개 인간이……."

"인간과 드래곤의 맹약 중 그 모든 맹약에 우선하는 용의 신의 축복을 받은 로인 공작 가문의 이름으로 엘프에게 말한다. 당신을 드래곤에게서 보호하는 대가로 나는 지금 당장 엘프들의 족장과 기타 장로들과의 면담을 요구한다."

"……에?"

"호?"

이르엘은 지금 자신이 들은 말이 무엇인지 그 뜻을 이해할 수 없었다.

자신의 눈앞에 있는 것은 분명 인간이었다.

엘프의 가장 가까운 친구로 불린다 해도 인간은 인간이다. 자기가 어려우면 언제든 배신하고 인의를 어기며 거짓을 땅에 퍼뜨리는 종족.

"……장로님들은……."

이르엘은 망설이며 말했다.

"그래. 그 사람들이 바로 이 로인을 배신한 당사자겠지."

"크흠……."

카이는 말했다. 테엘은 그 불쾌한 발언에 다시 울화가 치미는 듯 신음 소리를 흘렸다.

"그, 그분들을 불러서 뭘 어쩌려고?"

"어이, 애송이 엘프."

테엘은 날이 선 목소리로 그녀를 불렀다.

이름만 불러도—정확히는 이름조차 아니지만—이르엘은 몸을 움찔 떨곤 했다.

"어차피 안 그러면 드래곤과의 전쟁이 벌어질지도 모르는데. 여긴 용의 신의 신전이다. 모든 드래곤의 성지지."

"……!"

"서두르는 편이 좋아. 한가한 드래곤이 성지 순례라도 왔다가 이 꼴을 보면, 당장 엘프를 간식 삼아 먹겠다고 나설지 모를 일이지."

테엘의 목소리는 차가웠다.

엘프들의 장로라면, 틀림없이 500년 이상은 살았을 것이고 그 이야기는 곧 테엘의 손에서 벗어난 엘프라는 이야기였다.

그것들을 마주하려는 카이의 심보가 뭔지 모르는 건 아니었다. 그렇지만 본다는 건 테엘은 생각만 해도 속이 뒤집혔다.

"전⋯⋯."

"답은 간단해. 장로들에게 연락하면 된다. 로인의 이름으로, 여기로 오라고. 어서."

이르엘은 결국 눈물을 글썽거리며 카이를 노려보았다.

카이는 자신을 편들기는커녕 테엘의 말이 지극히 지당하다는 듯 고개를 끄덕이고 있었던 것이다.

"카이, 정말 미워!"

카이는 멍하니 이르엘의 뒤를 바라보았다. 이르엘은 급기야 신전에서 밖으로 뛰쳐나갔다.

"그래서 하겠다는 거야, 안 하겠다는 거야?"

멍하니 뇌까리는 카이의 곁으로 테엘이 다가섰다. 테엘은 혀를 차며 카이의 어깨에 손을 얹었다.

"⋯⋯넌 영지 다스리는 법 배우기 전에 여자 다루는 법부터 배우는 게 좋겠다."

"음?"

카이는 고개를 갸웃거리다가 이내 흔들었다.

"귀찮아. 영지부터다."

테엘은 멍하니 카이를 바라보았다.

"너, 인간 맞냐? 불굴의 번식 의지는 어디 갔어?"

"쓸데없는 소리는 그만 하고……. 침실로 안내해 주겠나? 오늘은 이만 쉬고, 내일부터 행사를 기획하고 하는 일이 바쁠 테니."

"아, 그래."

테엘은 그를 안내했다.

신전은 크게 광장과 그 광장에서 떨어진 곳에 수많은 방들이 있는 거주 구역으로 나뉘어 있었다.

테엘도 그 거주 구역에 머물렀고, 자신의 레어 대용으로 삼았다.

카이도 자신의 방을 찾아 들어갔다.

카이는 그 방이 얼마나 큰지, 얼마나 화려한지 따위는 신경 쓰지도 않고 침대 위에 몸을 던졌다. 푹신거리는 매트리스의 감촉을 누리면서 카이는 생각했다.

'생일이라.'

테엘은 카이가 신경 쓰지 않는 거라고만 생각했다. 영지민들의 분노가 얼마나 거대한지, 영주의 생일잔치를 영주의 장례식으로 삼으려 덤벼들 것이라 생각했다.

카이는 그들의 기분을 아주 잘 알고 있었다. 그들이 얼마나 화가 났는지.

그걸 풀어 줄 의지가 카이에게는 없다는 게 문제라면 문제였다.

'가장 큰 문제는 이 땅의 가난을 해결하는 건가.'

로인의 부는 세금을 거둬서 이뤄 낸 게 아니었다.

그 엄청난 부가 어디에서 왔는지 아는 것은 초대 로인 공작뿐이었다.

　도성을 쌓는 대부분의 금액을 원조하고도 후손들이 600년 동안 경제관념이라곤 까맣게 잊고 펑펑 써 대도 남아도는 부를 원조한 사람.

　카이의 영웅이었다.

　이자벨 펠 라 로인…….

　'당신의 발끝에 이를 정도의 부라도 좋아. 가문을 되살릴 수만 있다면……. 이자벨 로인, 나의 조상이여. 나에게 힘을 줘.'

　카이는 그녀 생각을 하며 잠들었다.

＊　　　＊　　　＊

　엘프들이 연락을 받은 건 밤 늦은 시간이었다.

　바람의 상급 정령이 들고 온 소식은 뜻밖의 것이었다.

　"이 일이 로인 공작의 부활과 연관이 있는가?"

　장로 중 한 사람이 물었다. 그러나 바람의 정령은 전달받은 일 외에는 자세히 알지 못했다.

　장로들은 시간이 한참 흐르도록 서로를 바라보기만 했다.

　이윽고 수석 장로가 입을 열었다.

　"간다고 전해라."

　정령이 바람을 휘몰아 사라진 후에야, 그들은 누가 먼저랄 것도 없이 입을 열었다.

　"그가 무슨 눈치 챈 건 아니겠습니까?"

　"이르엘은? 그 아이는 우리 종족에게는 귀한 아이입니다. 그 아이가 위험에 처한 것만은 분명하지 않습니까?"

"아니, 그것보다 용의 신의……."

장로가 한 손을 들어 올렸다. 일시에 소란이 가라앉았다.

"로인이 부활을 꾀한다면 우리에게 다른 선택이 있는가?"

"그런 순진한 말을 할 때가 아닙니다! 우리는…… 과거와 같은 길을 걸을 수는 없습니다."

장로석에 있던 한 노인이 벌떡 일어나며 외쳤다.

"우리의 피가 더럽혀지지 않고, 우리의 종족으로서 앞날이 어떠한가를 고민해야 한다고 한 것은 장로님이십니다! 우리 스스로 종족으로써 번영할 길을 찾는 것, 로인에게 얽매여 노예처럼 사는 것이 아닌 자유의 길! 우리는……."

"그렇지만 200년 전에 어떤 일이 있었는지 잊어서는 안 된다……. 우리가 자유를 얻고자 길을 떠났을 때, 우리 종족에게 닥친 그 비극을……!"

수석 장로는 깊고 어두운 목소리로 말했다.

다른 장로 한 사람이 곧 나섰다.

"어차피 우리는 그 시대에 대한 빚을 받아 내야 하는 쪽이 아닙니까? 이르엘이 포로로 잡혔다면, 오히려 우리에게 더 큰 명분이 주어지는 것입니다."

젊은 장로의 말에 수석 장로는 긴 한숨을 내쉬었다.

다시 긴 침묵의 시간이 흘렀다.

이윽고 수석 장로는 말했다.

“과거 우리의 입장을 이해하고 엘프와 인간과의 동행을 유일하게 허락한 것이 로인이었다. 시간이 지났으니 인간이 변한 만큼…… 우리 엘프들도 느리되 천천히 변했겠지.”

수석 장로는 천천히 말했다.

“가자. 새로운 로인 공작과의 이야기가 어떻게 흘러도 우리로서는 최선을 다해야만 한다. 종족의 이름을, 종족의 미래를, 종족의 자유를 걸고……!”

＊　　　＊　　　＊

“엘프들이 온다고?”

이르엘은 고개를 끄덕였다. 카이는 말을 이었다.

“그렇다면 도착 예정 시간은 대략 일주일 후. 그동안 가장 먼저 처리해야 하는 건…….”

카이의 말에 테엘과 이르엘은 눈을 빛냈다.

“신전 복구!”

“악령 퇴치!”

“그런 것 따위가 아닌 로인의 부활이다.”

카이는 단호하게 말했다.

“현재 가장 시급한 건 무너진 자연의 균형을 어떻게 하면 최단 시일 내에 되살리느냐 하는 점이라고 생각한다.”

“설마 지금…….”

이르엘은 뒷말을 잇지 못했다. 테엘이 황급히 그 말을 받아 말을 이었다.

"카이, 너 지금 이 거대한 지역의 자연을 회복시키는 게 가장 먼저 할 일이라고 말하는 건 아니겠지?"

"그게 가장 먼저다."

"이봐, 카이. 아니, 로인 공작."

테엘은 그렇게 말은 꺼냈지만 어디서부터 설명해야 하는 건지, 가닥을 잡을 수가 없었다.

원래 가장 상식적인 걸 설명하는 게 가장 어려운 법이었다.

"너, 바보냐?"

테엘은 결국 그렇게 말했다.

"어떻게 저주를 풀 건데? 알려진 방법이라도 있냐? 내가 사제로 신전에 틀어박힌 사이에 인간들이 그 해결 방법이라도 찾아낸 거야?"

"댁이 저지른 일이잖아. 어떻게 해 봐."

"이보쇼. 용의 신님 앞에 199년 정도 손발 싹싹 빌면서 제가 좀 젊은 혈기에 무모한 짓을 했습니다, 라고 기도 안 하고 지낸 줄 알아? 드래곤의 이름을 더럽히고 도망간 엘프 따위를 위해서 그렇게 진지하게 기도하고 싶지는 않았지만 적어도 로인을 위해서는 그동안 꽤 열심히 기도했다고."

"그래도 그냥 기도해. 기도라도 해야 하잖아? 사제면서 달리 할 수 있는 일도 없는데."

"응?"

테엘이 그의 말을 해석하는 동안 카이는 이르엘을 돌아보았다.

"같이 가지 않겠나?"

"어딜?"

"로인 공작의 저택. 본가."

테엘이 그 말에 고개를 홱 돌렸다.

"거긴 왜?"

"한 번도 못 가 봤으니까. 하는 김에 로인도 돌아보고."

"가 볼 필요나 있을 것 같아? 70년 전에 이미 다 타고 폐허만 남아 있을 텐데!"

테엘은 무심결에 꽥 소리 질렀다.

"그걸 보러 가는 거다."

카이는 태연하게 대답했다.

그 대답에 테엘은 말문이 막혔다.

카이가 그 사실을 알고 있었을까.

70년 전에 영지민들은 크게 화를 냈다.

사막의 더위가 막 침범해 오던 시기였다. 뭔가 조치를 취하긴 해야 하는데, 용의 신전은 그들이 함부로 들어갈 수 있는 곳이 아니었다. 엘프들이 돌아오는 것도 아니었다.

그리고 영주도 돌아오지 않았다. 심지어 연락조차 끊겼다.

그들의 분노가 향할 곳은 하나였다. 로인 영주의 성.

영주의 성에 불빛이 들어오면 우리에게는 미소가 피어나네―라는 아이들 노래가 있던 적도 있었다. 그렇지만 그건 정말 옛날의 이야기였다.

테엘은 성난 영지민들이 영주의 성을 불태우던 것을 모두 지켜보았다. 그것도 아주 가까이에서. 성난 파도처럼, 몇 천 명의 횃불을 든 사내들이 영주의 성을 짓밟고 약탈하던 때를.

그것은 폭동이었다. 만약 로인 공작이 그 자리에 있었다면, 틀림없이 사지가 찢기고 꼬챙이에 꿰여 로인 전 지역에서 구경거리로 삼았을 터였다.

그 향할 곳 없던 분노가 대신 퍼부어진 집은 그만큼 처참한 잔재로 남게 되었다.

"변태냐. 그걸 뭐 하러 봐?"

"언젠가 내 저택을 새로 지으려면 땅을 봐 둬야지. 그럼 이제 출발한다, 이르엘. 그리고 테엘. 내가 없는 동안에 엘프들이 오거든 잘 붙들어 놔."

"무슨 핑계로?"

카이는 어깨를 으쓱였다.

"네가 가도 괜찮다는 말을 꺼내지 않으면 영원히 여기서 못 떠날 걸?"

이르엘은 카이를 노려보았다. 카이는 전혀 눈치 채지 못한 듯 태연스레 짐을 어깨 위에 걸쳤다.

"그럼 다녀오겠소이다, 사제님."

"아. 걸음마다 용맹이 넘쳐 모든 악을 무찌르길."

테엘의 가호에 카이는 한 손을 가볍게 들어 보이는 것으로 인사를 대신했다.

테엘은 가벼운 발걸음으로 향하는 카이를 바라보며 한숨을 길게 내쉬었다.

＊　　　＊　　　＊

"어떻게 할 건지 생각해 봤나?"

카이의 난데없는 질문에 이르엘은 화들짝 놀랐다.

신전에서 벗어나자 이명과 같은 귀신 소리도 들리지 않았다. 그래서 몹시 안도하고 있던 차에 갑자기 카이가 질문을 해서 그녀는 놀랐다.

"뭘……요?"

"엘프 장로들이 오면 둘 중 한 경우가 생긴다. 첫 번째는 싸우게 되는 거다. 엘프와 로인 공작간의 오랜 협력 관계는 깨지게 된다."

"하지만 그걸 내가 정할 수는……."

카이는 이상하다는 듯 이르엘을 바라보았다.

"수석 장로에게 꽤 신임 받는 거 아니었어?"

"그렇지는 않은 것 같아."

이르엘은 힘없이 대답했다.

카이는 잠시 그런 이르엘을 가만히 바라보았다.

"내가 처음 정령을 불러낸 건, 겨우 다섯 살이 되었을 때였어."

"다섯 살?"

아무리 정령과의 친화력이 높은 엘프라 해도, 다섯 살이면 인간으로 따지면 5개월도 채 되지 않았을 때다.

카이가 무심결에 놀라서 눈을 동그랗게 뜨자 이르엘은 우울해진 표정으로 입을 다물었다.

"왜? 계속해."

"……당신은 이해 못해!"

"당연하지."

"……!"

이르엘은 우울하게 소리 지르려다 말고, 카이의 대꾸를 듣고는 당황한 듯 입을 다물었다.

카이는 이르엘을 잠시 씁쓸한 심정으로 바라보았다.

"당신은 엘프고 나는 인간이야. 아무리 모습이 흡사해도 그림자의 신이 숲의 신을 질투해 따라 만든 것에 불과해. 태초부터 우리는 서로를 이해 못하도록 만들어졌어."

카이는 무뚝뚝하게 말하고는, 성큼성큼 앞으로 걸어갔다.

"저기……."

카이의 기분이 유난히 나빠진 것 같아, 이르엘은 조심스럽게 말을 걸어왔다.

"왜."

"……엘프에게 화……나지는 않아?"

"났어. 테엘 님이 엘프들을 전멸시킨 심정이 아주 절절이 이해가 가고 그 광경을 내가 직접 보고 싶을 정도로."

카이의 말에 이르엘은 주눅이 들었다.

카이는 잠시 후 한숨을 내쉬며 이르엘을 돌아보았다.

"그런다고 어쩔 수 있는 게 아니니까. 이 땅을 회복시키기 위해서는 엘프들의 협조가 필요해."

그들이 길이라고 걸어온 곳이, 갑자기 가파른 경사로로 바뀌었다. 카이는 이르엘에게 한 손을 내밀었다.

이르엘은 그의 손을 잡았다. 카이가 산길을 올라가면서, 이르엘이 미끄러지지 않도록 그 손을 단단히 잡아 주었다.

이르엘은 카이의 따뜻한 손을 한참이나 바라보았다.

"다른 엘프들은 보통 언제부터 정령을 처음 불러내?"

카이가 물었다.

"엘프들은 정령의 힘을 느낄 수는 있어. 나무, 바람, 땅, 물, 불. 그렇지만 그들을 불러내 형체를 부여하는 능력은 보통 성인기 전후로 찾아오게 돼."

"확실히 빠르네. 천재라."

카이가 잠시 이르엘을 돌아보았다.

이르엘은 그가 혹시 자신을 놀리거나 이용 대상으로 볼까 봐 가슴이 덜컥 내려앉았다.

그러나 뒤돌아본 카이의 눈빛에는 따스함이 있었다.

"어디서나 남들과 다른 건, 문제가 되지."

"응. 어렸을 때부터, 친구라곤 하나 없었어. 그렇지만…… 정령들이 있었으니까.”

그의 말이 마치 이르엘의 가슴속을 막고 있던 둑을 무너뜨린 것 같았다. 이르엘은 안심이 푹 놓이는 바람에, 약간은 어리둥절했다.

그의 손을 잡은 것도 너무나 편안했다. 마치 서로의 손이 서로의 장갑이 된 듯 따뜻하면서도 푹 감긴 그의 손이 전혀 기분 나쁘지 않았다.

어쩐지 부끄러워, 이르엘은 그의 손에서 슬쩍 자신의 손을 빼려 했다. 그렇지만 그녀의 손이 슬그머니 빠져나가려 하자마자, 카이가 손에 힘을 주어 꾹 잡았다.

“놓지 마.”

카이가 시선을 그녀에게 돌렸다.

“안심이 안 되니까.”

이르엘의 심장이 순간 두근거렸다.

“……응.”

그렇게 둘은 계속 걸었다.

카이나 이르엘이나 보통 사람의 체력은 아니었다. 그들은 빠르게 움직였고 거기에 휴식도 따로 취하지 않았다.

간간이 어렸을 적의 이야기를 서로 나누곤 했다. 둘 다 밝은 이야기는 아니었다. 이르엘은 정령들에 대해 이야기했고, 카이는 리슨에 대해 이야기했다.

다음날 새벽 무렵이 되어서야 그들은 멈춰 섰다.

가뜩이나 말이 없던 카이에게선 온몸에서 얼음처럼 사나운 기운이 스며 나왔다.

억누르고 또 억누르고…….

사람이라면 보지 못했을지도 모른다.

그러나 이르엘은 볼 수 있었다. 그의 몸 근처에 머무르던 물의 하급 정령 나이아스들이, 몸을 떨면서 차가운 조각이 되어 굳어 버리는 것을…….

카이는 주먹을 불끈 쥐었다. 손톱이 손바닥을 파고들어 피가 났지만 그는 아픔도 깨닫지 못했다.

처참하게 부서지고 타 버린 저택의 잔재만이 황무지 마른 땅 한가운데 남아 있었다.

그곳에서부터 주변으로 큰 마을이 있어야 했지만, 거기조차 거의 무너진 기둥밖에 없었다.

해골이라도 있어야 정상일 것 같은 유령 마을이 된 것이었다.

"후우……."

카이는 머리를 한 손으로 쓸어 넘겼다.

"엉망이로군, 모든 것이 다."

"……카이."

"어디 살아 있는 사람이라도 찾을까 했는데, 이래서는 영 소용없겠지?"

이르엘은 고개를 끄덕이면서 주변의 정령들을 바라보았다.

"사람이 있으면…… 그들이 말해 줄 거야."

"그런가."

카이는 쓸쓸하니 웃었다.

그는 무너진 영주의 저택으로 향했다.

저택은 마을과 담장의 구분조차 없었다.

넓은 정원을 사이에 두고, 꼬마들은 누구든 들어와 뛰어놀았다. 그들의 부모는 영주를 볼 때마다 고개를 꾸벅 숙였지만, 두려움이 아닌 최상의 존경심을 표하는 것이었다.

영주에게 들려주는 최대의 찬사는 아이들의 웃음소리.

영주가 돌아오면 마을 전체가 흥청거렸다. 다른 로인 영지에서 찾아온 영지민들과 어울려 큰 잔치가 열흘이고 한 달이고, 영주가 있는 동안은 계속 이어졌다.

카이는 그때의 이야기를 저도 모르게 이르엘에게 들려주고 있었다.

비록 그가 접한 것도 몇 권의 고서적과 아버지의 일기를 통한 것이 전부이긴 했지만…….

"동화 속에나 나올 이야기지, 안 그래?"

카이는 쓸쓸하게 말했다.

"멈춰 있던 시간 속에, 미뤄뒀던 재앙이 한꺼번에 닥쳐온 듯한 모습이잖아. 엉망이야."

카이는 중얼거렸다.

이르엘은 그 몰래, 정령들에게 부탁했다. 사람들이 없는지, 혹은 우물이라도 되살려 주기를. 그리고 나무의 정령들은 없는지…….

그러나 쉽지 않았다.

‘죽은 땅이야, 이곳은.’

성난 군중이 밀어닥쳐 완전히 부숴 버린 것이다. 부쉈다기보단 완전히 죽였다는 표현이 더 적당할지도 몰랐다.

카이는 한동안 유령 마을을 바라보았다. 태양이 떠올랐지만, 그곳은 좀처럼 따뜻해지지 않았다.

“이르엘, 잠깐 비켜.”

“……응?”

카이는 두 번 말하는 사람이 아니었다.

검을 뽑았다. 테엘에게 받아 온 검이었다. 미스릴로 만들어져 순한 은빛이 우아한 자태를 드러냈다.

카이는 온몸의 기운을 검으로 밀어 넣었다. 검에서 뿜어져 나온 기운에 순간 주변의 공기가 흔들렸다.

‘힘은 얻었다. 로인 공작이 돌아왔다. 그대들, 나의 백성들이여, 그대들은 어디에 있는 것인가.’

카이는 서글픈 미소를 지었다.

전보다는 훨씬 더 안정된 힘이 느껴졌다. 전에는 오러를 뿜어내려면 그 끝이 달랑거리면서 보이는 느낌이었다. 한계치가 있었다.

지금은 달랐다. 공기 속에서 호흡을 하듯, 바다가 한 줄기 샘물로 뿜어져 나오듯 그렇게 끝도 없는 힘을 느낄 수 있었다.

두근……! 그의 드래곤 하트가 한 번 힘차게 박동했다.

“용보월강참!”

억누른 눈물이 쏟아져도 이보다 시원치는 않으리라.

전처럼 힘에 밀리는 것도 아니었다. 자신의 모든 것이 바람이 된 듯 물이 된 듯, 그렇게 거칠게 뿜어져 나왔다.

'할 수 있을까? 할 수 있어, 지금이라면!'

"용조퇴참(龍爪槌劖)!"

그의 앞에 있는 것들이 일순 정지했다. 그리고 잠시 후 스릉거리는 나지막한 천둥소리가 사방으로 퍼지더니만 금세 사방의 것들이 무너지기 시작했다.

"……."

이르엘은 카이를 멍하니 바라보았다.

"마무리가 깔끔해졌어. 힘이 부족하지 않으니까 기술을 완벽하게 펼칠 수 있군."

카이는 무뚝뚝하게 말하고는 등을 돌렸다.

방금 눈앞에 있던 저택의 잔해는 물론, 땅 거죽을 잘라 내고 그 주변의 말라죽은 나무들까지 몽땅 베어 내서 주변 반경 30미터가량이 휘둥그렇게 박살 났다.

그것은 일순간이었다. 그 다음으로 그가 검을 휘두르자, 바람이 땅에서 하늘로 치솟아 올랐다. 그러면서 잘린 것들을 모두 긁어모아 하늘로 치솟게 하고는 모든 걸 박살 냈다.

모래 바람이 잠시 거칠게 불었다.

카이는 숨을 잠시 멈춘 채 모래 바람이 사라지길 기다렸다. 그의 앞에 펼쳐진 광경은 꽤나 마음에 드는 것이었다.

마음의 응어리가 어느 정도 풀렸다.

카이가 다시 검을 휘두르려고 할 때, 이르엘이 그를 조용히 불렀다.

"카이."

그녀의 얼굴은 창백해진 채였다.

"……그만 해, 이제."

"난 여길 치워야 해."

카이는 그녀를 돌아보았다.

"처음부터 다시 만들려면, 이런 건 남아 있지 않는 편이 좋아."

"……그만 해……. 땅을 뒤집는 건 내가 할 테니까."

카이는 그녀의 제안에 고개를 흔들었다.

이르엘은 저도 모르게 눈물을 흘렸다.

"그만 해, 직접 그럴 필요는 없잖아."

"아니, 내가 직접 해야만 해."

카이는 그렇게 말하면서 다시 걸음을 옮겼다.

바람에 휩쓸려 사라진 너머로 남아 있는 건물의 잔해.

과거의 영광과 그 영광이 어떻게 무너졌는지를 너무나 뚜렷하게 보여 주었다.

카이는 거실로 여겨지는 벽에 기대 주변을 바라보았다.

지금이라도 과거의 영화를 떠올릴 수 있었다. 거대한 건물의 수 없이 많은 방. 여름의 화려한 파티와 연결된 중앙홀…….

로인 공작이 로인 영지로 되돌아올 때면 수많은 귀족들이 그 뒤를 따랐다.

카이는 그런 상상을 하며 눈을 지그시 감았다.

"처음부터 다시 시작해야 하니까."

카이는 굳은 목소리로 말했다.

"이런 흔적 따위는 떠올리지 않아도 되도록."

"……카이."

"말리지 마, 이르엘."

"카이…….'

카이는 굳은 표정으로 이르엘을 돌아보았다.

이르엘이 묘한 표정으로 그를 바라보고 있었다. 그녀는 입을 뻥긋거렸다.

"뭐?"

사. 람. 이. 있. 다. 고!

이르엘이 입을 벙긋거렸지만 카이는 그걸 알아채지 못했다.

그들의 뒤에서 작은 그림자 하나가 슥삭 지나갔다.

그제야 카이의 얼굴이 싹 굳었다.

'사람?'

카이가 나지막이 소곤거리자, 이르엘은 고개를 끄덕였다. 그녀는 정령들에게 주변을 탐색 시켰다.

「아이들이 둘 있어요.」

「사내아이 하나. 여자아이가 하나예요.」

이르엘이 살짝 손짓으로 자신의 허리께를 가리켰다.

카이는 고개를 끄덕였다.

카이는 이르엘을 쳐다보았다. 진지한 잿빛 눈동자가 똑바로 이르엘의 분홍빛 눈동자와 마주쳤다.

카이가 한 곳을 가리켰다. 이르엘은 그곳을 바라보곤 깜짝 놀랐다.

검게 타 버린 벽 한쪽에 어느 틈엔가 꼬마가 앉아 있었다. 얼마나 작은지 얼굴이 카이 주먹만 했다. 벽과 구별이 되지 않을 정도로 까만 아이였다.

아이의 눈에는 그렇지만 호기심이 가득했다.

카이는 땅 위에 한쪽 무릎을 부드럽게 꿇었다. 그리고 주머니 속에서 육포를 꺼냈다. 아이는 순간 눈을 반짝 빛냈다.

카이는 그것을 아이를 향해 내밀었다. 아이는 쉽게 오지 않았다.

카이는 팔을 내리지 않고, 계속 육포를 내밀었다.

"예쁘구나."

카이의 목소리가 너무나 부드러워, 이르엘은 순간 깜짝 놀랐다.

'저 사람이 그런 목소리를 낼 수 있어?'

카이는 아이를 향해 가만히 손을 내민 채였다.

"이리 오렴."

이르엘은 고개를 흔들었다.

"오지 않을 것 같아. 차라리……."

"쉿!"

카이의 입가에 미소가 떠올랐다.

어린아이를 대하는 그 미소는 너무나 부드러웠다. 마치 아버지가 딸을 향해 짓는 미소 같아서, 이르엘조차 순간 흐뭇함에 미소 지었다.

아이는 카이와 이르엘이 있는 곳으로 한 발 다가왔다.

"아름답지 않아?"

카이는 뜬금없이 말했다.

"……뭐가요?"

"이 아이 말야. 어떻게 살아왔을까. 몹시 힘들었겠지만…… 그래도 살아온 거야. 이 땅에서 살아남은 건 없다고 생각했는데……."

카이는 그렇게 평온한 목소리로 말하면서 다시 미소 지었다. 그리고 육포를 끈질기게 들어 보였다.

"멈춰!"

난데없는 소년의 목소리가 울린 순간, 소녀는 깜짝 놀라 걸음을 멈췄다.

이르엘은 소녀의 뒤쪽에 나타난 소년을 발견했다.

'소년이 하나 더 있다고 했지…….'

카이의 미소에 깜빡했지만. 카이는 옷차림을 고친 후 육포를 이르엘에게 건넸다. 이르엘은 무심결에 그걸 받았다.

"너희들은 누구니? 이름은? 네 동생인가?"

"우린 이름 없어."

나중에 나타난 소년이 거칠게 외쳤다.

"아저씬 누구야? 저 누나는?"

아이는 쨍쨍거리는 목소리로 외쳤다.

그 목소리에는 경계심이 지독하게 깔려 있었다. 그 목소리에 소녀는 소년의 뒤에 숨었다.

카이는 웃으며 자신을 소개하려 했다.

그러나 이어지는 소년의 외침에 카이는 순간 몸이 굳어 버렸다. 그것은 이르엘 역시 마찬가지였다.

"아저씨랑 누나도 우리 잡아먹을 거지?! 안 속아!"

소년은 말을 멈추고는 후다닥 뛰어 도망쳤다.

카이는 한참이나 그 뒤를 바라보았다.

"크아아아아악!"

카이가 난데없는 괴성을 질렀다.

이르엘은 물론 아이들이 깜짝 놀라 그 자리에 멈춰 섰다.

그 순간 카이는 아이들을 향해 한달음에 뛰어갔다.

아이들이 빨리 달릴 수 있다 해도 카이를 피하기에는 역부족이었다.

카이는 한 손에 한 아이씩 집어 들었다.

그리고 계집아이를 이르엘에게 확 집어던졌다.

"꺄, 꺄악!"

그 아이를 어떻게 받았는지도 몰랐다.

순간 바람을 불게 해 아이를 떠받친 채 이르엘은 카이를 향해 도끼눈을 치켜세웠다.

"뭐 하는 거예욧!"

"씻겨! 물 좀 먹이고!"

"……아니, 대체……!"

"죽여 버리기 전에. 어서!"

"으, 으아아아아아앙!"

카이의 외침에 여자아이가 울기 시작했다.

이르엘은 저도 모르게 여자아이를 감싸 안았다. 자신의 고운 갈색 피부 위에 아이의 검은 때가 꼬질꼬질 묻는 것도 생각하지 못했다.

아이를 소중하게 안고는 그 온기를 느끼면서 이르엘은 조용히 중얼거렸다.

"괜찮아. 괜찮아, 그러니까 그만 울음 그치렴."

"어서 씻기기나 해!"

이어 카이는 사내아이를 자신의 눈높이까지 들어 올렸다.

"무슨 일인지 자초지종을 말해! 어서!"

"당신, 뭐야!"

꼬마는 발과 손을 동원해 어떻게 해서든 카이에게서 도망치려 했다. 그러나 카이는 꿈쩍도 하지 않았다. 분노한 카이의 눈에서는 언뜻 시퍼런 안광까지 형형히 뿜어져 나왔다.

카이는 으르렁거렸다.

"나는 너희들 주인, 로인의 영주 카이젤 아민 라 로인 공작이다! 어서 썩 불지 못해, 이 쥐새끼 같은 것아!"

SWORD OF DRAGON LOAD

제6장

절반의 선택

아이들이 진정한 것은 이르엘 덕분이었다.

이르엘이 아이들을 깨끗이 씻기고, 음식을 조금씩 먹였다.

그들이 가진 먹을 거라곤 얼마 되지 않는 말린 고기와 말린 과일 뿐이었다. 이르엘은 아낌없이 그 모두를 아이들에게 내주었고, 아이들은 걸신들린 듯 그것을 갉아 댔다.

그러는 동안 카이는 한쪽 벽 위에 걸터앉은 채 아이들을 노려보고 있었다.

"아름답다면서?"

이르엘은 물었다.

"뭐가."

"이 아이들. 살려고 하는 게 아름답다면서."

"그래."

카이는 퉁명스럽게 대꾸했다.

"그런데 왜 그렇게 노려보고 있는 거야? 아이들이 겁먹잖아!"

"너희 엘프가 꺾은 꽃을 보면서 눈살 찌푸리는 거랑 똑같은 심정이다.”

아이들은 예쁘다.

그러나 그 아이들의 말에 카이는 지독한 상처를 받았다.

‘잡아먹어? 식인종? 그 지경에 이르렀단 말인가?

할 수 있다면 아이들을 계속 털털 흔들어서 그런 인간들이 어디쯤 있는지 카이는 당장 밝혀내고 싶었다.

이르엘은 카이의 말에 납득했다.

“그렇구나.”

카이는 심각한 표정으로 사내아이를 바라보았다.

여자아이는 어려서인지 귀머거린지 말귀를 못 알아들었다. 그러나 사내아이는 제법 나이를 먹어서 그들의 대화에 귀를 기울이고 있었다.

“게다가 이르엘, 너도 머리가 있다면 한번 생각해 봐. 전에 만난 무리는 말라비틀어졌지만 개중에는 아이들도 있었다. 거기에 무기라고 들고 있는 것들도 사람을 죽일 만한 것들은 아니었다.”

“그렇다면 당신, 설마……”

“그 설마가 아냐.”

카이는 이제 자신을 뚫어져라 바라보는 사내아이를 향해 물었다.

“말해라, 꼬마. 사람을 먹는 무리들이 있어. 안 그런 무리도 있고. 그렇지?”

끄덕끄덕.

“사람 먹는 무리는 어느 쪽에 있지?”

“저쪽으로 가면 위험해.”

아이는 저택에서 서쪽을 대충 가리켰다.

카이는 그쪽을 바라보며 한동안 생각에 잠겼다.

여자아이는 먹을 것을 꼭 쥔 채 잠들어 버렸다. 씻기고 나니 꽤 귀여운 생김새가 드러났지만, 옷 한 점 없이 진흙을 옷 대신 바르고 다닌 것이 한없이 안쓰러웠다.

‘생각보다 훨씬 더 심각하군.’

그런 생각을 하면서도 카이의 표정은 그렇게 큰 변화가 없었다.

어차피 그가 생각한 가장 최악의 사태는 영지민이 단 하나도 남아 있지 않은 상황이었다.

거기에 비하면 식인종 따위는 양호한 편이었다.

“너희 둘은 남매냐?”

카이의 질문에 소년은 고개를 흔들었다.

“그럼, 그냥 만나서 데리고 다니는 거야?”

소년은 고개를 끄덕였다.

“언제 만났지?”

“그건 몰라.”

쫓기는 일상이 얼마나 흘렀는지 기억하는 것은 어린아이에게는 너무 가혹한 일이리라. 그나마 잊어서 다행이지…….

카이는 잠시 속으로 한숨을 삼켰다.

“계속 이 근처에 있었나?”

“아니. 많이 다녔어. 산에 숨기도 하고, 먹을 것 때문에 계속 움직었어. 여기 온 건 얼마 되지 않아."

"그런가."

'이 정도로는 힘든데…….'

카이는 로인의 지형을 거의 정확하게 외우고 있었다.

북쪽의 잉루벤, 주변의 절벽, 북쪽에서 남쪽으로는 부챗살이 퍼지듯 부드럽게 능선이 거의 이어져 내려왔다. 그 중간 중간에 산 몇 개와 숲이 자리하고 있었다.

그 산에 숨어들려면 숨지 못할 것도 없었다. 버려진 폐가 마을과 그곳의 황폐해진 건물들, 그런 곳에도 숨을 수 있었을 것이고. 카이는 소년을 바라보았다.

"정말 이렇게 많은 물을 써도 괜찮은 거예요?"

아이는 그게 계속 마음에 걸린 모양이었다. 뭔가를 생각하는 듯한 눈빛이 카이는 마음에 들었다. 똘망똘망한 아이였다.

"그들이 어디어디에 숨어 있는지 기억하느냐?"

카이는 물었다.

이르엘은 설마 싶어서 눈을 동그랗게 떴다.

소년은 말뜻을 알아들은 듯 눈을 번쩍 빛냈다. 그리곤 목이 꺾일 정도로 심하게 고개를 끄덕였다.

"정확하게 말해라. 분명히 기억하느냐?"

"다 기억해요. 그걸 잊어버리면 죽으니까."

아이의 목소리는 매서웠다.

카이는 만족스럽게 고개를 끄덕였.

“좋아. 안내하거라.”

“저 아이는?”

“동생도 아니라면서 잘 챙기는구나. 이 땅에서 가장 안전한 곳으로 데려다 주겠다.”

“…….”

소년이 잠시 망설였다.

입술을 달싹거리면서 뭔가 망설이는 것을 본 순간 카이는 저도 모르게 활짝 웃음을 터뜨렸다.

“너, 설마……!”

카이는 아이의 머리를 저도 모르게 털털 쓰다듬었다.

“다들 몇 명이지?”

아이는 눈을 크게 떴다.

“어, 어떻게 알았어요?”

“몇 명이냐? 몇 명이든 괜찮다. 아니, 많을수록 좋아.”

카이는 부드럽게 물었다.

“여, 열일곱…….”

아이는 눈치를 보았다.

“저, 정말 괜찮아요?”

“신전 이야기를 들은 적이 있느냐?”

끄덕끄덕.

“왜 거기까지 가지 못했지?”

“옛날에 드래곤 님이 몹시 화를 내셨댔어요. 그래서 그 근처로 인간이 나타나면 모조리 죽였대요.”

카이는 그 말에 깜짝 놀랐다.

“……끄응, 테엘……!’

할 수 있다면 용의 신에게 탄원기도라도 올려서 사제를 갈아 치우고 싶었다.

‘용언도 못 쓰면서, 대체 한 일이라곤 영지를 엉망으로 관리한 것뿐이잖아! 이놈의 드래곤이…….’

그야말로 웬수였다.

아니, 레드드래곤을 사제로 앉혀 놓은 용의 신부터가 약간 의심이 갔다.

‘그놈의 성질머리 하곤…… 아니, 그래서 더 사제가 되라는 거였을까.’

카이는 잠시 머리를 싸안고는 고민했다.

“그래서 그 근처로는 안 간 거냐?”

소년은 고개를 끄덕였다.

“정말이지 엉망이로군. 일단은 아이들을 불러내서 신전으로…….
아니, 이르엘. 전령을 보내라. 테엘에게 직접 여기로 오라고 해.”

“내, 내가? 테엘 님께?”

이르엘의 얼굴이 새파랗게 질렸다.

카이는 당연하다는 듯 대꾸도 하지 않고 아이에게 시선을 돌렸다.

“이름이 없다고?”

"······응."

"많은 걸 배워야겠구나. 널 내 첫 번째 시동으로 두겠다."

"시동?"

"심부름꾼이다. 시동이니 이름이 있어야지. 넌 이제부터 아이작이다."

"······아이작?"

소년, 아이작은 자신의 이름을 몇 번이나 중얼거렸다. 그리고는 수줍게 미소 지었다.

카이는 손을 내밀어 다시 아이의 머리를 힘차게 쓰다듬었다.

그들의 뒤에서 이르엘이 뭔가를 웅얼거리고는 새파래진 얼굴로 뭐라 다시 중얼거렸다. 그녀의 주변에서는 바람이 쉴 새 없이 휙휙 불어 일어났다.

곧 공기 중에 묘한 일렁거림이 생기더니 그 자리에 테엘이 슥 나타났다. 공포에 질린 이르엘은 카이의 뒤쪽에 숨었다.

"불렀냐?"

테엘은 아무렇지도 않게 불렀지만, 꽤 심기가 불편해 보였다. 카이는 아이작을 앞으로 내세웠다.

"······애 낳았냐? 그새?"

테엘은 정말 진지하게 물었다.

이르엘은 얼굴이 벌겋게 달아올랐지만 차마 드래곤에게 뭐라 말은 못하고 입만 삐죽거렸다.

"시동이다. 아이작, 용의 신을 모시는 사제인 테엘 님이다."

아이작은 카이를 멀뚱히 바라보았다.

"앞으로 내가 누군가를 소개하면 우선 인사를 해라. 안녕하세요, 하고."

"안녕하세요."

카이는 흡족한 미소를 지었다.

"그리고 얼굴을 반드시 기억해 두어야 한다. 네가 시동이 아닌 시종이 되거나 시종장, 더 나아가 집사가 되는 날이 온다면 사람들의 얼굴을 기억하는 것은 큰 재산이 될 거다."

"……일단 상황 정리 좀 하자. 시동이라고?"

"음."

카이는 어깨를 으쓱였다.

테엘은 그 녀석 멱살을 잡아 털털 흔들고 싶은 걸 간신히 억누른 채 만만하고 잡아먹기도 쉬운 이르엘에게 시선을 돌렸다. 살기가 빛나는 테엘의 눈빛에 이르엘은 움찔 몸을 떨었다.

"엘프 아가야. 이야기 좀 들려주지 않겠느뇨?"

"아, 저기……."

이르엘은 바닥에 누워 잠든 여자아이를 가리켰다.

"왜 또 하나가 있어! 눈만 돌리면 늘어나는 거냐! 뭐야, 내가 낮잠 잔 사이에 인간들이 생각만으로도 애 낳는 마법이라도 발견한 거냐!"

"저, 저기 테엘 님."

"왜!"

이르엘은 무너진 벽 너머에서 그림자 몇 개가 갸웃거리는 것을 발견했다. 카이는 아까부터 그들에게 '화사하고 인자한' 미소를 날리고 있었다.

테엘이 다음 순간 꽥 소리 지르자, 아이들은 겁에 질려선 벽 뒤로 후다닥 숨었다.

"어서 말하라니까!"

이르엘은 두려움에 떨면서 그의 뒤쪽을 가리켰다.

"……말도 안 돼……."

테엘은 다시 빼꼼 고개를 내민 아이들을 보고는 그 자리에 털썩 주저앉았다.

"정말 말만으로도 아이들이 불어나는 거야?"

아이작은 허락을 구하는 듯 카이를 바라보았다. 카이는 아이작의 등을 밀었다.

"네 친구들을 어서 데리고 오너라."

"괘, 괜찮아?"

"괜찮다. 영주는 한 번 말한 것은 절대 어기지 않는다."

"영주……."

아이작은 그 말이 뭔지 잘 모르면서도 진지한 얼굴로 고개를 끄덕였다.

그러는 사이 카이는 일이 어떻게 된 건지 이르엘을 협박하다시피 질문을 퍼부어 대고 있었다. 이르엘은 눈물을 섞어 가며 테엘의 심문에 꼬박꼬박 대답했다.

아이작은 아이들에게 뛰어가려던 것을 문득 멈췄다.

"저기, 난 아이작이면…… 아저씨는 어떻게 불러?"

"난 네 주인님이다."

카이는 상냥하게 웃으면서 대꾸했다.

"주인님이라고 불러. 아니면 주공도 좋다."

아이작은 아이들에게 뛰어갔다.

아이들은 깨끗하게 씻겨 새하얗게 변한 아이작을 보면서 뭐라 와 글거렸다. '가죽이 벗겨진 거야? 라고 묻는 소리가 언뜻 귀에 들렸 다.

카이는 피식 웃으며 테엘에게 향했다. 테엘과 이르엘은 이야기를 끝낸 참이었다.

"아이들을 데리고 이동해라."

"우리 신전은 고아원이 아냐!"

"사정은 다 들었겠지?"

"들었다고 해도, 이건 원……."

테엘은 카이를 바라보았다.

"어쩔 거냐?"

"어쩌긴 뭘."

카이는 씩 웃었다. 그는 테엘에게 주먹을 들어 보였다.

"힘을 쥐었잖아, 지금은."

＊　　　＊　　　＊

때는 거의 겨울이었다. 봄을 향한 희망이 기회를 엿보는 계절.

로인의 겨울은 건조했다. 봄을 향한 희망을 전혀 느낄 수 없었다. 눈 아래 조용히 꿈틀거리는 새싹이라곤 전혀 남아 있지 않았다.

그런 땅인데도 인간들은 살아남았다. 악착같이.

진흙으로 몸을 칠한 인간들이 바위 너머에 몸을 착 붙인 채 어딘가를 노려보고 있었다.

헐벗은 바위산 한가운데 길을 유유히 걷는 사내가 있었다.

여행자의 옷차림은 꽤 깨끗했다. 그리고 무엇보다 천이었다! 그 사실에 사내들은 수군거렸다.

'이 세상 사람이 아닌 것 같아.'

'저게 옷이라는 건가?

'어떻게 들어왔지?

영지민들이 섣불리 그에게 덤벼들지 못하는 이유는 그 때문이었다. 어디서 나타났는지 모를 사람!

게다가 그는 제대로 된 무기까지 갖고 있었다.

여행자는 꽤 한가해 보였다. 옆구리에 검 하나 찬 걸로 봐서는 평범한 방랑 검사였다.

그렇지만 혼자 말 한 필 없이, 그 험한 로인까지 오는 정신 나간 방랑 검사가 있을 리가 없었다.

로인이 어떤 땅인가? 영주에게 버림받고 나라에서 버림받고, 몬스터가 창궐하고 사막으로 완전히 메마른 땅.

이상하다고는 생각하면서도 식인 사내들이 포기하지 않는 이유는 단순했다.

그 방랑 검사는 이제껏 그들이 본 인간 중에 가장 오동통했던 것이다.

이윽고 그들은 짧은 신호를 주고받았다.

사내들은 바위 뒤에서 제각기 방향을 잡아 흩어졌다. 벌레가 기어가는 듯 재빠르고 가벼운 몸놀림이었다.

방랑검사가 멈췄다. 식인 사내들은 덩달아 멈춰, 긴장한 채 그를 주목했다.

방랑 검사는 잠시 멈춰 선 채로 한동안 하늘을 올려다보았다. 그는 지친 듯 입김을 후 내뿜었다.

기다림에 지친 것이었지만.

"으. 지루하군, 도통 나오질 않으니. 나올 생각이 있는 거야, 없는 거야."

물론 그 방랑 검사는 카이였다.

카이는 주변 바위에서 희미한 인기척을 감지할 수는 있었다. 그들이 자신을 경계하는지, 섣불리 나오지 않는 지겨운 대치가 계속되었다.

'먼저 불러낸다고 나올……까?

그러나 이대로 그 녀석들을 놓치는 것보다는 나았다.

카이의 기감이 뛰어나다고는 해도, 희미한 그들의 인기척을 찾아내는 건 쉽지가 않았다.

카이는 주변 바위산을 노려보며 외쳤다.

"누구냐?!"

사내들의 눈빛에 경계심이 번득였다.

"지금이라도 기어 나온다면 살려 주겠다."

카이가 다시 외쳤다.

사내들은 서로 작은 목소리로 중얼거렸다. 바람 소리에 묻힐 정도로 낮고 작은 목소리였다. 공격할까? 아니다. 좀 더 추격한다. 저놈은 위험할지도 몰라. 하지만 잡는다면 배불리 먹을 수 있을 텐데!

대충 그런 이야기였다.

카이는 호흡을 길게 내쉬었다. 그리고 그 결에 기운을 조금씩 모았다.

검에 차오르는 기를 그들이 발견하기 전이었다.

"용보월강참!"

용이 달 위에 올라 그 흥취를 못 이겨 그 달빛을 타고 사방의 것을 베어 낸다.

한없이 흥겨우면서도 한없이 잔혹한 기술. 주변 기운이 닿는 것은 모조리 베어 내는 기술이었다.

겨우 맛보기에 불과했다. 사내들을 위협하는 수준의.

"나와라!"

주변의 바위가 쩌렁거렸다. 다음 순간, 그 바위가 스륵 절반으로 갈렸다.

한 사내가 바위 위로 튀어 올랐다. 그는 카이를 노려보고 있었다.

보고만 있어도 기괴할 정도의 살기가 사내의 몸에서 풍겼다.

카이는 사내를 위아래로 훑어보았다.

"네가 대장인가?"

"하! 어쩐지 냄새가 나는데."

사내는 코를 킁킁거렸다. 지저분하게 자란 머리며 진흙으로 온통 더러운 몸, 거기에 코까지 킁킁거리자 인간인지 동물인지 분간이 가지 않았다.

"……너, 어쩌다 흘러든 녀석은 아닌 것 같은데. 너야말로 누구냐?"

"내가 먼저 물었다. 네가 대장이고, 그동안 아이들을 잡아먹은 그 소위 식인종이 맞는 건가?"

"식인종이라. 맞다면 어쩔 거냐?"

사내는 음산하게 말했다.

사내의 옆에서, 일당이 하나 둘 쑥쑥 고개를 내밀었다. 그들은 하나같이 침을 질질 흘리는 미소를 씩 짓고 있었다.

그 수는 총 서른 정도였다.

"겨우 혼자 힘으로 어떻게 할 수 있을 것 같냐!"

사내가 외쳤다. 카이는 그 소리에는 전혀 아랑곳 않고 사내들의 눈빛을 하나하나 확인했다.

대장인 듯한 사내 빼고는 이미 식욕과 생존의 욕구로 눈빛이 흐려져 있었다. 굶주린 들개와 같은 눈빛이었다.

카이는 가볍게 혀를 찼다.

"오랜만에 돌아온 영지는 모두 엉망이 되어 뒤집혀 있다. 그렇지만 이대로 손을 놓고 있을 수는 없지. 너희는 모두 죽는 게 다른 이들을 위한 도리다."

"……너, 이 녀석……!"

사내 옆에 있던 자가 검을 뽑아 그를 향해 달려들었다.

사내는 말리지 않았다. 오히려 즐기는 듯, 바위 위에 선 채로 지켜보았다.

카이는 이를 드러냈다.

"귀찮은 것! 용조관천(龍爪貫川)!"

재빠른 검의 세 번 연속 출검. 그것만으로도 바람의 길이 세 갈래로 하늘을 내달려, 덤벼드는 사내의 몸을 세 조각 내 버렸다.

사내들의 얼굴이 순간 굳었다. 그들이 주춤거리며 물러나려던 때, 오히려 대장 사내는 한 발 앞으로 나섰다.

그의 눈빛이 사납게 살기로 번득였다.

"우리 아버지가 늘 말씀하셨지. 용이라는 말을 쓰는 기술은 하나밖에 없다고, 이상한 검술을 쓰는 사람이 나타나거든 자신의 영혼이라도 깨우라고."

카이는 고개를 끄덕였다. 사내는 히죽 웃었다.

"너, 빌어먹을 영주 로인이로구나."

사내는 검을 뽑았다. 순간 그의 검에 검기가 어렸다.

카이는 놀랐다. 이들처럼 굶주린 것은 물론, 정규 훈련을 받은 것도 아닌데 검기를 어리게 한다는 것은 이 사내가 얼마나…… 자신을 원망하며 검을 갈아왔는지를 한눈에 보여 주는 증거였다.

"너는 누구냐?"

"하! 오랜만에 돌아오신 영주님께 소인의 비참한 이름을 알려 드릴 수야 없습지요!"

사내는 비웃음을 날리면서 검을 가볍게 휘저어 보였다. 그리곤 사내들을 향해 명령했다.

"다들 덤벼라! 저 녀석의 피를 뽑아 마시는 거다! 저 녀석의 고기를 말려서 십 년 동안 씹어 주겠다! 가죽 한 점 남기지 않고 먹어 주마, 로인!"

순간 사내를 제외한 사내들이 우르르 카이를 향해 덤벼들었다. 그들의 손에는 제대로 된 검이 아닌, 낡고 녹슨 검뿐이었다.

카이는 사내외에는 용서해 줄 생각이 없었다.

"눈빛을 보면 안다—. 이 썩어 빠진 것들!"

카이는 불쾌한 심정을 담아 소리 질렀다.

"용보월강참—!"

아까와는 다른 기세의 용보월강참이 휘둘러졌다.

흰색의 검강이 크고 부드럽게 휘둘러졌다. 바위를 자른 그 힘이 그대로 사내들을 덮쳤다. 그들이 마지막으로 본 것은 흰빛, 칼날과 같은 예리함이었다.

단발마를 지를 사이조차 없었다. 수십 명의 사람들이 그대로 피를 쏟아 내며 땅 위로 쓰러졌다.

카이는 이어 시선을 사내에게로 돌렸다.

사내는 그 기술에 놀라긴 한 모양이었다.

그 역시 바위 위에 서 있어서 범위를 벗어났지만, 그 기술이 다시 닥쳐온다면 자신의 검으로는 막을 수 없다는 것을 잘 알고 있었다.

카이가 검으로 그를 겨누자, 사내는 검을 움찔 떨었다.

카이는 그 사내의 변화를 읽었다. 동공은 훨씬 커졌다. 그의 심장 소리를 들을 수 있었다. 매우 빠르게 뛰고 있었다.

"불안한가."

카이가 입을 열었다. 사내는 다시 움찔거렸다.

카이는 미소 지으며 말했다.

"로인 공작이라는 이름과 기술에 대해 들었다면…… 불안한 게 당연한 일이다."

그 순간 사내는 비릿한 웃음을 지었다.

"헛소리!"

사내는 카이를 향해 몸을 날렸다.

"훗!"

카이는 옆으로 피했다. 그러면서 사내의 검을 맞받아쳤다.

"켁!"

사내는 순간 강한 힘에 충격을 받았다. 검이 서로 맞닿았을 뿐인데 튕기는 힘이 몽땅 자신에게 되돌아온 것이다.

손이 찌르르 떨리면서 그는 순간적으로 검을 놓칠 뻔했다. 그걸 간신히 검을 휘둘러 충격을 다른 방향으로 되돌렸다.

사내는 천천히 뒤로 물러났다.

“역시, 영주라는 거냐.”

“알면서 왜 덤비는 거지? 죽고 싶은 건가?”

사내는 그 질문에 잠시 검을 멈췄다. 카이도 검을 조금은 낮췄다.

두 개의 검이 먼 거리에서 서로 그 사나운 끝을 향한 사이. 둘은 서로의 시선을 마주 보았다.

“넌…… 왜 굳이 사람을 먹으려 든 거냐. 네 실력 정도라면 사막을 탈출할 수도 있었을 텐데?”

카이는 물었다.

사내는 씩 웃었다. 그리고 검을 다시 사방으로 휘저어 댔다.

카이는 사내를 이해할 수가 없었다. 불안해 하면서도 자신의 몸을 틈틈이 노리는 그의 눈빛에는 아직껏 싸우려는 의지가 살아 있었다.

“사막을 벗어나서 말인가. 로인을 벗어나서?”

“로인이 세상의 전부는 아니잖은가?”

사내는 그 질문에 고개를 뒤로 젖힌 채 크게 웃음을 터뜨렸다.

“당신처럼 로인을 버리라는 건가?”

비웃음 가득한 그 말에, 카이는 피식 웃었다.

“뭐가 웃기단 거지?”

사내는 말했다.

“글쎄. 오랜만에 돌아왔더니 드래곤은 개망나니 짓을 벌여 놓았고, 말라 버린 땅에, 영지민들은 몽땅 제 먹고살기 바쁘다면서 들개 같은 짓이나 하고 있다더군.”

카이는 검을 휘두르며 한 발 앞으로 움직였다.

"게다가 영지들이 날 몰라봐서 일일이 다니면서 버릇을 들여 놓는 중이다. 너, 이름은 뭐지?"

"다른 것부터 알아 두는 게 좋을 거다, 로인."

사내가 다시 돌격했다.

지독한 살기를 흩뿌리면서 사방 모든 걸 할퀴려는 검…….

사내는 매서운 목소리로 외쳤다.

"로인의 모든 사람들이 널 저주한다는 걸! 죽어 버려, 로인!"

채캉!

"그 정도는 익히 알고 있다."

카이는 그의 검을 가볍게 막았다.

카이의 눈 바로 앞에서 교차한 두 개의 검! 쩌렁거리는 충격을 고스란히 받은 사내는 뒤로 쓰러졌다.

카이는 검을 머리 위로 쳐들었다.

"용조퇴참!"

용조퇴참. 용이 그 발톱으로 땅을 할퀴며 사납게 울부짖는다.

카이는 그 기술을 한 번 써 봤다. 저택 잔재물을 모래로 완전히 박살 내 버리려던 때에.

카이는 그렇게 외치며 한 발로 사내의 가슴팍을 짓밟았다. 숨을 쉴 수 없을 정도로 강한 힘이었다.

사내가 버둥거리는 뒤로, 카이의 검이 번쩍이며 힘을 내뿜었다. 사내의 머리카락 뒤쪽으로 땅이 쩌렁거리면서, 둥글게 휜 바람이 사방의 것을 긁어 올리면서 박살 냈다.

후두득……. 남은 것은 그의 머리 뒤쪽에서 떨어지는 모래 뿐. 사내는 몸을 흠칫 떨었다.

그러면서도 입은 살아 움직였다.

"과연……. 날 어떻게 요리할지 망설이는 거냐?"

카이는 사내를 밟은 발을 보고는 불쾌한 듯 이마를 찌푸렸다.

"요리? 망설인다고? 착각하지 마라."

카이는 한마디 말을 내뱉고는 검을 집어넣었다.

"너에게 말한 것은 부탁이 아니다. 개가 되라는 거다. 영주의 명령으로."

"……무슨 뜻이야!"

사내는 벌떡 일어나려 했지만, 카이는 그의 머리를 발로 차버렸다.

"처음에는 그냥 살기 넘치는 녀석이라 생각했다. 네가 인육을 그냥 즐기는 줄 알았다. 하지만 그게 아니군. 너는 나를 씹는 기분으로 살아남으려는 거였다."

"……쳇, 그게 무슨 상관이냐, 로인!"

"넌 내 손에 죽은 몸이다. 이미. 언제든 마음먹으면 이 주변 땅과 함께 베어 버릴 수 있어. 하지만 너 같은 투견을 구하는 건 쉽지 않은 일이지. 때문에 넌 목숨을 구했다."

카이는 사내의 머리카락을 한 손으로 잡았다. 사내가 버둥거렸지만, 카이는 사내의 목을 지그시 다른 한 손으로 억눌렀다.

엄청난 힘을 깨닫고 사내는 피식 웃어 버렸다. 그리고 반항을 멈췄다.

"투견이라고?"

"그래. 영지가 정상이라면 너 같은 녀석들이 생기지도 않았겠지. 생겼다면 영지의 법에 따라 사형에 처하면 끝이고."

카이는 이어 바닥에 우수수 떨어져 있는 시체들을 경멸하는 눈으로 바라보았다.

"저런 쓰레기 따위에는 지금도 사형을 주저할 이유는 없지. 이성이며 의지 따위는 없는 버러지 같은 것들! 이제 저런 것들을 더 거느릴 이유는 없다. 너는 네 의지로 나에게 복수를 가한 거고, 그 정도는 정상 참작 해 주마."

카이는 사내의 눈으로 바짝 얼굴을 들이댔다.

"대신 네 흉폭함으로 이제 나에게 충성해라."

"흉폭함이라, 이렇게 말이냐?"

사내는 비릿하니 웃음을 흘리면서 단검을 꺼냈다. 그리고 있는 힘껏 단검을 위로 치켜들었다. 승리의 미소가 환하게 얼굴에서 빛났다.

"말했지, 널 저주한다고. 네 머리카락 하나 안 남기고 먹어 주겠다고!"

사내는 목이 붙들린 상태에서도 힘차게 검을 아래로 내렸다.

카이는 주저 없이 맨손으로 그의 검을 막았다. 단검이 손바닥을 꿰뚫었다.

피가 뚝뚝 땅으로 떨어졌다. 그러나 카이의 표정은 변하지 않았다.

"잘 날 뛰는군."

"……네 이놈, 로인……!"

카이는 차가운 얼굴로 그의 단검을 빼앗았다.

사내는 히죽 웃어 버렸다.

"쳇, 막판에 호강하나 했더니……."

"호강인가."

"그래. 울 아버지 굶어 죽으면서 뭐라고 했는지 알아?"

카이는 사내를 땅에 내려놓았다.

사내는 옆으로 침을 퉤 뱉었다. 사내는 이를 드러낸 채로 카이를 노려보았다.

굶주림 때문에 고기를 탐내기도 하지만, 그보다 더 큰 분노 때문에 사내의 눈빛은 빛났다.

카이가 만난 영지민 중, 가장 생기에 넘쳐 있었다. 비록 발산하는 방법이 잘못되었지만.

"내 살, 내 뼈, 뭐든 먹어라. 그래서 살아라. 살아서 영주를 보거든 그 살을 저며 먹어라. 그렇게 말씀하셨다, 우리 아버지."

사내는 씩 웃었다.

웬만한 일에 꿈쩍도 않는 카이였지만, 그 순간만큼은 정말 소름이 쫙 돋았다.

"아버지가 그렇게 말씀하셨단 말이다. 그것으로 자신의 무덤에 바치는 꽃이며 제삿술을 대신하라고.”

“내 살로 말이지.”

카이는 중얼거렸다.

사내는 카이의 손에 쥐인 검과 옆구리의 장검을 번갈아 보면서 다시 입맛을 다셨다.

“그냥 얌전히 죽지 그래? 영지민들에게 미안하다면 말이닷!”

사내가 다시 달려들었다. 검을 노리고, 카이의 목을 노리고.

카이는 단지 한 발 뒤로, 이어 바로 한 발 옆으로 그의 공격을 피했다.

사내와 카이의 검이 동시에 뽑혀서 허공에서 멈췄다. 그러나 카이의 검은 정확하게 사내의 목을 스쳤다.

쿵! 사내는 그 자리에 주저앉았다. 손으로 목줄기를 붙들었지만, 그의 붉은 피는 분수처럼 허공으로 뿜어져 나왔다. 그는 숨을 꺽꺽거리면서도 카이에게서 눈을 떼지 않았다.

카이는 씁쓸했다.

“……바보 같은 녀석아.”

아까운 녀석이었다.

사내의 숨소리가 빨라지기 시작했다. 그런데도 사내는 살겠다고, 그렇게 강한 눈빛으로 아등거리고 있었다.

그런 강한 살기, 강한 의지를 지닌 영지민을 보고 싶었다. 도망치지 못하고 죽지 못해 살아간다는 영지민을 보고 싶지 않았다.

“……네 아버지를 위해서다.”

카이는 주먹에 힘을 주었다. 그리고 사내의 입가에 댔다. 아까 입은 상처에서 다시 피가 뚝뚝 떨어졌다.

사내는 숨이 가빠 오면서도 어렵게 웃었다. 온몸에 경련이 일었다. 사내는 혀를 내밀어 그 피를 한 방울이라도 더 삼키려 했다. 눈은 이윽고 원한을 풀었다는 만족감으로 빛났다.

그리고는 숨을 멈췄다.

카이는 사내의 눈을 감겼다.

"너 같은 녀석 열만 있었어도 이 땅이 이렇게까지 황폐해지지는 않았을지도 모른다는 생각이 드는군."

테엘에게 땅의 보호자로서 수행해야 할 임무를 일깨우려 한 무모한 녀석이 있다면, 지금 이 지경까지는 이르지 않았으리라.

카이는 한숨을 내쉬었다.

"이미 죽은 녀석과 이야기한다고 해 봤자 소용없나? 네 녀석, 이름은 모르지만 잊지 않으마."

카이는 자리에서 일어났다.

카이는 바위산 너머 먼 곳까지 시선을 옮겼다.

사람의 기척은 없었다. 아니, 생명체의 흔적 하나 없었다.

"날 미워해도 좋으니 살아 있으란 말이다."

카이는 중얼거리곤, 용의 신전으로 되돌아가는 길을 밟기 시작했다.

엘프들의 장로들이 도착하고도 남았을 시간이었다.

이제는 배신의 일족과 이야기를 나눌 순서였다.

*　　　*　　　*

고요한 침묵이 흘렀다.

이르엘은 자리가 너무나 어려웠다. 일어나고 싶었지만 그조차 마음대로 할 수가 없었다.

그것은 엘프 장로들 역시 마찬가지였다. 의자에 앉아는 있었지만 벌써 사흘 째 아무 말도 못하고 테엘의 눈치만 살피고 있었다.

"이 양반, 늦는군. 이거 미안해서 어쩌나."

테엘의 지금 이 말도 벌써 열다섯 번째였다.

엘프 장로들은 그의 말에 화들짝 놀라면서 열다섯 번째 손사래를 쳤다.

"아, 아닙니다. 저희에게야 시간은 넉넉하지 않습니까?"

"그렇긴 하지. 그럼 낮잠이라도……?"

"아, 아닙니다."

장로들이 손사래를 치면서 식은땀을 몰래 닦아 내는 사이, 드디어 수석 장로가 입을 열었다.

"아직도 신전을 지키시는 줄은 몰랐습니다."

테엘은 고개를 끄덕였다.

"나도 몰랐네. 한 50년 전쯤에는 확 가 버릴까 했는데……."

"안 나가신 겁니까?"

테엘은 어깨를 으쓱였다.

"어차피 나도 신전에 있는 게 좋고. 반쯤은 내 레어로 개조했거든."

'신전을…… 레어로!'

엘프 장로들이 충격을 먹은 사이, 수석 장로는 혀를 차며 고개를 흔들었다.

"테엘 님도 참 대단하시군요. 왜 굳이 이렇게까지 로인 영지에 계시려는 겁니까? 이런 신전이야 다른 곳으로 옮기시면 그만인 것을."

"그런 이유만은 아니지."

테엘은 그렇게 대답하고는 입을 다물었다.

심기가 불편해 보이자, 얼른 장로들이 나섰다.

"그, 그렇지요. 대단하십니다. 의무를 다하시는 사제의 모습이……."

"입 좀 다물고 있지?"

테엘은 차갑게 대꾸했다.

엘프 장로들은 화들짝 놀라 의자에서 일어섰다.

그들은 그제야 수석 장로와 테엘이 기세 싸움을 벌이고 있다는 것을 깨달았다.

그들 주변으로는 자연의 정령들이 몰려들어 있었다. 그러나 누가 승자인지는 벌써 훤했다.

수석 장로의 얼굴은 점점 창백해지고 있었지만 테엘은 여유 있는 표정이었다.

"인간이 신의 없다, 잔인하다 뭐 욕하면서 정작 중요한 순간 발을

뺀 건 너희 아닌가? 신전의 의미와 800년의 맹약을 잊기엔, 너희 종
족과 우리 종족들의 시간은 훨씬 더 길 텐데."

수석 장로 타글라흐는 창백한 얼굴로 힘겹게 웃었다.

"분명 그렇지요……. 하지만…… 큭!'

타글라흐는 입술을 깨물었지만, 그 곁으로 피가 한 줄기 흘러내렸
다.

테엘은 그제야 차갑게 웃으며 자신이 불러낸 정령들을 돌려보냈
다.

"그래도 온 걸 보면 뭔가 변화를 꾀하려는 건 맞겠지. 아니면……
단지 로인 공작이 어떤 사람인지, 어떤 이득을 얻을 수 있는지 알아
보러 온 건가?'

"당신의 말씀을 부인하지는 않겠습니다, 테엘 님."

타글라흐는 숨을 천천히 내쉬면서, 내상을 달랬다.

"그렇지만 저희가 살아남기 위한 방도를 모색하는 것이 잘못이라
고 할 수는 없지 않겠습니까?'

"너희는 그 똑같은 변명으로 인간을 판단하며 욕하지."

테엘은 콧방귀를 뀌며 가볍게 대꾸했다.

"로인이 너희에게 이득을 안겨 준다고 하면 맹세를 되살릴 건
가?'

"그 이득이 어떤 것인지에 따라서입니다. 맹세는 이미 200년 전
에 깨졌습니다. 로인과 우리의 사이도 그때가 끝입니다. 지금은 단
지 우리의 소중한 후계자인 이르엘이 무사한지 보러 온 것뿐입니

다.”

“소중한 이르엘이라……. 저런 정도의 아이가?”

테엘은 콧방귀를 뀌며 이르엘을 돌아보았다. 이르엘은 고개를 숙였다.

“그래 봤자 성인기에도 이르지 못한 꼬마 하나가 말이지? 뭔가 다른 이유가 있는 건가? 저 아이에게?”

테엘의 질문에 타글라흐는 고개를 홱 돌렸다.

그 무엄한 행동에 테엘의 분노가 한계선을 향해 치솟았다.

장로들 중 하나가 슬며시 테엘과 타글라흐의 눈치를 살피며 말했다.

“만약 괜찮다 하시면 저희는 이만 저 아이를 데리고…….”

“괜찮지 않다.”

테엘의 서늘한 목소리에 순간 엘프들의 목덜미에는 소름이 쫙 돋았다.

“카이가 떠나면서 너희들을 붙들고 있으라고 했거든.”

테엘은 씩 웃었다.

“그러니 가만히 의자 위에 엉덩이 붙이고 뭉개고 계시는 게 좋을걸?”

“…….”

엘프들은 천천히 자리를 잡고 앉았다.

“그런데 말야.”

테엘이 다시 말문을 열자 엘프들은 긴장해선 반쯤 엉덩이를 들고 일어섰다.

"너희한테서 좀 이상한 냄새가 난다?"

"예?"

장로들은 멍한 표정으로 서로를 바라보았다.

"이상한데. 엘프들 특유의 체향이 그사이 변하기라도 한 건가? 아니면 내가 오랜만에 엘프들의 지겨운 냄새를 맡아서 착각한 건가?"

"그게 무슨……?"

"모습은 엘픈데, 어째서 냄새는 엘프가 아닌 것 같아 그런다."

테엘은 고개를 갸웃거렸다. 엘프들은 서로를 바라보면서 고개를 갸웃거렸다.

타글라흐는 속으로 긴 침음을 흘렸다.

'역시 순수한 드래곤 중에서도 뽑고 꼽은 사제답군.'

다시 어색한 침묵이 주위를 감돌았다.

이르엘은 뒤에서 누군가 쿡 찌르는 바람에 화들짝 놀라 뒤를 돌아보았다. 그 자리에 아이작이 눈을 빛내며 서 있었다.

아이작은 재빨리 손가락을 입술에 댄 채로 고개를 절레절레 흔들었다.

'조용히 하라고?'

이르엘은 아이작을 따라 그곳을 살짝 도망쳤다.

엘프들은 뒤에 서 있던 이르엘이 사라진 것도 눈치 채지 못했다.

아이작은 그녀를 카이의 방으로 안내했다.

"카이!"

“아. 지금 다녀왔는데. 아이작 말을 들으니 사흘 전에 엘프 장로
들이 도착했다며?”

“아. 응……”

“무슨 이야기를 하고 있지?”

“그냥…… 서로 마주 앉아 있을 뿐이야.”

“그런가?”

카이는 방에 딸린 욕실로 들어섰다.

이르엘은 망설이다가 아이작이 욕실로 들어가자, 자신도 그 뒤를
따랐다.

카이는 뒤따라온 그녀를 바라보면서 물었다. 약간은 지친 듯한
표정이었다.

오랜만에 만났는데 어쩐지 차갑다—이르엘은 그 생각에 조금 서
운했다.

“……저기.”

“빨리 말해. 그냥 말하기 미안하면 뜨거운 물이라도 저 욕조에 채
워주든가.”

카이의 말에 이르엘은 머뭇거리다가, 그의 부탁에 따라 욕조에 물
을 채우기 시작했다.

카이는 그런 사이 칸막이 뒤로 가서 옷을 갈아입기 시작했다. 아
이작이 서툴게 그의 시중을 들었다.

“타글라흐 님과 테엘 님이 서로 몇 번이나 싸웠어. 두 분은 서로
잘 알고 있는 눈치던데……”

"타글라흐…… 그가 수석 장로인가? 나이는?"

"1374년이나 살아오셨는걸. 수석 장로로는, 400년이 훨씬 넘게 계셨던 걸로 들었어."

카이는 그 말에 피식 웃었다.

"제국보다 더 오래되었군."

카이는 옷을 갈아입던 것을 잠시 멈췄다. 그리곤 이르엘이 있는 쪽으로 고개를 돌렸다.

욕조에 걸터앉은 이르엘의 모습이 언뜻 눈에 들어왔다. 표정에는 걱정이 가득했다.

"걱정할 것 없어. 설마, 테엘도 이제 좀 진정했겠지. 화가 났지만 당장 죽이지는 않았잖아."

카이의 말에 이르엘은 힘없이 미소 지었다.

"나간다."

카이는 짧게 말하고는 옷을 모두 훌훌 벗었다. 그리고 수건만 허리에 찬 채 칸막이 뒤에서 나왔다.

이르엘은 황급히 욕조에서 일어나 등을 돌렸다.

카이는 뜨거운 물속에 완전히 몸을 담갔다. 드래곤 하트가 가슴 한복판에서 은근한 빛을 내뿜었다.

드래곤의 마나를 빌렸기 때문에 육체적으로 지친 것은 아니었다. 그렇지만 이름 모를 사내를 죽인 이후로, 사람들의 얼굴을 보는 것이 진절머리났다.

뜨거운 물속에 들어가서야 몸이 새로워진 기분이었다.

아이작이 스펀지와 비누를 갖고 왔다. 카이는 이 영리한 소년을
칭찬했다.

"꽤 익숙해진 모양이구나."

"사제님께서 뭘 해야 하는지 가르쳐 줬어."

아이작이 말했다.

"그런데 말투는 아직 못 고쳤구나."

"아, 맞다……. 맞아요. 말도 조심하라고 했어……요."

아이작은 퍼뜩 떠올리곤 대답했다.

카이는 두 손으로 얼굴에도 뜨거운 물을 끼얹었다.

아이작이 비누를 내밀었지만, 카이는 고개를 흔들었다.

"월광향초(月光香草)를 갖고 오거라."

이르엘은 그 말에 그를 돌아보았다.

월광초는 귀한 식물이었다. 잘 말린 그 향초로 목욕을 하면 엘프
가 좋아하는 냄새가 난다.

사람들도 그 냄새를 좋아해서 귀족들 중에는 그 향초로 목욕을
즐기는 사람이 많았다.

"장로들과 만날 준비를 하는 거였어?"

"당연하지."

카이는 무뚝뚝하게 말하면서, 아이작이 갖고 온 향초를 뜨거운 물
에 가뜩 우려냈다.

순식간에 그윽한 향이 방 안에 퍼졌다.

카이는 아이작과 이르엘을 바라보았다.

"곧 간다고 테엘에게 전하도록. 손님들을 맞이할 준비가 끝나면 나가겠어."

아이작은 알겠다며 폴짝거리면서 나갔다.

이르엘도 그 뒤를 따라 나가려다가 걸음을 돌렸다. 욕조에 걸터 앉고는 카이에게서 향초를 건네받았다.

"이, 이르엘."

이르엘은 천천히 그 향초로 카이의 목덜미와 팔을 씻기 시작했다. 카이는 정말 당황했지만 애써 침착을 가장한 채 말했다.

"그렇게 하면 내 몸이 다 보일 텐데."

"안 봐. 우릴 위해서 예의를 갖춰 준다는데, 이 정도는 도울게. 주의하지 않으면 월광초의 향이 제 역할을 못하니까……. 우리는 그 냄새 차이를 금방 알아채니까, 나한테 맡겨 두는 편이 좋아."

이르엘은 그렇게 말하면서 카이의 상반신 구석구석을 향초로 문질렀다. 엘프의 손길이 남다른 것일까. 이제껏 맡은 것보다 더 은은하고 짙게 달빛과 같은 향이 방 안에 퍼졌다.

"확실히 그렇군."

카이는 눈을 감고 그녀의 손길에 몸을 맡겼다.

서로의 얼굴이 약간씩 붉어졌다. 이 순간, 부드러운 월광향이 서로를 하나로 묶어 준 듯한 평온한 시간을 그들은 침묵으로 지켰다.

한없이 평온한 분위기.

이르엘의 손이 천천히 느려졌다. 아무렇지도 않게 카이를 보던 그녀의 얼굴이, 이제는 누가 봐도 알 수 있을 정도로 붉어졌다.

카이가 눈을 뜨고 가만히 한 손을 뻗었다. 그의 손이 막 이르엘의 머리카락에 닿기 직전.

"주인님! 테엘 님이 성가시다고 얼른 오시라고……!"

다시 폴짝거리면서 아이작이 문 안으로 고개를 쏙 내밀었다. 순간 이르엘과 카이는 우당탕거리면서 시선을 다른 곳으로 돌렸다.

아이는 순진하면서도 똘망똘망한 눈으로 욕실 안을 가만히 바라보았다.

카이는 괜히 헛기침을 했다.

"그, 금방 나가마. 옷은?"

"준비해 두겠습니다아."

아이작이 키득거리면서 욕실 문을 닫았다.

카이는 그 모습에 다시 기침을 했다. 이르엘은 죄 없는 향초를 손가락 끝으로 비비 꼬았다.

"그, 그럼. 이제 된 것 같나?"

"아, 아마……. 그런데 그것……."

이르엘은 얼굴을 붉히면서 카이의 가슴을 바라보았다.

"……아파?"

카이는 그녀를 바라보았다.

짙고 잔잔한 잿빛이 자신을 똑바로 바라보자, 어째선지 이르엘은 숨을 쉴 수가 없었다.

"아니, 전혀."

카이는 잠시 주저했다.

"만져 봐. 괜찮으니까."

이르엘은 잠시 주저했다. 드래곤 하트라서, 그 안에 배어 있는 드래곤의 기운이 그녀는 무섭기만 했다. 그런데도 그녀는 손가락을 슬쩍 내밀어서 그 위에 댔다.

카이의 가슴 위에.

그녀의 얼굴이 확 붉어졌다. 그녀는 얼른 손을 뗐다.

"……로인은 모두 그 드래곤 하트를 얻을 수 있는 거야?"

"원한다면."

"어떻게 인간이……?"

이르엘은 그렇게 묻다가 실례가 될 것을 알고는 입을 다물었다.

"800년 전, 이자벨 펠 라 로인이라는 여인이 있었다."

카이는 잠시 생각에 잠겼다.

"어떤 수를 썼는지는 모르지만, 우리 로인의 모든 것을 세운 여인이지."

"여인……. 하지만 분명 인간들은 여자가 뭔가 하는 걸 인정하지 않잖아?"

이르엘의 말에 카이는 고개를 끄덕였다.

"그래서 그녀가 더 위대하다는 거지. 그녀는 여자의 몸으로 드래곤의 사랑을 독차지했다. 그리고 엘프와 드워프의 협조를 이끌어 내고, 여자의 몸으로 공작위에 올랐지."

이르엘은 행간에 숨겨진 뜻을 찾아냈다.

"설마, 지금 그 말은……."

이르엘의 커진 눈을 보며 카이는 고개를 끄덕였다.

"그래. 이자벨, 그녀는 드래곤의 아이를 낳았다. 그것이 우리, 로인 공작 가문."

로인.

고대어로는 용의 사람이라는 뜻.

SWORD OF DRAGONLOAD

제7장

혈맹의 계약

엘프들은 지쳤다.

드래곤과 맞서듯 앉아 있는 것은 바보짓이었다. 드래곤, 그들은 최강의 생물인 것이다!

아무리 엘프가 인간에 비해 오래 살며 체력이 뛰어나다고 해도 드래곤과 맞설 수는 없었다.

목이 타들어 갔다.

"이르엘, 차를 좀……."

타글라흐가 말했다. 그러나 대답은 엉뚱한 목소리가 했다.

"그러지. 이르엘, 차와 다과를 준비하도록."

타글라흐는 뒤를 돌아보았다.

"……그대는……?"

"많이 늦어 죄송하오. 카이젤 아민 라 로인이 숲의 일족을 뵙소이다."

테엘은 입을 떡 벌렸다.

카이는 전에 없던 정장을 갖추었다. 까만 비단의 정장은 카이의 침착한 분위기를 더욱 강조하는 듯했다.

거기에 은은한 향을 맡을 수 있었다. 월광초, 그것도 상급의 월광초로 몸을 씻은 것이 분명했다.

'내 창고를…… 다 뒤져 본 거야!'

그 옷은 자신이 유희를 대비해 마련한 정장. 월광초는 그의 약초 창고에 얌전히 쌓아 둔 최고급품이었다.

엘프들 앞이라 투덕거릴 수는 없었다. 테엘은 눈물을 삼키며 자리에서 일어나 정중하게 인사했다.

"돌아오셨소이까, 로인 공작."

"테엘 사제님."

카이는 고개만 까닥였다.

'드래곤인 내가 인사를 하는데 지는 고개만 까딱?'

테엘은 필사적으로 웃으려 노력했다.

카이는 엘프들의 맞은편에 앉았다. 초반부터 서로의 눈빛이 불꽃을 튀겼다.

"영지에 입성하신 것을 축하합니다, 로인 공작."

타글라흐가 먼저 입을 열었다.

카이는 눈썹을 치켜올렸다.

'엘프들의 200년 전 일을 모르는 것도 아닐 텐데, 저런 말을 먼저 떠 낸 건 무슨 뜻이지?'

타글라흐는 조용히 말을 이었다.

"근 200년이 지났군요, 로인이 그 영주를 잃은 것도……. 아니군.

이제 정확히 기억납니다. 187년 전이로군요. 그때를 기점으로 영주가 이 땅을 떠나고, 그 후로 이제껏 영주가 돌아온 적이 없었지요.”

카이는 다시 눈썹을 꿈틀거렸다. 그렇지만 목소리와 표정은 변화가 없었다.

“그렇소만, 타글라흐 수석 장로.”

‘이 애송이가 내 이름을 알고 있단 말인가?

카이는 이제 겨우 열아홉.

엘프들은 200년 전과 달랐다.

그들은 라페드의 제국 도성 란펜에 자신들의 거처와 연락소를 마련해 두었다. 인간과의 교류를 직접 나누는 시대였다.

물론 뒷골목 술집까지는 드나들지 않는다 해도, 세간에서 로인을 어떻게 부르는지 듣지 못할 수도 없었다.

‘빈궁 공작.’

마당에 널어놓은 구멍 숭숭 뚫린 옷에
거미가 줄을 치니 바느질이 다 되었네
빈궁 공작의 옷은 거미줄로 만든 옷
해지고 해져도 빈궁 공작 옷은 때때옷

마구간 밀어 넣은 못이 흉흉 빠진 마차
강아지가 기어들어 마구 아래 짓깔렸네
빈궁 공작의 마차는 개가 끄는 차

덜그럭덜그럭 빈궁 공작의 개차 납신다

시장 골목 아이들이 부르는 노래였다.

타글라흐는 그 노래를 떠올리며 고개를 흔들었다.

'아무래도 이 인간 애송이는 듣던 것과는 많이 다른 모양이군.'

벌써 천 살이 훌쩍 넘은 타글라흐였다. 400년 전부터 수석 장로의 역을 맡았고.

그리고 200년 전 로인과 엘프 간의 맹세를 깬 주범이었다.

'배신자…….'

카이의 심장이 울부짖었다. 엘프들의 목을 모두 베어 버리라고. 그리고 엘프 부족에 알리는 것이다. 우리와의 협약을 깬 너희들을 단죄할 것이라고.

카이의 눈빛이 그런 마음의 소리를 따라 천천히 차가워졌다.

"가문이 과거에 겪은 불행한 일을 다시 꺼내는 건 내키지 않지만, 떠난 자가 돌아올 수 없는 데는 그만한 이유가 있었지요. 그래도 떠난 종족의 대표를 이 땅에서 다시 만나게 되니 참으로 기쁘군요."

카이의 살기가 은연중에 목소리로 스며 나왔다.

타글라흐는 그의 말에 표정을 움찔거렸다.

주변 장로들 중 하나가 테이블을 쾅 내리쳤다.

"로인! 건방지오! 감히 엘프를 인질 삼아 장로들을 불러들인 것만 해도 지금 따지지 않고 참아주고 있거늘……!"

"그런가? 그렇다면 서로 이야기를 길게 끌 것 없이 바로 본론으로 들어가지. 그대들이 맹약을 어긴 대가로 5만 골드와 정령의 도움을 요구하는 바이오."

"······!"

타글라흐는 못마땅한 눈으로 막내 장로를 노려보았다.

술칭은 타글라흐의 눈빛을 눈치 채지 못한 채 더듬거리며 입을 열었다.

"그, 그런······! 우리가 엘프라는 걸 알면서도 그런 헛소리를 지껄이는 거냐! 감히 인간 따위가······!"

"술칭!"

타글라흐는 다급히 그의 말을 가로막았다. 그러나 이미 나온 말을 카이는 놓치지 않았다.

"그대들이 엘프이며 인간과 다르다고 주장하려는 건가? 그러면서 배신의 대가를 치르지 않고 넘어가려는 건 아니겠지? 테엘 사제, 지금 저 자의 말을 어찌 생각하시는가?"

"뭐, 200년 전이라면 나도 엘프가 더 낫다고 생각했겠지. 지금은 전—혀— 아니지만."

테엘은 뚱한 목소리로 카이의 편을 들었다.

술칭은 드래곤 앞이라는 것도 까맣게 잊은 채 바락바락 소리 질렀다.

"우리 종족을 욕하려는 건가! 이르엘, 더 있을 것도 없다! 돌아간다!"

"······느낌표 찍어가면서 말 틱틱 해 놓고 돌아간다라."

카이는 벌떡 일어난 술칭의 뒤에 대고 중얼거렸다.

"인간과 거래하면서 배운 게 한두 가지가 아닌 모양이로군. 아니면 인간과 거래하면서 참 편하게 살았거나, 하프엘프."

"무슨 소리냐! 하프라니, 감히……!"

"음, 아닌가? 그런데 왜 그렇게 엘프 같지가 않은 거지?"

"엇, 너도 그렇게 느꼈냐? 나도 아까부터 영 기분이 찜찜하더라고."

테엘이 그의 말에 맞장구쳤다.

"이이……!"

술칭은 분에 못 이겨 경련을 일으켰다.

타글라흐의 안색은 눈에 뜨일 정도로 어두워졌다.

"……다들 물러나 있거라."

"타글라흐 장로님! 이럴 수는 없습니다, 감히……."

"……다들 물러나래도!"

타글라흐는 소리쳤다. 장로들은 못마땅한 듯 하나 둘 일어섰다.

테엘은 아이작에게 그들을 숙소로 안내하도록 했다.

자리에는 네 사람만이 남았다. 정확히는 엘프 둘, 인간 하나, 드래곤 하나였다. 이 세 종족은 서로를 노려보는 자세로 가만히 앉아 있었다.

서로 흥분이 가라앉은 후에야 타글라흐는 무겁게 입을 열었다.

"맹세는 그쪽이 깼네."

"깬 것은 엘프 쪽이오."

서로 딱 떨어지는 말로 공격을 시작했다. 타글라흐는 눈을 빛냈다.

"로인이 우리에게 약속한 것은 우리 일족 전체가 살아갈 수 있는 산과 정글의 일부였네. 하지만 그때 이미 정글에서 우리 일족에게 약속했던 힘의 일부를 그대들이 빼앗아 갔지. 그것으로 로인과 엘프 간의 맹약은 깨진 걸세."

"그 힘의 일부가 빠져나간 원인을 따지자면 그대들이 보낸 엘프 궁수에게 문제가 있소. 공작을 호위하지 않고 빠져나간 이유가 무엇이요? 암살을 미리 알고 있다는 듯, 그대들은 궁사의 호위는 물론, 정령의 호위까지 풀고 일순간 잠적해 버렸지. 엘프에게 약속은 그리 허술한 것이었소? 아니면 로인 공작에게 붙였던 그 호위 엘프가 종족의 명예 따위는 쓰레기처럼 던져 버리는 개 같은 녀석이었던가?"

카이의 눈빛에 살기가 번득였다. 타글라흐는 속이 불편한 듯 끙하는 소리를 흘렸다.

"그 궁수는 이미 종족에서 내쳤소. 그러나 그 후에라도 만약 로인이……"

"그대들의 이탈에 대해서는 어떤 변명을 하실 건가?"

카이의 싸늘한 질문에 타글라흐는 입을 다물었다.

"침묵으로 그 변명을 대신하려는 건가?"

"우리에게는 일족의……."

"지난 200여 년 동안 우리 가문은 우리와 약조를 나눈 자들을 기다렸소. 인간과 달리 수백에서 수천 년에 이르는 수명을 지니고, 약속을 어기지 않는다는 그 종족을! 그러나 그대들은 오지 않았소. 오히려 기다렸다는 듯 로인을 버렸지. 타글라흐, 그대에게 묻겠소이다.”

카이는 쉴 새 없이 몰아치며 타글라흐를 몰아붙였다. 아니, 몰아붙인 것은 그의 눈빛이었다. 당장이라도 그를 벨 듯한 강렬한 기세! 그의 숨통을 조이는 저 눈빛!

“그대가 주도한 일이오?”

타글라흐는 순간 숨을 헉 하고는 멈췄다.

두 사람의 얼굴에 희비가 교차했다.

‘걸렸다.’

‘……걸렸군.’

카이의 얼굴에 자신만만한 미소가 떠올랐다.

타글라흐는 떨리는 손을 찻잔에 갖다 댔다. 그러나 찻물조차 목 아래로 넘길 수가 없었다.

“……어떻게 하실 생각인가?”

간신히 물었다.

기다렸다는 듯 카이는 검을 뽑았다.

타글라흐는 눈을 지그시 감았다. 어차피 천 년 살아왔다. 후회되는 건 많아도 미련 남는 것은 없다. 그렇게 각오했을 때, 카이의 냉정한 목소리가 말했다.

“이르엘을 넘기시오.”

“……뭣?”

타글라흐는 눈을 뜬 순간 저도 모르게 한 걸음 뒤로 물러났다.

카이의 검이 자신의 미간 한가운데를 노리고 있었다. 그 너머로 카이가 자신을 노려보고 있었다. 어느 것이 검이고 어느 것이 눈빛인지 분간이 되지 않을 정도로 날카로웠다.

"성노예로 쓰려는 건가?"

타글라흐는 자신의 감정을 숨기려 애쓰며 물었다.

이르엘은 경악한 얼굴로, 테엘은 재미있다는 표정으로 둘의 대치를 바라보았다.

"엘프에게 품을 욕정 따위는 없소. 하지만 저런 능력의 정령사라면 그 어느 때보다 필요하지. 예전에 로인에게 제공한 것과 똑같은 조건을 지금 내세우고 있는 것이오. 최강의 엘프가 로인 공작, 바로 나와 함께 걸음을 맞춰 나가는 것. 그다지 어려운 일은 아닐 거요."

카이는 차분하게 말했다.

타글라흐는 이르엘에게 뭔가를 외쳤다. 엘프어였다.

"저자를 죽여라!"

이르엘은 순간 고개를 흔들었다.

"그럴 수 없어요. 저는……!"

"죽여! 그렇지 않으면 우리 종족은 노예가 될 것이다! 이르엘, 너는 네 종족이 노예가 되길 바란다는 거냐!"

'하, 하지만…….'

이르엘은 머뭇거렸다. 그렇지만 타글라흐가 그녀를 연거푸 재촉하는 데에야 어쩔 수가 없었다.

그녀는 타글라흐가 모르는 사실을 한 가지 알고 있었다.

'나는 어차피 카이를 못 이긴다구요!'

이르엘은 자포자기한 심정으로 정령의 검을 불러냈다. 바람의 검이 카이의 머리를 노렸다.

다음 순간 테엘도 그 난전에 끼어들었다.

이르엘의 뒤에서 손톱을 들이댄 것뿐이었지만, 그의 위압감에 이르엘은 식은땀을 흘렸다.

"테엘 님……."

"용의 사제인 이상 로인 공작에게 신의 축복을 내리는 게 내 일이라서 말이지. 검을 치우거라."

'그래 봤자 신성력이라곤 하나도 없으시잖아요.'

라고 말하고 싶었지만, 이르엘은 입술만 꾹 다물었다. 그리고는 검에 좀 더 힘을 실었다.

정령의 속성이 강화된, 정령의 모양이 변화되어 만들어진 검이다. 물리적인 타격력은 소환한 주인의 힘에 따라 변한다.

이르엘의 정령검은 최강의 검 중 하나였다.

"허허, 엘프 아가야. 내 말을 듣지 않겠다는 거냐."

테엘이 웃었다. 웃었지만 화를 내고 있었다. 이르엘은 땀을 흘렸다. 카이가 말했다.

"됐어, 테엘 사제. 그냥 둬."

테엘은 그 말에 쏘아붙이듯 대꾸했다.

"뭘 그냥 둬? 이것들이 한 번 배신을 했으니 또 배신을 할 거고, 이참에 아예 버릇을 들여 놓고 말겠어."

“그건 나도 잘 알아. 하지만 나는 그들에게 다시 기회를 주고 싶다. 나는 지금 몹시 관대하게 엘프와의 사이를 되살리자고 말하는 거다.”

테엘은 고개를 흔들었다.

“엘프들은 속이 좁아. 한 번 뒤틀리면 다시는 되돌리지 못하지. 그러면서도 고고한 척, 아주 꼴 보기 싫어. 배신을 해 놓고도 이게 뭐야? 정령의 검? 어디 한 번 힘쓰자는 이야기잖아. 왜 굳이 기회를 준다는 거냐?”

카이는 씩 웃었다.

“권력은 한때 잃을 수도 있고, 부귀는 기울기도 하지. 인간사 100년, 그중에 변하는 것은 무수하고. 그러나 나, 카이젤 로인 공작은 달라.”

“……그래 봤자 인간이잖아.”

테엘은 투덜거렸다. 카이는 타글라흐를 향해 시선을 돌렸다. 그의 날카로운 눈빛을 받은 타글라흐는 흠칫 놀랐다.

“타글라흐! 분명히 말씀드리겠소이다. 우리 로인 공작 가문에 내려오는 힘은 용언에 의해 남겨졌으며, 그 사실로 인하여 창조주와 용의 신이 있는 한 절대 변하지 않을 것! 그 힘에 약속된 것으로 나는 그대들에게 제의하는 바요.”

카이는 검을 반대로 돌려, 손잡이를 타글라흐에게 내밀었다.

“피의 맹세를 맺을 것을.”

“……!”

“나는 하이엘프의 피로 맹세하기를 원하오. 800년 전, 이자벨 공작은 엘프의 말을 믿었으나, 엘프는 인간에게서 등 지우는 걸 배웠소이다. 그렇다면 이번에는 고귀한 피의 계승자에게 보증을 세우고자 하는 것뿐."

"하이엘프는 없다!"

타글라흐는 거칠게 외쳤다. 카이는 그 말에 씩 웃으며 이르엘을 바라보았다.

"바로 앞에 두고 거짓말을 하다니, 엘프족의 타락이 참으로 안타깝군. 거짓말 따위는 그냥 술술 흘러나온단 말인가."

"……알고 있었나!"

타글라흐는 신음을 흘렸다.

카이는 이르엘을 바라보며 고개를 끄덕였다.

"그대들의 외모를 나란히 놓고 보니 알겠군. 거기에 정령을 다루는 실력을 본다면 확실해지지. 인간에게 요녀라 불리며 두려움을 사는 엘프가 엘프족의 보물이고 자연의 균형자라니, 거참 놀라운 일이로군."

"……나……?"

이르엘은 그들을 둘러보며 물었다.

"지금 내 얘기 한 거야?"

카이는 고개를 끄덕였다.

이르엘은 타글라흐를 바라보았다. 타글라흐는 그녀의 눈빛을 피하듯 힐끔거리기만 했다.

'내가……?

한동안 무거운 침묵이 일었다.

이르엘은 저도 모르게 정령을 돌려보냈다. 검이 자신의 손에서 바람이 되어 빠져나갔지만, 방금 장로의 말이 자신의 가슴에 불러온 바람은 그에 비할 바도 아니게 거대했다.

'하이……엘프? 내가?

이제야 납득이 되었다.

이르엘이 가장 처음에 본 것으로 기억하는 것은 땅에서 꼼지락거리는 작은 인간이었다.

흙으로 만든 인형 같으면서도 눈, 코, 입이 점으로 콕 찍은 듯 단순한 모양. 그것들은 흙 사이에서 열심히 뛰어놀고 있었다.

흙 위에서는 하늘거리는 작고 붉은 소년들이 이따금 파직거리는 불꽃을 내뿜었다.

하늘은 또 어떤가? 쉴 새 없이 숨바꼭질을 하는 작고 하늘거리는 소녀들. 그 사이에서 웃음을 터뜨리는 파란 소녀들에게서는 상큼한 물 내음이 풍겼다.

다른 엘프들은 보지 못했다.

누가 그랬던가? 엘프는 질투를 모른다고.

질투는 모른다. 그러나 배척은 안다.

이르엘은 정령 간의 조화를 깨뜨리는 존재였다. 상극인 불과 물을 한 손에 다루는 그녀는 위험한 존재로 낙인찍혔다.

이미 오래 전에 멸족한 것으로 알려진 음흉한 다크 엘프족의 후예라는 말도 떠돌았다. 피부가 검은 것도 그런 소문에 일조했다.

그러나 하이엘프라니……!

"이봐, 아가야. 지금 그렇게 상념에 빠져 있을 때는 아닌 것 같구나."

"옛……?"

테엘의 목소리에 이르엘은 정신을 차렸다.

"장로가 결심을 내렸거든."

이르엘은 그제야 타글라흐가 자신을 바라보는 걸 깨닫고는 자세를 바로 했다.

"……이르엘."

"장로님……. 제가……."

갑자기 지나온 시간에 울컥 눈물부터 흘렀다.

"하이엘프라는 게 사실인가요?"

"사실이다. 그리고 지금은 네 피가 필요하다."

타글라흐는 결심했다.

"맹세를…… 하실 건가요?"

이르엘은 그 말에 마음이 잠시 흔들렸다.

'카이가 그걸 원한다면…….'

그러나 카이는 지금 상황이 몹시 마음에 들지 않는다는 듯 얼굴을 찡그리고 있었다.

타글라흐는 카이의 표정은 눈치 채지 못한 채 이르엘을 붙들고 이야기를 풀어 놓았다.

"최근 우리 일족은 다시금 입지가 약화되고 있다. 새로운 엘프가 태어나지 않고 정령을 다룰 줄 아는 엘프도 줄어들고 있지. 바람의 힘을 빌리던 궁수 역시 그 수가 크게 급감하고, 이는 전투력의 약화로 이어지고 있다. 로인이 지금은 힘이 되지 않을지도 모르지만……만약의 경우 우리 일족이 몸을 기댈 장소는 제공할 것이다. 이 맹세를 한다면."

타글라흐는 그렇게 말하며 이르엘에게 가까이 다가섰다. 그의 손에 들린 검이 사악한 미소를 짓는 것 같았다.

"피를 내자꾸나. 귀한 핏방울, 신을 위한 피를. 아프지는 않을 게다."

이르엘은 저도 모르게 도리질을 했다.

"……싫어요."

"뭣?"

타글라흐는 눈을 크게 뜬 채 되물었다.

이르엘은 필사적으로 고개를 흔들었다.

"종족을 위해서……."

"그런 것 따위는 상관없어요!"

그녀에게는 항상 종족이 우선이었다.

자신을 경시하는 눈빛 사이에서 200년 동안 살아왔어도, 종족은 자신의 전부였다.

타글라흐는 몇 번이나 타이르지 않았던가. 그녀의 힘이 너무 강한 이유는 종족을 지키기 위해서라고…….

그리고 다시금 자신의 피를 요구해 온다. 너무나 당연하다는 듯이.

"왜 제가 하이엘프라는 걸 말씀해 주지 않으셨어요?"

하이엘프. 동방 제국에는 근근이 남아 있다고 했다.

그러나 제국과 서쪽 국가 연합에 남은 하이엘프는 전설로만 남아 있을 뿐.

모든 엘프의 존경을 받는 가장 순수한 피.

자신이 하이엘프라는 걸 말했다면, 모든 엘프들의 우애를 얻을 수 있었으리라.

더욱 화가 나는 것은 자신이 그간 벌인 짓이었다.

"……어째서 제게 사람을 죽이라 하신 거예요?"

고귀한 눈물이 뺨을 굴러 땅에 떨어졌다. 그 눈물이 떨어진 곳마다 물의 정령 나이아스가 형체를 갖추었다.

숙연한 분위기였는데도, 그 광경을 본 이들은 감탄하지 않을 수가 없었다.

하이엘프라는 것을 알자마자 이르엘의 힘은 한층 더 강해졌다. 자신의 의지가 없어도, 그 존재만으로도 정령들이 유형을 갖출 수 있는 것이었다.

그러나 지금 물의 정령은 평상시와 모습이 달랐다. 독기처럼 검은 물이 어릿하니 감돌면서 악을 써 대는 모습이 마치 사람들을 죽이기 위해 탄생한 듯싶었다.

그녀의 분노는 다른 정령들 역시 불러 모았다. 온화한 자연의 모습이 아닌 분노한 모습이었다.

신전 안의 공기가 그녀를 중심으로 회오리치기 시작했다.

“어째서?”

“……종족을 위하는 것이 하이엘프로서의 의무다.”

타글라흐는 딱딱한 목소리로 말했다.

“그렇다면 어째서 엘프의 맹세를 깨버린 거죠? 순리를 따르는 것이 엘프의 가장 큰 이유라고 그렇게 주장했으면서!”

불꽃이 바람결에 휘날렸다. 정령들이 서로를 물어뜯었다.

테엘은 눈을 크게 떴다.

“……카이. 이거…… 장난 아니다.”

“아아.”

카이는 검을 고쳐 잡았다.

카이와 테엘이 각기 앞으로 나섰다.

이르엘의 얼굴을 가로질러 눈물이 뚝뚝 떨어졌다. 타글라흐는 카이와 테엘의 뒤로 물러났다.

그런 그에게로 이르엘의 시선이 날카롭게 꽂혔다.

“나에게 그 피를 흘리도록, 사람들을 죽이도록 하다니! 하이엘프라는 걸 알면서도 언질조차 주지 않다니!”

그녀의 목소리조차 스산하게 변했다.

사방으로 바람이 날뛰었다. 그 바람 날마다 검이 서린 듯 했다.

테엘은 눈을 가늘게 뜨고 한 손을 앞으로 펼쳤다. 가벼운 실드가 형성되어 앞을 막았다.

그 실드에 바람의 정령들이 챙챙거리면서 부딪치는 것이 마치 백만대군 한가운데에 서 있는 것 같았다.

사방 모든 정령이 이빨을 드러냈다. 요괴의 형상을 갖춘 채 미쳐 날뛰는 것이다.

자연을 다스리는 신의 대리인, 하이엘프의 뜻에 따라.

"카이, 괜찮겠냐!"

"간신히."

카이는 웅얼거렸다. 앞을 막은 한 팔이 바람의 영향권에 들면서 이내 찢어졌다. 드러난 팔뚝에는 이내 상처가 죽죽 생겼다. 카이는 떨어지는 피를 보면서 한 발 뒤로 물러났다.

"엘프 아가야! 어이, 아가씨! 말 좀 들어 봐. 이봐!"

테엘이 뭐라 말하려 했지만, 이르엘의 주변으로는 바람이 너무 거셌다. 그 한가운데 발을 들여놓았다가는 순식간에 다진 고기가 되어 튀어나올 것 같았다.

언뜻 한가운데 선 이르엘의 모습이 보이곤 했다.

"이, 이르엘!"

타글라흐가 외쳤지만 그것은 오히려 불에 기름을 들이붓는 격이 었다.

바람이 일순 멈칫하는가 싶었다. 그러나 주변으로 갑자기 불꽃이 피어올랐다. 바람에 휘말리는 불꽃은 점점 거대해지고 더욱 날름거리면서 사방을 휘갈겼다.

"제길! 너 가만히 닥치고 쭈그리고 구석에 처박혀 있어!"

테엘이 버럭 소리 질렀다. 약간의 드래곤 피어가 담긴 목소리에 타글라흐의 안색이 창백해졌다. 울컥하면서 피를 내뿜었지만, 아무도 그에게 관심을 돌리지 않았다.

"테엘, 방어막을."

카이가 앞으로 나섰다. 땅이 들썩거리기 시작한 이상 더 머뭇거릴 이유가 없었다.

"이대로 있다간 여기가 박살 나는 건 물론이고, 잘하면 나까지 죽겠군."

"자식도 못 낳고 죽으면 로인 공작의 모든 원혼이라도 달라붙을 거다."

"그렇지."

카이는 테엘의 말에 고개를 끄덕였다.

눈으로 채 따라가기 힘들 정도의 쾌검이 되어 가는 바람의 검과 불꽃의 창, 그리고 들썩거리면서 이르엘의 주변에서 방패가 되어 주는 땅과 화살처럼 사방으로 날뛰는 물의 정령!

이르엘은 폭주하기 시작했다. 그만큼 정령은 자연 재해가 되려는 듯 거세지고 있었다.

카이는 그 사이로 한 걸음 미끄러지듯 들어섰다.

테엘이 다른 한 손을 앞으로 내밀었다. 시동어를 외울 것도 없었다. 그의 본질은 드래곤, 그것도 사제가 되기 위해 가장 순수한 힘을 간직한 드래곤이었다.

카이의 앞에 작은 실드 하나가 펼쳐졌다.

바람이 그것을 읽어 내고 순간 약해지는 듯싶었다. 그러나 다음으로는 불이 기둥처럼 사방으로 뿜어져 나왔다. 실드가 휘청거렸다.

"테엘, 날 죽이고 싶은 거냐."

카이는 조용히 외쳤다.

그의 시선은 그 모든 재앙의 한가운데, 이르엘에게서 움직이지 않았다.

한 발, 그리고 또 한 발.

흙이 들썩거렸다. 물방울이 화살보다 더 강하게 사방으로 쏘아져 나왔다. 그 사이에서 실드가 한 겹, 또 한 겹씩 강해지기 시작했다.

"실드를 사방으로 펼쳐 가두는 건 어때?"

"그랬다간 그 안에서 이르엘도 죽는다."

카이는 그렇게 말하면서 신중하게 한 발을 내딛었다.

"죽게 내버려 둬, 저깟 하이엘프!"

"안 돼!"

카이는 저도 모르게 소리 질렀다.

테엘은 멍하니 그를 바라보았다.

"엘프의…… 도움이 반드시 필요하단 말이다!"

카이는 앞으로 발을 내딛고 검을 한 차례 가볍게 흔들었다.

"용조……관천—!"

검이 빠른 속도로 세 번 할퀸 자국이 바람을 꿰뚫었다. 그러나 얼마 가지 못해 그 기세는 바람에 막혀 사라졌다.

카이는 실드 뒤로 뛰어 나갔다. 테엘은 깜짝 놀랐다.

"카이!"

순간 용의 신전의 한쪽 벽 전체가 실드로 덮였다. 그 실드가 천천히 옭아 들면서 이르엘을 중심으로 닫히기 시작했다.

테엘은 양손을 천천히 움직였다. 그의 이마에서 식은땀이 흘렀다. 신중한 작업이었다. 공격하는 사이로 그는 카이와 공격 정령체 사이의 실드를 만들어 내려 애썼다.

사방에서 조여드는 하이엘프의 각성을 막아 내는 것은 쉽지 않았다. 게다가 카이는 제멋대로 바람을 막아 가면서 뛰어가고 있었다.

'카이!'

로인 공작의 마지막 남은 후계자!

"가만히 있어!"

차라리 이르엘을 박살 내고 싶었다.

그게 더 쉬웠다. 천방지축 날뛰는 하이엘프를 상대하면서, 그 가운데에서 카이를 지키는 것보다는 훨씬 더.

'니, 레드족의 후손 테엘은 신성한 용의 신의 신전을 지킴과 동시에 로인 공작을 수호하며 그에게 용의 신의 축복을 내릴 섯을 맹세합니다─라니. 내가 미쳤지! 내가 미쳤어!'

그렇게 계속해서 외치면서도 그는 실드를 사방 정령 사이사이로 펼쳤다.

인간은 감히 흉내 낼 수도 없는 경지였다. 상급 정령의 공격체를 한 번 막아 내는 것만으로도 인간은 피를 토하면서 쓰러질 테니까.

"카이, 당장 뛰어나와! 움직이지 말란 말이다!'

그렇게 외쳐도 소용없었다.

카이의 움직임 역시 인간의 것이 아니었다. 드래곤의 피를 받았고, 수년간 드래곤의 마법진에 갇혀 힘을 키웠다.

카이는 바람결 사이로 빠져나가고, 땅 위를 나는 듯 그 위를 가볍게 밟아 뛰었다.

빠르고도 빠르게, 모든 공격을 피하는 데에 온 신경을 쏟고 있었다.

"이르엘! 그만 해!"

이곳은 소중한 용의 신전이었다. 창조주의 사자(使者)인 용의 신의, 대륙에 유일한 신전!

"용의 신의 분노를 사게 되면…… 그땐 나라고 해도 널 구할 수 없단 말이다!"

이 땅의 균형을 빠른 시일 내에 되찾기 위해서라도.

"당신이 필요하다고!"

그의 주변을 스치는 물방울의 기세가 약간 주춤거렸다.

"나에게 가장 필요한 것은 너야!"

이르엘이 필요했다.

자연의 신의 대리인, 하이엘프인 그녀.

아이들을 돌보는 그녀.

카이는 순간 수많은 그녀의 모습을 떠올렸다.

가장 선명한 것은 그녀의 뒷모습이었다. 자신이 손을 뻗어 쓰다듬고 싶었던, 그 아름다운 분홍빛의 뒷자태…….

카이는 자신의 가슴속에 스친 말은 차마 내뱉지 못하고 입술을 깨물기만 했다.

"……당신이…… 필요해."

레드 드래곤은 물의 정령왕을 불러내는 것이 힘들다—자연의 속성에 관련된 문제였다.

이 땅을 회복하는 일은 자연의 대리인, 하이엘프인 그녀만이 할 수 있는 일.

그녀는 대륙 그 어떤 사람보다 카이가 가장 필요로 하는 사람이었다.

'단지…… 그뿐?'

휘몰아치는 바람, 들썩이는 땅. 그 한가운데 이르엘의 모습이 보였다.

불꽃이 일렁거리는 가운데 이르엘이 있었다.

카이는 그 질문에 말문이 막혔다.

"이르엘……."

카이의 얼굴빛이 잠시 흔들린 사이, 이르엘이 한쪽 눈을 떴다. 한층 붉어진 눈동자 속에서 루비보다 더 붉은 눈물이 한 줄기 흘러내렸다.

순간 바람이 불꽃을 타고 더욱 강하게 카이의 몸을 향해 달려들었다.

"크흑! 용아구폭(龍牙口瀑)!"

저도 모르게 반응했다. 그 기술이 발휘된 순간, 사방에서 검이 서로 맞부딪쳐 끼익거리는 소리가 신전 안에 가득 울려 퍼졌다.

"크학!"

카이는 피를 토하며 뒤로 한 걸음 물러섰다. 다음 순간 이어질 공격에 대비해 검을 앞으로 내어 든 채로.

그러나 검은 이미 박살이 났다. 정령의 힘을 견디지 못해 산산조 각 난 것이었다.

다행히 카이의 공격은 효과가 있었다. 사방의 정령들이 일순간 사라졌다.

그들이 비명을 내지르며 역소환된 덕분에, 이르엘의 모습이 드러 났다. 그녀 역시 강한 충격을 받아, 피를 한 움큼은 쏟아 낸 후였다.

"카이!"

그런 사이로 테엘의 실드가 재빠르게 카이를 감쌌다. 카이는 그 안에서 잠시 숨을 골랐다.

이르엘이 두 눈을 떴다. 그 눈빛을 보는 순간, 카이는 테엘 쪽을 바라보았다.

"테엘!"

"자연의 혼돈이여, 나의 몸을 징검다리 삼아 모두 이 자리에……!'

이르엘의 입에서, 전과는 다른 찢어지는 듯한 비명이 울려 퍼졌다.

테엘은 카이의 외침을 듣고는 이르엘에게 시선을 돌렸다.

바로 그의 앞이었다. 이르엘의 주문에 응한 혼돈이 그 아가리를 벌린 것은.

자신의 앞에 갑자기 드러난 폭풍과 같은 격렬한 기세! 흙과 바람, 물과 불, 서로 상반된 것도 아랑곳없었다. 아니, 서로 상반된 것이기 에 더욱 섞여 혼돈을 불러왔다.

"창조신의 이름을 거슬러 태초의 혼돈 자체여……, 신의 이름이

있기 이전에 존재하던 반(反) 신적인 혼돈이여, 지금 이 자리에……!'

"이르엘, 안 돼!'

모든 것을 무(無)로 돌리는 주문.

테엘은 그것을 깨닫고는 비명처럼 외쳤다.

드래곤이라 해도 무로 돌아가려는 자연의 속성을 거스를 수는 없다. 그것이 순리이기 때문에.

"소멸의 순리 주문! 안 돼, 이르엘! 멈춰!'

자신의 앞에 피어나는 엄청난 혼돈. 그 속에서는 자연의 4대 속성이라 구분 짓는 것도 없어진다.

단지 완벽한 혼돈, 사방을 갈가리 찢어 대는 지옥과 같은 풍경뿐!

카이는 테엘을 향해 몸을 날렸다.

"테엘!'

카이는 몸을 가누기 힘들어 휘청거리고 있었다. 테엘은 그를 잡아당겨 자신의 뒤에 붙여 두었다.

바람의 범위가 지금의 장소를 넘어서기 시작하면, 정말 막을 수 없다! 테엘은 그 사실을 깨닫고는 자신의 전력을 다 퍼부어 실드를 펼쳤다.

그러나 혼돈과 마주친 실드는 형편없이 무너졌다. 마법의 힘으로 어떻게 할 수 있는 게 아니니까!

"이 정도는, 이 정도는……! 제기랄!'

테엘의 몸이 서서히 변하기 시작했다.

둥글게 커지기 시작하면서 온몸의 불기운이 솟아올랐다.

"감히 갓 태어난 엘프 따위에게 질 것 같냐!"

테엘이 입을 벌렸다.

"혼돈이여, 창조주의 이름 하에 사라진 존재, 본래대로 소멸하라!"

용언, 그 힘이 사방을 압도했다!

하이엘프에게 주어진 절대적인 자연의 힘! 자연은 태어나 자라나고 사라진다는 3개의 원칙을 따른다.

소멸의 순리 주문은 그중 사라짐에 기초를 둔 주문이다. 그에 대응할 수 있는 힘은 단 하나뿐이었다.

드래곤의 용언!

용의 신 로잉루를 섬기는 드래곤이 얻을 수 있는 일종의 신성력!

테엘은 가슴을 크게 부풀렸다. 그는 용언의 힘을 얻은 즐거움에 힘차게 울부짖었다.

"크ㅇㅇㅇㅇㅇㅇ-!"

공간이 서서히 일그러졌다.

테엘은 거친 콧김을 내뿜으며 날개를 접었다.

소멸의 순리가 완전히 상쇄되어 사라졌다.

테엘이 눈빛을 빛내면서 주변을 둘러보는 동안, 카이는 서둘러 이르엘에게 달려갔다. 온몸에 상처를 입은 것은 물론, 맥이 불규칙하게 뛸 정도로 속 역시 심각한 상태였다.

"이르엘!"

카이가 부축했지만 그녀는 정신을 차리지 못했다.

타글라흐가 급한 걸음으로 뛰어왔다.

"어떻게 해야 하나? 치료 마법을 할 줄 아는 자는 없나!"

카이는 그렇게 외치며 테엘을 바라보았다.

커다란 드래곤은 거칠게 콧김을 내뿜으며 고개를 흔들었다.

타글라흐가 뛰어왔다.

"소멸의 순리 주문, 이르엘, 너 어떻게 그걸……."

"그것보다 치료! 당신, 엘프족 수석 장로라면 뭔가 방법을 알 것 아닌가!"

"치료로는 듣지 않습니다. 지금, 아니 일단은 뭔가 약초를……!"

카이는 번쩍 이르엘을 안아 들었다.

"가자!"

"엣, 어디로……!"

"약초 창고로 간다. 거기서 넌 필요한 약초를 찾아내! 필요한 건 뭐든 좋다!"

"……아, 저기…….."

드래곤이 거대한 앞발을 들었지만 카이와 타글라흐는 벌써 용의 신전 저쪽으로 달려가 버린 후였다.

"……나 방금 용언…….."

드래곤의 목소리가 용의 신전 안에 공허하게 메아리쳤다.

이르엘은 꿈을 꾸고 있었다.

……살고 싶지 않아.

낮은 흐느낌 소리.

언제였더라.

처음으로 사람을 죽였던 것이.

숲 속 깊숙이 들어온 인간의 마을은 오십 가구 정도였다. 그들은 다른 인간들과 달랐다.

엘프들이 그들 마을을 찾아 나가 달라고 부탁했다. 이곳은 자신들의 땅이라고.

그러나 인간들은 나가지 않았다. 오히려 검과 창, 활, 그런 것을 꺼내 보였다.

험악한 분위기의 그 어느 날.

인간들은 마침내 엘프 소녀 하나를 죽였다.

여자는 없던 마을이었다. 무기를 잔뜩 챙겨 든 남자들만이 있던 마을.

그녀는 단지 인간에게 호기심을 가졌을 뿐이었는데.

다섯 사내의 노리개가 된 엘프는 울며 천천히 미쳐 갔다.

그녀는 이르엘 앞에서 자결했다.

자신의 유일한 친구. 그녀는 울면서 죽어 갔다.

―엘프에게는 정령의 힘이 있고 드래곤에게는 마법의 힘을 내려 주셨어. 각기 자연의 균형을 맞추고자 창조주가 내리신 권능. 그렇다면 인간에게는 아무것도 주시지 않고, 어째서 그들의 방만을 이리 봐주시는 걸까. 어째서 창조주는 인간이 살아남는 것을 허용해 주신 걸까.

친구는 그렇게 말했다. 그리고 숨을 거두었다.

인간이 가진 것은 엘프와 드래곤, 심지어 드워프의 반도 안 되는 근력. 그들은 자연의 소리를 듣지도 못한다.

그런데 어째서.

이르엘은 분노했다. 모든 것을 박살 낸다. 무로 돌린다. 살은 갈 가리 찢고 집은 조약돌만 하게 박살 낸다.

그때 처음으로 자신의 정령력이 얼마나 강한지를 깨달았다. 타글 라흐가 그녀를 눈여겨 본 것은 그때였다.

그녀의 손에 묻은 동족의 피와 인간들의 피는 씻기지 않았다. 그 후로 오랜 시간 대륙을 떠돌았다.

종족을 구하기 위해서 인간을 죽였다. 그럼으로 자연의 순리를 맞춘다는 생각을 했다.

이르엘의 눈에서 눈물이 흘러내렸다.

그녀의 주변에서는 일행들이 계속해서 약초를 우리고, 향을 태웠 다. 그녀의 의식을 회복시키기 위한 모든 방도는 다 하고 있었지만, 그녀의 심연은 그들이 생각하는 것보다 훨씬 더 상처를 받았다.

'인간은…… 그림자의 신이 만들어 낸 종족. 그들의 영혼에는 배 신이 원래 깃들어 있어.'

의식 한쪽에서 그렇게 말하면, 다른 한쪽에서 이내 반박했다.

'그래? 하지만 내가 당한 건 배신이 아니라면 뭐지? 나를 배신한 사람은 둘. 모두 엘프였어.'

카이는 그녀가 눈물 흘리는 것을 보면서 입술을 깨물었다.

"다른 방도가 없나."

타글라흐는 식은땀을 흘리며 고개를 흔들었다.

"엘프에게 이 이상의 치료법은……."

"그래봤자 너희들이 사랑한다는 풀이랑 나무 태우는 거잖아. 도움이 되는 건가?"

"……저희에게 알려진 치료 방법은 이게 전부입니다."

타글라흐는 도움이 되지 않는다. 카이는 그를 노려보았다.

타글라흐는 약간 자존심도 상한 김에 슬쩍 말을 흘렸다.

"……방도가 아예 없는 것은 아닙니다만……."

"뭔가?"

카이의 반응은 날카로웠다.

"……블루 드래곤의 비늘을 빻아 먹인다면……."

"블루 드래곤?"

"블루 드래곤은 천생 물의 속성과 가까운 존재입니다. 물의 정령왕을 소환할 수 있기도 하지요. 만약, 물의 정령왕을 소환하셨던 드래곤의 비늘을 구할 수만 있다면야 가장 좋고요. 블루 드래곤의 비늘은 거의 모든 경우에 있어서 최상의 치료약입니다. 그걸 지니고 있는 것만으로도 회복력이 높아지고 원래 드래곤의 비늘이 지닌 방어의 효과 역시 톡톡히 볼 수 있지요. 하지만 어떤 드래곤의 은총을 받은 분이 그런……."

"아아. 그렇군. 드래곤의 은총이라……."

그는 벌떡 일어났다. 말 한 마디 없이 그는 테엘에게로 곧장 되돌아갔다.

타글라흐는 영문도 모른 채 이르엘의 곁에 앉아 있었다.

'설마…….'

그런 생각이 들었지만 타글라흐는 이내 피식 웃었다.

'인간 따위가…….'

그가 간과하고 있는 게 있었다.

인간과 엘프의 오랜 역사 속에서 엘프는 항상 드래곤의 종이었으나 인간 중에는 드래곤의 친구가 있었다는 사실을.

그리고 무엇보다 드래곤 밸리를 몰랐다.

용의 신전 한구석에, 거대하고 불타오르는 듯한 레드 드래곤이 머리를 품에 묻은 채 잠들어 있었다.

카이는 흥분해서 그의 곁에 찰싹 달라붙어 두들겨댔다.

"테엘! 일어나라, 테엘!"

"잘 거야."

"일어나라니까, 테엘 사제!"

"잘 거야."

두 번째 반복된 대답에서 그의 심정을 알아낼 수 있었다.

"삐치셨는가, 테엘 사제?"

"잘 거야."

고집스러운 목소리. 그래도 이번에는 응답이 좀 있었다.

"너희 다 죽은 다음에, 한 삼천 년 뒤쯤에 일어날 거야. 어차피 이제 사제로서의 힘도 얻기 시작했으니까, 모두 필요 없어.”

‘너 정말 드래곤 맞냐!

카이는 어처구니가 없었지만 애써 침착하게 말했다.

“드래곤 밸리로 되돌아간다.”

“뭐?”

사과도 아닌 그 말에 테엘은 한쪽 눈을 끔뻑 떴다.

“드래곤 밸리로 가겠다. 안내해.”

“뭔데?”

“그곳에서 모든 걸 꺼내 오겠어.”

테엘이 입을 떡 벌렸다. 드래곤의 미끈거리는 혀가 훤히 들여다 보였다. 세 겹으로 촘촘하게 돋아난 이빨들이 매섭게 번득였다.

“잠깐 정리 좀 해 보자.”

테엘은 다시 인간의 모습으로 폴리모프 했다.

시선 높이가 맞자 그제야 테엘은 카이의 눈빛이 진심이라는 걸 알 수 있었다.

“……지금 너, 거기서 모든 걸……이라는 건 무슨 모든 것……이 라는 거냐?’

“당연히 모든 것 말야.”

카이는 냉정하게 덧붙였다.

“드래곤의 모든 것.”

SWORD OF DRAGON LOAD

제8장

숨겨진 장소

테엘은 머리가 혼란스러웠다. 이르엘이 소환했던 혼돈이 자신의 머릿속으로 기어 들어왔나 생각될 정도였다.

결국 고심 끝에 할 수 있는 말은 하나였다.

"……거긴, 아무것도 없잖아?"

"아니, 테엘. 모든 게 있다."

"거긴, 아무것도 없다니까!"

테엘은 필사적으로 외쳤다.

카이는 씩 웃었다. 그때만큼 카이의 미소가 살인적으로 빛난 적은 없었다. 아니, 살룡(殺龍)적이라고 해야 하나.

테엘은 필사적으로 외쳤다.

"아무, 아무것도 없잖아!"

"……거기에는 말이지, 테엘 사제. 우리 영지와 내 앞날, 더불어 제국의 미래를 향한 모든 초석이 있다네."

카이는 싱긋 웃었다. 예의 살룡 미소였다.

"용신의 힘을 위임받은 자여, 안내해 주시겠나?"

“아무……것도 없어!”

테엘은 소리 질렀다. 순간 그의 가슴이 크게 부풀어 올랐다. 마치 억지로 숨을 가슴에 담은 것처럼.

카이는 한발 뒤로 물러났다.

테엘은 간신히 분노를 억누르고 물었다.

“카이젤 아민 라 로인. 내가 이제껏 너 많이 봐준 거, 잘 알고 있지?”

“응.”

카이는 그 말을 순순히 인정했다.

“아무리 로인 공작 가문이 끝에 이르렀다고 해도 말이다. 그리고 용신에게 돌아왔으니 대충 용서받았다 치고 말이다. 그렇다고 해도 만약 너라면 네 아버지와 네 조상들의 묘를 파헤쳐서라도 가문의 중흥만이 더 중요하다고 말할 수 있겠냐? 이게 네 조상들의 묘라면?”

“한다.”

카이는 딱 잘라 대답했다.

테엘은 입만 뻐끔거렸다.

“이, 이봐.”

“왜 시체 따위에 연연하는 건데? 그 시체가 다시 살아나 봤자 좀비잖아. 가장 중요한 것은 영혼이고 정신이라고 생각하는데. 산 사람은 살고, 죽은 사람은 죽는다, 그게 이 세상의 가장 간단한 원리 아니던가?”

“그, 그렇지만……! 죽은 자에 대한 존경심이라는 게 있지 않은가!”

"존경심은 아주 충분하다. 거기에 그들이 죽어서도 희생해 주는 것에 대해서 나는 진심으로 감사하게 생각한다."

이제는 덜컥 겁이 났다.

'이거 인간 맞아? 드래곤 하트 가졌더니 드래곤이 정말 강림이라도 한 건가…….'

하긴 카이는 처음부터 만만찮은 녀석이었다.

드래곤이 마구 화를 내는데도 자신의 신분과 입장을 분명히 밝힌 것부터 봐도, 카이는 대담했다.

그냥 우연히 태어났는데 공작 가문이라서, 그래서 최선을 다하는 게 아니었다.

마치 카이는 공작이 되기 위해 태어난 것 같았다.

'그래도 보통 인간이라면 그런 일에 치를 떨면서 피눈물 흘리고 3대, 아니, 영원히 복수하겠느니 어쩌고 하지 않나?

테엘은 멍하니 카이를 바라보았다.

한 시간이 넘게 흘렀는데도 테엘은 멍하니 선 채, 풀리지 않는 자신의 머릿속 매듭을 잘라 버리려 애썼다.

"내 아버지라 해도 그렇게 하라고 말씀하셨을 거다. 내 할아버지만 해도 마찬가지지. 명예? 죽은 자에 대한 공경? 그런 것 따위는 살아 있는 사람이 살아 있을 때의 이야기지."

"넌 아직 안 죽었잖아! 그리고 그건 네 논리라고!"

"그럼 결투라도 할까?"

"좋아, 결투다! ……헛!"

테엘은 시원스럽게 외쳤다. 그러나 외치고 난 순간 바로 후회했다.

테엘은 거칠게 머리를 긁으며 그 앞에 앉았다.

“대체 어떻게 하자는 거냐?”

“결투? 잘해야지.”

일단 한 대 쳐서 정신을 차리게 하고 싶었다. 테엘은 그 욕구를 간신히 억누르고는 고개를 흔들었다.

“아니, 없던 일로 하자.”

“용언은 아니래도 드래곤의 말이잖아. 어기지 말라고.”

“……너, 죽고 싶은 거냐?”

카이는 고개를 흔들었다.

테엘은 지금 이 상황을 어떻게 받아들여야 할지 이해할 수가 없었다.

카이는 그의 팔을 붙들었다.

“……가자, 다시.”

테엘은 한 손을 들어 그의 가슴 중앙에 댔다. 그의 가슴에 박힌 드래곤 하트가 테엘의 기운에 반응해 두근거렸다.

“네 가슴에 대고 묻겠다. 그것이 이 하트에 대한 모욕이라는 건, 알고 있는 거냐?”

“왜 모욕이 되는 거지? 어째서? 하트를 주었는데, 그깟 남은 뼈와 가죽이 문제가 되는 건가?”

“……당연한 일이다! 카이!”

테엘은 들끓는 심장을 억누르려 애썼다.

"너만은, 너만은 그렇게 말해선 안 되는 것이다! 이 하트를 넘긴 그의 마음을 너는 보았을 것이다! 기억하고 있을 것이다! 잊어선 안 된단 말이다!"

제멋대로 하트가 뛰기 시작한다—테엘이 이끄는 대로, 테엘의 분노에 응해서.

자신의 가슴에 박혀 있되 마치 자신의 것이 아닌 듯했다.

인간의 몸으로는 감당하기 버거울 정도로 힘차게 뛰기 시작해서 마치 자신의 온몸이 하트로 빨려 들어갈 것 같았다.

카이의 안색이 창백해졌지만, 테엘은 눈치 채지 못했다. 그는 카이의 두 어깨 위에 손을 얹은 채, 자신의 분노를 억누르려 애썼다.

"자연으로 돌아갈 것을 인간들은 왜 탐내는 것이냐—! 너는 네 조상의 핏줄과 뼛조각이라도 실리를 위해서라면 쓸 수 있다지만, 카이, 그것이 네 진심이냐? 그분을 떠올려 보고 다시 한 번 대답해라!"

"테엘……."

카이의 눈빛이 잠시 멍해졌다.

"나 하나 굶어죽는 거라면 상관없다. 하지만 내가 생각해야 하는 사람들은 내가 아니다. 영주로서 명령하겠다, 테엘."

"카이!"

"……드래곤 본과 그 모든 것을 내어 다오."

카이의 말이 떨어진 순간, 테엘의 머리카락이 하늘로 솟구쳤다.

그의 얼굴이 붉어지면서, 그 아름답던 미청년의 얼굴이 드래곤인지 인간인지 구분이 가지 않았다.

"카이—!"

드래곤의 울부짖음이 그날 두 번째로 로인에 울려 퍼졌다.

아이작과 엘프 장로들이 신전으로 튀어나왔다. 카이는 그들 앞쪽을 막아섰다.

"들어가라, 어서!"

"주, 주인님!"

"어서!"

신전의 벽이 출렁, 흔들렸다.

공간이 흔들리면서 카이는 그 너머로 골짜기의 환영을 볼 수 있었다.

"조용한 골짜기에 다시 오고 싶다고 했느냐!"

테엘이 분노한 음성으로 외쳤다.

"너만은 다를 거라 생각했다! 우리 종족의 명예를 지켜 주고 우리에게 진정한 경배를 올릴 거라고 생각했다!"

카이는 별다른 대꾸를 하지 않았다.

그는 뒤를 돌아보았다. 엘프들은 이미 도망친 지 오래였다. 그러나 어린 아이작은, 용감하게도 구석에 웅크린 채 자신의 주인을 바라보고 있었다.

"검을 가져와! 최대한 많이!"

카이는 소리 질렀다.

"카이젤 아민 라 로인!"

그가 자신의 이름을 부른 순간, 카이는 저도 모르는 힘에 이끌려 드래곤을 바라보았다.

분노에 가득 찬 음성! 자연스럽게 용언이 되어 카이가 그를 바라보게 만들었다.

바라본 정도가 아니었다. 순간 그의 영혼이 드래곤에게 속속들이 까발려진 것 같았다.

카이는 입술을 꽉 깨물었다. 그리고 들고 있던 칼을 손바닥으로 감쌌다. 통증이 그의 제정신을 깨웠다.

"큭……!"

테엘이 웃었다. 큰 웃음소리가 허공으로 메아리치다가 이윽고 잠잠히 사라졌다.

아이작은 어린 팔 안에 담을 수 있는 최대한의 검을 껴안고는 신전으로 튀어나왔다.

"주인님, 검을……!"

그러나 신전 안에는 아무도 없었다.

"주인니임—!"

두려움에 질린 목소리로 아이작은 소리 질렀지만, 그의 목소리는 그의 주인에게 닿을 수 없었다.

카이는 낯선 광경에 잠시 어리둥절했다. 그러나 그곳에 드래곤 밸리라는 걸 곧 깨달았다.

드래곤 하트의 주인, 블루 드래곤이 그의 뒤에 있었던 것이다. 카이는 그를 보며 잠시 고개를 숙였다.

"그에게 인사할 정신은 남아 있는가."

테엘의 목소리가 들렸다.

카이는 하늘을 바라보았다. 저 높은 곳에서 테엘이 날개를 펼친 채로 맴돌고 있었다.

그의 날카로운 시선이 자신의 모든 것을 꿰뚫고 있음을 카이는 알 수 있었다.

그의 분노, 그가 아무래 달래려 해도 꺼지지 않는 분노 역시 아직 알 수 있었다.

'미안하다, 테엘.'

그러나 카이는 냉정한 표정으로 앞을 바라보았다.

블루 드래곤, 그의 드래곤 하트는 자신의 가슴에서 뛰고 있었다. 카이는 그 위에 한 손을 올렸다.

"……당신은 이해해 주리라 믿습니다."

"너는 그를 모욕한 거야!"

"제가 지금 무슨 생각을 하고 있는지…… 그리고 누구를 떠올리고 있는지."

"너는 네 영지민이라고 말하지만 그건 오로지 너를 위한 것뿐이다! 네 알량한 영주로서의 자존심을 위한 거라고!"

카이는 그 말에 힘없이 미소 지었다.

그리고 블루 드래곤 앞에 무릎 꿇었다.

"감사히 받겠소."

"카이이이이이이!"

순간 카이 주변의 공기가 무거워졌다.

"크흑!"

두 다리로 서 있기 힘들 정도였다. 머리부터 어깨가 마치 100톤의 바위에 깔린 것처럼 무거워졌다.

저도 모르게 한쪽 무릎을 꿇고 말았다.

그 위에서 두 날개를 펼친 채 드래곤이 자신을 향해 내려오고 있었다. 그 전신에서 뿜어져 나오는 엄청난 양의 살기!

드래곤 피어!

"커헉……!"

심장이 울컥하면서 일순간 담고 있던 모든 피를 뿜어냈다. 카이는 분명히 깨달았다. 자신의 심장이 그 안에서 터져 버렸다는 것을.

엄청난 고통이 그의 온몸을 억눌렀다. 어깨에서부터 뼈가 두둑거리면서 부서지기 시작했다.

두 팔이 힘없이 늘어졌다.

의식이 점점 멀어졌다.

"카이이이이이!!!!"

붉게 핏기가 오른 눈으로 테엘은 다시 소리 질렀다.

"……."

카이는 그 소리를 들으면서 순간 미소 지었다. 그의 귀에서 피가 흘러내렸다. 그리고 그의 척추가 부러지면서, 카이는 그대로 앞으로 엎어졌다.

손가락 하나 꼼짝할 수가 없었다.

그의 몸은 그의 것이 아닌 듯, 완전히 산산조각 나기 직전이었다.

그는 눈을 들어 테엘을, 그리고 블루 드래곤을 보고 싶었다. 위대한 존재, 이 세상 모든 것을 마음대로 할 수 있는 그들이었다.

"……."

입조차 움직일 수가 없었다.

결국 눈앞에 있는 땅을 보면서 그의 피가 완전히 멈췄다. 헐떡이던 허파도 멈췄다.

"카이이이이이!!!!"

테엘이 울부짖으면서 카이의 곁에 내려앉았다.

"크아아아아아아아!"

그의 온 힘을 다해, 테엘은 카이를 죽이려는 기운을 내뿜었다.

두근―

이상한 일이 벌어지기 시작했다.

카이의 몸에서 멈춘 심장 대신, 그의 드래곤 하트가 박동하기 시작했다.

그러나 다음 박동으로 쉽사리 이어지지는 않았다. 드래곤 하트의 주변으로 그의 가슴에는 핏줄과 같은 것이 미세하게 돋아나기 시작했다.

"너의 모욕을 드래곤족의 이름으로 용서하지 않겠다!"

그렇게 울부짖으며 테엘은 장엄하게 한 발을 들어 카이의 위에 얹었다.

"로잉루의 이름으로……."

다음 순간 테엘은 고개를 갸웃거렸다.

'어라?

반응이 너무 없지 않은가.

"덤벼라, 카이! 죽은 듯 엎드린다고 피할 수 있는 일이 아냐! 오히려 더 나를 모욕하는 짓이다!"

「테엘 님 바보.」

「테엘 님 바보 바보.」

주변 정령들이 비웃고 지나갔지만, 테엘은 그걸 알아듣지 못했다.

그는 고개를 갸웃했다. 그렇지만 여전히 화가 난 채 경계하면서, 한 발로 슬쩍 카이의 몸을 건드렸다.

두—근.

아주 약하게 드래곤 하트가 다시 펄떡 뛰었다. 그렇지만 카이의 온몸에 기운을 내돌리기에는 무리였다.

"간교한 것—. 그러다가 기습해 봤자다, 카이."

침묵.

거기에 숨조차 쉬지 않는 것 같아서 테엘은 정신이 번쩍 들었다.

"어이, 연극하지 마."

숨을 아주 천천히 쉬는 건 아닐까, 테엘은 계속해서 그의 등을 바라보았다.

가슴께가 들썩 올라오지는 않나 하고 지켜보는 가운데.

아주 미약하게 움직인 듯싶기도 하고, 아닌 것 같기도 해서 테엘은 손을 내밀었다.

그리고 거대한 손톱을 내밀었다. 날카롭게 잘 다듬어진 전투용 손톱 끝이 카이의 다리 한쪽을 꿰뚫었다.

미근적.

손톱 끝에서 전해진 카이의 몸 상태에 테엘은 순식간에 온몸의 피가 차갑게 식어 버린 느낌이었다.

"맙소사! 카이! 카이젤 아민 라 로인, 그 혼의 주인이여, 나의 목소리에 응하라!"

그러나 카이는 움직이지 않았다.

테엘의 몸이 창백해지면서, 그는 순식간에 인간의 모습으로 바꿔 카이의 옆에 주저앉았다.

한 손을 카이의 목덜미에 댔지만, 느껴지는 것은 점차 식어 가는 몸뚱어리였다. 맥은 너무나 가느다랗게 뛰어 잡히지도 않았다.

"카, 카이! 카이! 카이! 말도 안 돼!"

테엘은 잠시 그의 몸을 붙들고 흔들었다.

깜빡했다. 그 역시 일개 인간이라는 것을, 아무리 드래곤 하트를 지니고 있으면 뭐 하겠는가. 드래곤 피어에 대항할 수도 없는 연약한 인간일 뿐인데…….

"카이!"

그는 음성에 의지를 담았다.

"회복!"

두—근.

카이의 가슴에 있는 드래곤 하트가 순간 그의 용언에 반응했다.

테엘은 그것을 눈치 챘다.

숨은 끊겼다—그러나 살아날 방도가 그의 가슴에 있지 않은가.

"회복!"

두근.

다시 드래곤 하트가 박동했다. 그의 말에 분명히 반응하고 있었다.

질긴 생명의 드래곤 하트였다. 어지간한 부상에도 죽지 않게 하고, 드래곤의 마법과 피어에도 어느 정도 익숙했을 것이다, 자기 자신의 기운과 흡사할 테니까.

'그렇게 본다면……'

테엘의 머릿속에 순식간에 그 생각이 스쳤다.

'죽지는 않은 거다—. 서둘러야 해!

"죽지 마! 카이젤 아민 라 로인, 그대에게 로잉루의 이름으로 그대의 천수를 누릴 것을…… 지금 죽지 않을 걸 기원하는 바이다!!"

필사적으로 외치면서 다시 말을 한 순간, 테엘은 머리가 띵해 오는 것을 깨달았다.

그가 쓸 수 있는 힘보다 너무 강한 것을 소원했다. 용언이나 언령은 시술자의 마나를 필요로 하지는 않지만, 적용 가능한 힘의 크기가 있었다.

테엘은 입술을 악물었다.

"지금은 안 돼, 조금만 더……."

그렇게 절망적으로 중얼거리던 그의 눈에 거대한 블루 드래곤이 들어왔다.

생명력은 잃었지만, 그 몸은 테엘의 앞에서 유혹하듯이 반짝거리는 듯싶었다.

"……."

망설일 것도 없는 일 아닌가.

테엘은 블루 드래곤 앞으로 서둘러 뛰어갔다.

"망할 녀석아, 그래, 네가 옳다, 옳으니까 엄살은 그만 피우란 말이다!"

그는 자기가 무슨 말을 중얼거리는지 제대로 의식하지도 못했다. 손을 뻗어 비늘 하나에 손을 댔다. 손바닥만 한 푸른 비늘이 온몸을 촘촘하게 덮고 있었다.

어느 게 더 예쁘고 어느 것이 더 밝은 색인지 고를 틈도 없었다. 테엘은 곧장 그중 하나를 잡고는 힘을 주어 쑥 뽑았다.

죽었으니 망정이지, 살아 있었더라면 일전을 치러야 하는 건 물론, 비늘도 쉽게 뽑아낼 수 없었으리라.

'죽어서 다행이다.'

테엘은 자신의 생각이 일순간 바뀌었다는 걸 자각했지만, 지금 이 상황에서는 달리 어쩔 수가 없었다.

'아주 옛날에 죽어 줘서 다행이다.'

일개 인간이라면 테엘도 무시하고 명복을 빌어 줬겠지만, 지금 죽어 가는 건 카이였다.

드래곤 하트의 힘으로 겨우 죽지만은 않은 카이였던 것이다.

10년 전 그가 나타났을 때 테엘은 기뻤다.

마법진에 로인이 나타난 것은 200년 만의 일이었다.

사실 화가 거의 풀리기도 했고, 걱정이 되기도 했고.

그래서 기뻤다. 그 당돌한 소년의 말이 마음에 쏙 들었다.

"죽지 마, 카이."

마지막 후계자라는 이야기는 완전히 화가 풀렸던 것이다.

"제기랄! 왜 하필 레드 일족인 저를 사제로 앉히신 겁니까, 로잉 루여!"

테엘은 자신의 손에 뽑힌 비늘을 한 손에 들고, 이어 다시 비늘 하나를 뽑았다. 그리고 그 비늘 틈으로 자신의 손톱을 우겨넣었다.

아무리 카이를 위해서라지만, 동족의 몸에 손톱을 찔러 넣는 기분은 상당히 으스스했다.

당장이라도 블루 드래곤이 눈을 시퍼렇게 뜨고는 일어나서 자신을 향해 전쟁이라도 선포할 것 같았다.

"미안, 미안합니다. 그렇지만 저 녀석을 위한 거야. 당신의 드래곤 하트를 위한 거기도 하고."

테엘은 중얼거리면서 다른 비늘 하나에 드래곤의 피를 한 모금 정도 받았다.

이어 그는 그걸 흘릴세라 조심스럽게 카이를 향해 다가섰다.

카이의 드래곤 하트가 이따금, 죽었나 싶어서 두려울 때면 한 번씩 두근거리며 울렸다.

그것에 테엘은 몇 번이나 감사해 하면서, 비늘 위에 받은 핏물 위로 다른 비늘을 들어 올렸다. 그리고는 손에 힘을 주었다.

당연한 이야기지만, 쉽게 바스라지지 않았다.

테엘은 시간이 자꾸만 흐르는 데 초조함을 느끼곤 피를 담은 비늘을 그대로 카이의 가슴 위에 올려놓았다. 그리고 양손으로 비늘을 꾹 잡고는 힘을 주었다.

꾸국― 꾹―

잠시 후 그의 손에서 조금씩 가루가 떨어져 내렸다. 테엘은 얼른 가루와 피를 섞었다.

그리고 테엘은 비늘을 들어 카이의 입가에 댔다. 힘없이 덜렁거리는 목을 한 손으로 받친 채, 테엘은 조심스럽게 핏물을 카이의 입 안으로 넘겼다.

"카이, 삼켜. 삼켜야 한다고."

처음에는 입가에 핏물이 맴돌기만 했다.

그러나 갑자기 카이의 가슴에 있는 드래곤 하트가 날카로운 빛을 번득였다.

"웃!"

테엘조차 그 힘의 여파에 주춤거리며 물러날 뻔했다. 하지만 그는 카이를 붙든 손을 놓지 않았다.

테엘은 황급히 카이의 드래곤 하트를 바라보았다.

드래곤 하트 주변에는 혈관이 보기 싫을 정도로 꿈틀거리며 돋아 나 있었다. 그 하나하나가 억지로 카이의 피를 끌어 모아, 또다시 몸 곳곳으로 보내고 있었다.

"이런, 고마운 것 같으니라고."

테엘은 속삭였다. 그리고 그 드래곤 하트 위에 조심스럽게 피를 쏟아 부었다. 푸른 비늘 가루가 핏속에서도 영롱한 푸른색으로 반짝였다.

비늘과 섞인 피가 드래곤 하트 위에 떨어지자마자, 하트는 순간 전기 충격이라도 받은 것처럼 펄떡거리며 뛰기 시작했다. 테엘은 순간 저도 모르게 그 자리에 털썩 주저앉았다.

보기 흉하게 돋아나 있던 혈관들이 하나 둘 사라지기 시작했다. 그리고 드래곤 하트로 피가 천천히 스며들었다.

쿵—쿵—쿵—쿵—!

힘차게 뛰는 심장에 따라, 카이의 혈색이 천천히 되돌아왔다. 차가워지던 그의 체온도 이제는 따뜻해졌다.

그리고 이윽고 카이의 가슴이 안정적으로 위아래로 오르내리기 시작했다. 그의 부스러진 몸의 뼈가 맞춰지는 기괴한 소리가 들려서 테엘은 고개를 흔들었다.

그는 자신이 이제껏 숨도 제대로 쉬지 못한 것을 깨닫고는, 심호흡을 했다. 그리고는 한 손을 카이의 뺨에 올렸다.

"⋯⋯카이."

아무런 응답이 없었다.

그의 몸에서 뼈가 맞춰지는 소리, 그의 코끝에서 흘러나오는 숨소리가 그렇게 고마울 수 없었다. 테엘은 그의 몸이 회복되기만을 가만히 기다렸다.

하루를 꼬박 있은 후에야, 카이는 정신을 차렸다.

그때까지 테엘은 꼼짝도 않고 그의 곁에 앉아 있었다.

드래곤 밸리에도 낮과 밤이 반복되었다.

새벽의 어슴푸레한 시간에 카이가 조용히 눈을 떴다.

그리고 테엘을 본 순간 몸을 부르르 떨었다. 몸은 테엘의 드래곤 피어를 기억하고 있는 것이었다.

테엘은 그것을 보고는 힘없이 웃었다.

"이 녀석아……."

카이는 비틀거리면서 일어나 앉았다. 그리곤 한참이나 멍하니 주변을 둘러보았다.

정신이 나가 버린 건 아닌가 싶어서 테엘은 조마조마하게 그가 입을 열기만을 기다렸다.

"……여긴, 아직 드래곤 밸리?"

"그래……."

테엘은 안도감에 크게 웃음이 터지려는 걸 간신히 참고는 카이의 팔을 붙잡았다.

"……괜찮은 거냐. 어디까지 기억하고 있어?"

"……갑자기…… 눈에 보이는 광경에서부터…… 흰빛을 향해 쏘아져 나가려는, 그런 걸 본 것 같다……. 그런데 주변에 푸른 장벽 같은 게 있어서 그 빛줄기 속으로……."

카이는 더듬거리며 고개를 흔들었다.

"……그 속에 아버지가 계셨던 것 같아."

잠시 침묵이 흘렀다.

테엘은 털썩 뒤로 드러누워 버렸다.

카이 역시 그를 따라서 땅 위에 누워 버렸다.

둘은 잠시 이 이공간의 새벽 하늘을 가만히 바라보았다.

"……카이."

"음."

"……다시는 성질내지 않도록, 노력은 하마."

테엘의 말에 카이는 힘없이 웃었다.

어째서인지 용언으로 하는 맹세보다 그의 힘없는 목소리로 한 약속이 더 신뢰가 갔다.

신성력에 의한 약속이 아닌, 테엘의 마음 깊은 곳에서 우러나온 진심으로 맺은 약속…….

"그 결투 말야. 원래 힘으로 할 생각은 아니었어."

카이는 조용히 말했다.

테엘은 잠시 혼란스러웠다. 그 말을 이해할 수가 없었던 것이다. 잠시 후에야 그 말뜻을 눈치 채고는 테엘은 입을 떡 벌렸다.

"너, 설마……."

"내가 크게 다치면 치료약을 가져오겠지, 그렇게 생각했었어."

"이……!"

테엘은 벌떡 일어나 앉았다. 손에 잡히는 대로 아무거나 막 카이를 향해 집어던지려다가, 테엘은 손을 부르르 떨며 멈췄다. 카이는 드러누운 채로, 자신을 굽어 내려다보는 레드 드래곤을 바라보고 있었다.

"……넌 정말이지, 웬수야, 웬수."

테엘은 힘이 빠진 목소리로 중얼거리고는 손에 잡힌 짱돌을 다른 곳으로 멀리 집어던졌다.

"……돌아갈까. 시간이 너무 오래 흐른 것 같은데."

"하룻밤에 안 됐어."

테엘은 그렇게 말하면서 자리에서 일어났다.

둘은 옷을 털고는, 블루 드래곤을 바라보았다.

테엘은 말없이 손을 뻗어 그 비늘을 하나 더 뽑았다. 그리고는 카이에게 건넸다.

"고마워."

카이가 조용히 말했다.

*   *   *

둘이 되돌아왔을 때, 이르엘은 아직도 상처에서 회복되지 못한 상태였다.

타글라흐는 둘을 보고는 자리에서 일어났다.

카이는 블루 드래곤의 비늘을 꺼냈다. 이제껏 점잖은 척하던 타글라흐는 그것을 보는 순간, 화들짝 놀라선 이상한 표정을 지었다.

"끄, 끄에에엑! 설마, 그건……."

"자연의 정령과 항상 함께 머물던 깨끗한 비늘이다. 엘프의 몸속에서 녹아드는 데 얼마나 시간이 걸릴지는 모르겠지만, 자연의 속성이니 해가 되지는 않을 거다.”

테엘이 덧붙인 말에 타글라흐는 입만 떡하니 벌렸다.

“나중에 돌아와 다시 살피겠다.”

카이는 짤막한 한 마디를 남긴 채 자리를 떴다.

둘이 쉬기 위해 각자의 방으로 들어간 뒤 시간이 꽤 흘렀는데, 타글라흐는 손에 비늘을 든 채 멍하니 바라보고만 있었다.

500년 전이었다면 타글라흐는 망설임 없이 그것을 이르엘에게 먹였으리라.

300년 전이었다면 조금은 망설였어도, 결국 이르엘에게 비늘을 먹였으리라.

그러나 지금은 쉽게 그럴 수가 없었다.

‘어차피 하이엘프잖아.’

마음속에서 마족이 중얼거리는 것 같았다.

테엘은 한 발 앞으로 움직였다. 이르엘이 누워 있는 침상 앞쪽으로.

그사이에 햇살이 들어왔다. 에메랄드를 얇게 잘라 낸 것 같이 반투명한 비늘이 그 빛에 그의 손 위에서 번쩍 빛났다.

타글라흐는 저도 모르게 마른침을 삼켰다. 그리고 슬그머니 주변을 살폈다.

주변에는 아무도 없었다.

타글라흐는 천천히 이르엘의 곁에서 멀어졌다. 파란 비늘이 그의 손에서 물방울처럼 빛나는 것을 보며, 타글라흐는 마치 금방이라도 그것들이 기화되어 날아갈 것 같은 조급함에 몸을 떨었다.

'종족을 위해서야.'

그는 생각했다.

'우리 종족이 멸망하는 걸 이대로 두고 볼 수는 없고, 그대 하이 엘프는…….'

타글라흐는 파란 비늘을 들여다보았다.

'……우리 종족에게는 내 힘이 더 필요해. 그대처럼 홀로 움직이는 독단적인 행동이 필요한 게 아니다. 우리에게는 인간처럼, 그런 지도자가…… 내가 필요한 거다. 나에게 힘만 있다면……. 힘만…….'

자연과의 조화? 균형? 인간이 숲이며 계곡 할 것 없이 들이닥쳐 생활 터전을 빼앗는다. 자신들은 아이들을 키우고 그 아이들에게 본성을 가르칠 장소 따위도 없다.

이 마당에 명분? 대의? 그런 것 따질 여력 따위는 없었다.

타글라흐는 눈을 지그시 감았다. 그렇지 않고서는 자신의 탐욕 때문에 날뛰는 정령들을 보게 될 것 같아서였다.

'탐욕이라는 건 안다.'

타글라흐는 입을 벌렸다.

'……그러나 종족을 위한 것이다.'

그리고 천천히 비늘을 입 안으로 밀어 넣었다.

카이와 테엘은 각자의 방에 들어가서 휴식을 취할 생각이었다. 그러나 카이가 가던 도중에 비틀거리자, 테엘은 그를 부축해 방으로 같이 들어왔다.

하루 만에 나타난 주인의 모습에 아이작은 안절부절못해서는 그의 시중을 든다고 난리였다.

테엘은 걱정했다.

"반 임사 체험을 해 버렸으니……. 드래곤 하트가 너무 빨리 뛰는 것 같아 걱정된단 말야. 아직 인간의 심장은 회복하는 중이니까, 며칠 동안은 꼼짝하지 말고 쉬어야 해."

"움직이라고 재촉해도 못 움직일 거야."

카이는 그렇게 대꾸하면서 테엘을 바라보았다.

"용언을 그렇게 많이 썼으니, 테엘도 쉬는 게 좋을 텐데."

"아아. 쉬어야지."

테엘이 싱겁게 대꾸했을 때, 소년 한 명이 조심스럽게 아이작과 카이에게 다가왔다.

"저, 저……."

카이는 소년을 돌아보았다. 소년은 카이를 똑바로 바라보고 있었다. 눈동자에는 흠모의 기색이 역력했다.

카이는 그 눈빛에 가슴이 뭉클했다. 소년의 눈빛은, 영지민이 자신을 저런 눈빛으로 바라보았으면 하는 바로 그 눈빛이었다.

"무슨 일이냐?"

카이는 부드럽게 물었다. 소년이 쭈뼛거리며 말했다.

"엘프들이, 떠나요."

"뭣?"

"엥?"

카이는 아이에게 다시 물었다.

"소년이여, 무슨 이야기지?"

"……엘프들이, 떠나요."

테엘이 잇새로 내뱉었다.

"비늘, 카이! 비늘!"

"그거, 무슨 역할을 하는데!"

둘은 빠르게 걸어서, 거의 달리듯이 이르엘이 누운 장소로 향했다.

뛸 수도, 소리 지를 수도 없었다. 둘 다 무리를 거듭한 끝에 당한 일이라 얼굴이 벌써 창백해졌다.

"당연히 엄청난 힘을 주겠지! 망할!"

테엘은 입술을 깨물었다.

이르엘의 곁에는 아무도 없었다. 창백하게 누워 있는 엘프를 보는 것은, 오히려 그들의 분노와 불안을 가중시켰다.

둘은 이어 빠른 걸음으로 신전의 입구로 걸음을 돌렸다.

막 신전을 나서는 엘프들의 모습이 눈에 들어온 순간, 테엘의 한 손이 뻗어 나왔다. 손톱이 구불거리고 날카로워지면서 엘프의 목을 꿰뚫으려는 듯 닥쳐 왔다.

떠나려던 다섯 장로들은 테엘을 보고는 놀라 그 자리에 멈췄다. 그들은 발가락 하나 꼼짝거리지도 못한 채 죽음을 각오하곤 눈을 질끈 감았다.

그러나 테엘은 그들의 목을 가르지 않았다. 술칭의 목을 붙든 채,

그는 그걸 단숨에 휘두를 듯이 물었다.

"타글라흐는 어디로 간 거냐!"

"수, 수석 장로께선 먼저……!"

"카이, 날 붙잡아!"

테엘이 손을 뻗었다. 카이는 그 팔을 붙들었다.

테엘은 순간이동하면서 엘프에게 경고하는 걸 잊지 않았다.

"하나라도 자리를 떴다간, 엘프란 것들은 모두 팔다리를 뽑아 이 산자락에 심어 버릴 테다!"

테엘의 으르렁거리는 소리가 산 전체에 메아리쳤다.

둘은 곧바로 로인의 관문에 도착했다. 그러나 열기가 사막을 지배하는 곳에 엘프의 모습은 보이지 않았다.

아니, 정확히 보이지 않은 것은 아니었다.

테엘과 카이는 분명하게 볼 수 있었다. 모래 위에 나 있는 신비로운 작은 녹색. 사막에 최초로 피어오른 작은 새싹…….

배신자의 발걸음마다 피어오르는 새싹을 보며 카이의 심정은 복잡해졌다.

테엘 역시 마찬가지였다.

"……쫓아……갈까?"

한참 후에야, 테엘은 힘없이 물었다.

카이는 고개를 흔들었다.

"됐어."

카이는 내뱉듯 대답했다.

겨우 영지 내의 순간이동이었는데 테엘의 얼굴은 말이 아니었다. 그리고 자신 역시 몸이 욱신거렸다.

'하필이면 둘 다 정상이 아닐 때에……'

카이는 씁쓸했지만, 애써 힘찬 목소리로 말했다.

"배신자 하나 놓쳤다고 할 일을 미루고 덤벼들 수는 없지. 이 땅을 부흥시키면 돼. 모든 엘프들이 몰려와 제발 살게 해 달라고 구걸하도록."

"그리고 그때 확 걷어차겠다?"

카이는 억지로 웃었다.

"그래. 확 걷어차는 거야. 엘프족 따위는 발도 못 붙이게 있는 대로 심술을 부리겠어. 인간의 노예로라도 살고 싶어 할 그런 땅을 만들면 돼."

"……그랴. 힘내라."

테엘은 한숨을 깊게 내쉬었다.

그러면서도 둘은 한동안 미련을 버리지 못하겠다는 듯, 사막 한가운데 피어난 기묘한 새싹에서 눈을 떼지 못했다.

붉은 모래 위, 타글라흐가 스치듯 남긴 발자국마다 피어난 새싹은 새로운 희망을 보여 주었다.

'배신자가 희망을 보여 준다니, 웃긴 일이야.'

카이는 그렇게 생각했지만 이어 다른 가능성을 떠올렸다.

"블루 드래곤의 힘이 엘프의 죽음이 남긴 저주를 해소할 수 있는 걸까? 아니면 정령의 힘이 필요한 걸까?"

"어느 것이든 둘 다 손에 쥐고 있네, 지금. 그렇지만 그렇게까지 서두를 이유가 있나? 자연은……."

테엘은 자신의 목소리가 흔들리는 걸 깨달았다. 카이는 얼른 그의 말을 가로막았다.

"너는 300년 전부터의 땅을 봐 왔겠지만, 난 이 땅이 사막인 것만 봐 왔다. 내가 본 모든 나무는 말라 비틀어졌고, 내가 본 모든 땅은 모래뿐이야."

카이의 말에 테엘의 마음이 순간 흔들렸다.

카이는 목소리에 힘을 주어 당당하게 말했다.

"이 땅을 빠르게 회복시키고 싶다, 난. 방법도 있는데 가만히 있는 건 인간으로서 도리가 아니거든."

"허? 인간으로서의 도리?"

"그래. 몸부림치고 또 몸부림치는 거지. 시간이 지나면 회복될지도 모른다지만, 300년이나 천 년 따위는 드래곤에게 아무것도 아니라지만 난 내일 당장 죽을 수도 있거든."

실제로도 아까 한 번 90퍼센트쯤 죽었다. 그 일 때문인지, 카이의 표정은 유난히 진지했다.

"드래곤은 소멸의 날을 미리 알고 있고, 엘프들은 죽음을 자연의 순환 고리 중 한 단계로 받아들이지. 하지만 인간은? 언제 죽을지도 모르고, 혹은 대충 언제까지 산다는 보장조차 없어. 나도 내일 당장 죽을지 몰라. 그렇다면 나는 지금 당장 내 영지를 꽃피우고, 내 명예

를 드높이고 싶어. 내일이 아니라, 지금 당장!'

카이는 주먹을 불끈 쥐었다.

"……."

테엘은 한숨을 깊게 내쉬었다. 그러다가 갑자기 빙긋 웃었다.

"그래……. 알겠어. 내가 할 수 있는 일은 모두 하지."

테엘의 말에 카이는 눈을 크게 떴다.

"남은 엘프 녀석들을 또 죽이고 싶어질지도 모르겠지만, 일단 참아 볼까. 그리고…… 드래곤의 비늘을 좀 더 갖고 와서 마법 증폭으로 정령술을 불러내 봐야겠군. 일단 이르엘이 깨어난다면 상황이 달라질 거야. 아, 그 녀석 회복시킬 비늘부터 갖고 와야겠군."

테엘은 그렇게 말하면서 카이를 힐끔 바라보았다. 카이는 잠시 근심에 찬 표정을 지었다.

"결국 네 말대로 되어가는군. 드래곤을 하나하나 해체하는 작업에 들어가고야 말겠지."

"미안하게 됐군."

카이는 웃으며 말했다. 테엘 역시 그 말에 웃었다.

순종적인 엘프들. 자연을 즐기며 유유자적한 드래곤. 그들에게는 삶의 낭만이라는 게 없다.

낭만을 추구하는 인간들. 드래곤도 죽인다고 껍적거리는 이 한심할 정도로 멋있는 인간들.

겨우 100년을 살면서, 만 년의 드래곤과 천 년의 엘프보다 훨씬 더 다사다난한 삶을 살아가는 이 기묘한 종족.

'그들을 위해 울고 웃고 분노하고…… 심지어 드래곤의 모든 걸 이용하는 일에 앞장서게 되었군. 그렇지만 그게 결코 기분이 나쁘진 않단 말야.'

테엘은 그렇게 말하면서 카이의 어깨 위에 손을 얹었다.

그리고 둘은 신전으로 되돌아왔다.

테엘은 다시 밸리로 가려다가 문득 생각났다는 듯 말했다.

"만약 내가 다녀오는 그 사이에, 엘프 아기가 죽을 것 같거든 네 피라도 입에 흘려 넣으면 좀 괜찮을 거야."

"내 피?"

카이의 얼굴이 약간 변했다.

"그게 도움이 돼?"

"당연하지. 드래곤 블러드로 블러딕 솔저도 만들어 낼 수 있잖아. 너의 몸에는 원래 드래곤의 피가 약간은 흐른다고. 특히 아까 너한 테 블루 드래곤의 피를 조금 먹였기 때문에 지금 네 피라면 어지간 한 포션 저리가라 일걸. 반쯤 죽어가는 인간 정도라면 간단히 살릴 수 있을 거고. 엘프라서 확신은 못하겠지만, 죽지는 않겠지."

"……아, 그래?"

테엘은 눈치를 못 채고 돌아갔지만 남은 카이는 안절부절못한 채 신전 안을 서성거렸다.

그 사내. 분명 자신의 피를 듬뿍 마셨는데. 하지만 숨을 거두지 않았던가?

"분명 그랬지. 분명 죽었는데."

드래곤 블러드 솔저에 대해서는 한 번 들은 적이 있었다. 몇천 년 전 마전에서 처음 드러났다고 했다.

마제가 어떻게 드래곤 블러드를 구했는지는 알 수 없었다. 그러나 그는 그 블러드로 죽은 병사들을 수없이 되살렸다. 마병, 좀비 군단과 스켈레톤 군사.

지옥과 같은 풍경이 펼쳐졌었다. 드래곤 블러드 솔저는 지치지 않는다. 며칠 몇 박이라도 싸움을 할 수 있고, 인간의 감상 따위로 미치지도 않는다. 원래 피에 미쳐 있으니까.

싸움 기계. 살육 기계. 그런 존재가 될 수 있다.

그런데 그런 걸, 원래 살육에 미친 녀석에게 주어 버렸다.

'에이. 설마.'

카이는 고개를 흔들었다.

"살아……났다면, 그것도 나름대로 괜찮을 거야."

이제 일이 하나 둘 보였다.

그렇지만 우선은 죽다 살아난 몸에 휴식을 주는 게 우선.

카이는 이르엘이 잠든 방 한쪽에 있던 담요를 대충 몸에 두른 채, 그녀의 얼굴을 가만히 바라보다가 잠에 빠졌다.

SWORD OF DRAGONLOAD

제9장

거대한 환희의 장

아침이 밝았다.

오늘은 새로운 세상이 펼쳐질 날이었다.

이르엘에게 비늘을 먹인 지도 보름이 훨씬 지났다. 그러나 이르엘은 쉽사리 낫지 않았다. 안색은 좋아졌지만 그녀는 계속해서 잠에 빠져 있었다.

그녀가 잠든 사이 카이와 테엘은 드래곤의 해체 작업에 들어갔다.

테엘은 도와주겠다고 말은 했지만, 막상 해체를 시작하자 심장이 쥐어뜯기는 기분이었다.

"아, 잔인한 녀석. 내 손으로 내 형제이자 내 가족이자 내 자매인 드래곤의 해체를 돕도록 하다니."

"그렇지 않으면 누가 하랴?"

"너, 적어도 돕기라도 해."

일을 하는 건 테엘뿐이었다.

카이는 뒤에서 보고만 있었다. 팔짱을 척 낀 채로.

"······내가? 공작이, 해체를?"

"뭐 어때! 사냥대회 같은 데 가면 사슴 고기 잡아 뜯고 먹잖아!"

"내가 서툴게 손대서 망치는 것보다 낫다고 나선 건 너야."

카이는 딱 잘라 말했다.

그게 사실이었기에 테엘은 이만 뿌득뿌득 갈았다.

"이걸 다 어떻게 할 거냐?"

"일단은 땅의 재건에 사용해야지. 마나 매개로 가능한 모든 건, 땅의 안정을 되찾고 유지하는 데 써먹을 거다. 아, 그리고 검을 만들고 싶다. 드래곤 본 중 가장 강한 부위는 특별히 신경 써 주도록."

카이의 눈이 반짝거렸다.

"그런데 검은 누가 만들어?"

"드워프."

"하긴, 망가진 신전도 대충 손봐야 할 때도 되었고······."

"원래 드워프와 엘프는 제국의 건국 초부터 우리와 맹세를 했으니까. 엘프들이 배신을 했지만, 드워프는 다를 거다."

엘프가 땅을 떠날 때, 드워프들은 일부러 남았다. 그러나 결국 황폐해진 땅 때문에 산맥 쪽으로 거주지를 옮겼다.

그 후로 그들을 본 사람은 없었다.

현재 대륙 다른 곳에서는 드워프 종족이 전멸했다고 알려져 있었다. 카이는 다르게 생각했지만.

"드워프들과는 연락이 닿지 않지?"

"닿을 리가 있나. 드래곤에게 연락하는 드워프가 있을 것 같냐?

아이고, 사제님. 요새는 어떻게 지내십니까, 하면서?"

"있으면 어때. 다 같은 로인의 종족들이면서, 거참……."

카이는 그렇게 말하면서 드래곤 해체 작업을 지켜보았다.

이것이 지난 보름간 벌어진 일의 전부였다.

테엘은 숙련된 도살업자처럼 드래곤을 잡았다. 그가 뼈 빠져라 일하는 동안 카이는 그것을 보면서 이것저것 명령을 내렸다.

그리고 날이 밝았다.

취임식을 하기로 선포한 날이었다.

신전 앞의 거대한 공터, 그곳에서.

카이는 로인 전역에서 자신의 말을 들을 수 있도록 목소리 확성 마법을 사용해 달라고 테엘을 설득해야 했다.

"왜 꼭 그런 의식을 가져야 한다는 거냐? 가끔 가다가 인간들도 참 이해가 안 가. 왜 사람들 모아놓고는 에, 오늘은 날씨가 좋습니다— 그리하여 짧게 말하자면—하면서 한 시간 동안 주절거리는 거냐?"

테엘은 가뜩이나 바쁜데 쓸데없는 짓이라면서 신임 영주를 알리는 자리를 마련하는 걸 반대했다.

"옛날에는 로인 공작이 올 때마다 영지에서 축제를 벌였다고 들었어."

카이의 말에 테엘은 어깨를 으쓱였다.

"그런 게 부럽냐?"

카이는 테엘을 공격하는 몇 가지 방법을 알고 있었다. 그 중 하나는 진지하게 대꾸하는 것이었다.

"내가 온 것을 아는 영지민들은 얼마 되지 않아. 그들에게 적어도 영주가 왔으며 그들을 위해 최선을 다하고 있음을 알려주고 싶다. 희망이 있다고……."

테엘은 '내가 무슨 네 전용 확성기라도 되는 줄 아냐!'라고 입속으로 투덜거리긴 했지만, 결국 마법으로 그의 목소리를 로인 방방곡곡에 들려주었다.

남은 것은 영지민의 앞에 카이가 나서는 것뿐.

카이는 신전 앞의 광장을 청소하는 것 정도로 충분하다고 했지만, 테엘은 은근히 사람들의 눈이 신경 쓰였다.

'확실히 예전에 비하면 초라하구나.'

그는 300년 전, 세 번 정도 영주가 왔을 때를 기억하고 있었다.

거리와 산속 가득 들어찬 로인의 영지민들, 그리고 그들은 모두 한입으로 영주를 칭송했다.

로인 공작은 금은보화를 뿌리면서 수많은 귀족 손님들을 데리고, 화려한 마차 행렬로 영지 곳곳을 돌아다녔다. 그곳마다 잔치를 벌였다. 짧은 연회가 삼박 사일, 긴 연회는 한 달까지도 이어졌다.

그러나 카이에게 있는 것은 자신뿐이었다.

테엘의 마법으로 보조를 한다고 해도 카이가 할 수 있는 게 무엇일까? 카이가 받을 마땅한 대우가 뭐가 있단 말인가?

테엘이 대신 분통을 터뜨리고 싶었다. 적어도 엘프라도 있으면 좋으련만…….

'용의 신이시여, 뭔가, 뭔가……. 기적 좀 부탁드릴게요. 예?

용의 신이 테엘의 기도를 받아들인 것일까.

이르엘의 두 손이 꿈틀거렸다.

잠시 후, 그녀는 붉은 눈을 떴다.

광장 앞 상황을 지켜보러 갔던 아이들 중 하나가 눈이 동그래져서 뛰어왔다.

"사람들이……."

아이의 얼굴에는 두려움이 가득했다. 얼마 전까지만 해도 어른들에게 먹히지 않으려 도망쳐 다녔기 때문이었다.

카이와 테엘은 서로를 슬쩍 바라보았다.

"뭐…… 한번 보고 와 줄게. 여기 있어."

"괜찮아. 그동안 수고 많이 했으니 내가 친히 보마."

"주인공은 나서지 않는 거다! 중요한 순간까지 기다려!"

그렇게 둘이 아웅다웅하면서 입구로 서로를 떠밀고 있을 때였다.

쿠황!

신전의 안쪽에서 갑자기 폭발 소리가 들렸다.

카이와 테엘은 서로를 마주보았다.

아이작이 새파랗게 질려 뛰어왔다.

"이, 이르엘이 눈을 떴어요! 그런데 좀 이상해요, 주인님!"

둘은 다시 서로를 마주 보았다.

다시 안에서 폭발하는 소리가 들렸다.

그리고 그것을 신호 삼은 듯, 밖에서는 사람들이 외쳐 댔다.

"로인! 나와라!"

"저주받은 공작!"

"낯짝 좀 보자!"

"……지금 낯짝 보여 줄 때가 아닌 것 같은데. 아니, 그게 아니라, 저런 반응을 보일 때가 아니지."

테엘은 중얼거렸다.

카이는 얼굴을 찌푸렸다. 그들은 움직이지 않았다. 빠른 속도로 휘몰아쳐 나오는 기세를 느낄 수가 있었다.

신전의 한쪽에서 누군가가 달려 나왔다. 새파랗고 형형하게 빛나는 오러를 온몸에 두른 채, 기운이 넘쳐 보이는 모습이었다.

"이르엘!"

카이는 외쳤지만 상대는 반응이 없었다.

이르엘은 무표정한 눈을 번득이며 카이를, 테엘을, 그리고 신전 구석에서 웅성거리는 엘프 다섯을 바라보았다.

엘프 장로 다섯은 오늘을 위해 테엘에게서 몇 가지 약초를 꾸준히 주입받아 왔다.

그들의 생명을 잠깐 살려 주는 대가로, 그들은 전력을 다해 물의 정령을 불러내기로 되어 있었다.

'취임식 날 정령들을 보여 주자!'

그게 카이가 생각해 낸 방법이었다.

'화려하게, 이 땅에 물이 되돌아왔고 살아날 방도가 있다는 걸 보여 주겠어.'

카이는 그렇게 말했다.

그러나 이르엘의 눈빛이 그들을 향한 순간이었다.

이르엘이 웃었다.

살기가 뚝뚝 떨어지는 미소였다.

그 미소의 뜻을 카이가 채 깨닫기 전, 이르엘이 몸을 날렸다. 그녀가 손을 뻗었다.

그 손에서 정령들이 날아갔다. 그 모습은 여전히 소름 끼치는 것이었다.

「카아아악!」

분노한 정령들이 비명을 지르면서 엘프들을 향해 달려들었다. 그들로서는 막아 낼 수 없었다.

"으아아악!"

엘프들은 비명을 지르면서 눈을 질끈 감았다.

테엘은 재빨리 주변으로 실드를 펼쳤다.

"제길! 뭐야, 이게!"

그러나 이르엘은 그 실드를 펼치는 짧은 순간, 카이를 향해 달려들었다.

"제기랄! 이 미친 엘프가!"

테엘은 소리 지르면서 실드의 범위를 줄였다. 카이를 보호하는 쪽으로.

다음 순간 이르엘과 테엘의 눈이 마주쳤다.

이르엘이 씩 웃었다.

앙증맞게 뾰족 솟은 어금니가 눈에 들어왔다. 그리고 뱀처럼 길고 장미보다 더 붉은 분홍빛 동공도.

"설마……!"

테엘이 그 의미를 알아채기 직전, 이르엘이 사방으로 뿜어낸 정령의 일부가 테엘을 향해 덤벼들었다. 소름 끼치는 비명, 그리고 손톱처럼 이빨을 드러낸 그 공세!

"어딜! 이것이……!"

테엘이 다른 한 손을 펼쳤다. 또 다른 실드가 형성되어 그의 앞으로 넓게 자리했다.

쿠쾅! 순간 산이 흔들릴 정도로 강한 충격이 주변을 휩쓸었다. 두 충격파가 맞부딪친 순간, 공기와 땅이 모두 흔들린 것이다.

이르엘이 휘청거리면서도 뒤로 한 걸음 물러나, 이어 다음 공세를 준비하려는 사이!

테엘은 굳건히 버틴 채 흔들리지 않았다.

오히려 그는 새로이 펼친 실드를 오므렸다. 대단위로 펼쳐졌던 실드가 한 점, 즉 이르엘을 중심으로 강하게 뭉치려는 사이!

「끼에에에이이익!」

정령들이 그 사이를 빠져나와 테엘의 본체를 향해 달려들었다.

질풍보다 더 빠르고 삭풍보다 더 날카로운 바람의 정령이 스치는 곳마다 땅이 쩍쩍 갈라지며 그 돌 파편들을 허공에 띄웠다.

"제길!"

본체에 흠집이 나는 건 각오해야 했다.

상대는 자연의 힘 자체를 이용하고 있었다. 마나의 수준은 비교할 수 없는 수준이지만, 자연의 힘에 100퍼센트, 아니 지금 상태로는 200퍼센트까지 공명한 이르엘의 공격력은 매서웠다.

마법도, 검술도 통하지 않는다는 드래곤이지만 약점은 단 하나, 바로 자연의 힘, 정령력 아니던가!

정령왕, 혹은 일정 수준 이상의 정령력으로 덤벼든다면 부상은 각오해야 했다.

테엘은 마음속에서 부글거리는 분노를 억누르려 애썼다.

"저깟 엘프 따위가!"

지금이라도 드래곤 피어로 포효하고 싶은 마음이 굴뚝같았지만, 주변에는 인간이 너무 많았다.

'인간이란! 하여간 적절하지 않은 장소, 시간에 나타나는 버릇이라도 있는 거냐!

그가 투덜거리든 말든, 이르엘은 공격을 계속했다.

꽤 날카롭고 큰 돌이 바람을 타고 그에게 달려들었다. 그건 괜찮다. 그러나 그 돌을 안고 있는 바람의 정령, 사방에서 날카로운 삭풍을 몰아치는 그 녀석이 문제였다.

차캉!

카이가 검을 뽑아 그 바람의 정령 앞을 막았다.

"대체 왜 저러는 거야!"

카이가 고래고래 소리 질렀다.

"왜 아직 제정신이 아닌 거냐고!"

"제정신일 리가 있어? 엘프 따위는 몽땅 미친 녀석들이잖아! 나무가 어째요 저째요 하면서!"

테엘은 대꾸하면서 실드의 범위를 넓혔다. 엘프들은 물론 자신과 카이까지 실드로 감싼 것이었다. 바람의 상급 정령인 진이 순간 실드 위로 성난 칼이 되어 몰아닥쳤지만 테엘은 흔들리지 않았다.

"어떻게 하지? 막을 방법 없어?"

카이가 바락바락 외쳤다.

"내가 진짜 공격했다간 저 애송이 죽는다. 죽일까?"

"그, 그건 안 돼!"

카이가 당황해서 외쳤다.

테엘은 혀를 차면서 이르엘의 움직임을 계속 노려보았다. 짧은 틈이라도 생기면 당장 옭아맬 다른 마법을 그는 속으로 계산하고 있었다.

"다른 방법, 뭐 없어?"

"내가 알아? 지금 막는 것도 난데 왜 자꾸 나한테 물어?"

"마법이니 정령이니 하는 쪽에는 자네 외에 누구한테 물어보란 말야!"

카이의 말이 맞았다. 테엘은 입을 다물었다.

카이는 테엘과 자신 주변으로 떨어지는 돌을 쳐 내면서, 정령에 대해 아는 것을 억지로 끄집어냈다.

4대 자연의 정령, 불, 물, 흙, 바람. 이 4대 정령은 서로 돕거나 반대되는 속성이 된다. 불과 물, 흙과 바람은 서로 반대의 성격을 지닌다.

“……반대.”

실드 안의 이르엘은 단지 떠 있을 뿐이었다. 정령에 마나를 부여하는 매개체가 되었다.

정령들이 평상시와 다른 것은 그 매개체, 이르엘의 분노를 담아내고 있기 때문이었고.

“반대……! 테엘, 반대다!”

“뭐, 뭐가!”

정신없이 폭풍이 몰아쳤다. 넓은 공간에 마치 정령들이 빼곡히 들어찬 느낌이었다.

사방이 이르엘의 정령으로 에워싸여, 살기만이 미친 듯 바람결에 날뛰었다. 돌멩이는 바람을 타고 화살처럼 사람의 살을 노리며 달려들었다.

둘은 천천히 뒤로 물러나고 있었다. 어쩔 수 없는 일이었다. 바람을 피하면서 실드를 치는 일은 결코 쉽지 않았다.

그들은 어느새 입구 밖까지 이르렀다.

용의 신의 신전은 높은 언덕 위에 있었고, 애당초 사람들이 참배하는 곳이 아니었다.

로잉루의 신전은 드래곤을 위한 곳이고, 때문에 드래곤이 수백 정도 본체의 모습으로 모일 수 있는 장소의 공간이 마련되어 있었다.

그 넓은 공터에는 지금 몇 천의 사람들이 빽빽하게 들어서 있었다. 어디에서 어떻게 살아왔는지 모를, 그 질긴 목숨을 이어온 사람들이었다.

둘이 신전의 입구에 언뜻 모습을 드러내자, 그들은 그 마른 몸 어디에서 그런 힘이 솟구쳤는지 있는 힘껏 돌을 집어던졌다.

"로인 공작이다!"

"쳐 죽여 버려!"

"당장 뛰어내려라, 로인 공작!"

물론 높은 언덕 위에 있는 둘에게는 닿지도 않았다. 앞에 서 있는 사람의 머리를 박살 내곤 하는데도 그들은 기를 쓰고 돌을 던져 댔다.

테엘은 이를 바득바득 갈았다.

"제길, 아침 점에 오늘 흙과의 상성이 안 좋다더니, 이걸 말하는 거였던가!"

테엘은 투덜거렸다.

"점칠 시간 있었으면 지금 당장 저 실드를 거둬!"

카이는 매섭게 대꾸했다.

"대체 무슨 소리야!"

"당장 화염계로 방법을 바꾸라고!"

카이는 이어 자신의 검을 앞으로 내밀었다.

"내가 틈을 만들 테니까!"

"공격하라는 거냐? 저 녀석 죽어도 난 몰라!"

카이는 그를 돌아보지 않았다.

'이르엘!'

단 한 번의 기회.

그걸 잡아내야 했다. 매서운 바람의 공격을 끊고, 물의 공격을 이

끌어 내야 한다!

카이는 정신을 집중했다.

뒤에서 그의 백성들이 그에게 돌을 던져 대고 있었다.

앞에서 그의 하이엘프는 광기에 물들어 그에게 바람의 칼날을 계속해서 불어 대고 있었다.

보통 엘프라면, 혹은 인간 정령사라면 벌써 마나가 소진되어 죽고도 남았을 시간이 흘렀다.

그렇지만 이르엘은 과연 하이엘프이자 최고의 정령사다웠다. 마나의 양으로는 벌써 4대 정령왕 모두를 소환하고도 남았을 터였다.

엘프들의 슬픈 천성 덕분에 그나마 카이와 테엘이 아직껏 버티고 있는 셈이었다.

테엘이야 마음만 먹으면 이르엘을 죽일 수도 있다. 상대하기 버거운 방식으로 공격해오는 적이지만 그렇다 해도 드래곤에는 당해 낼 수 없으니까.

언덕 위의 바람의 칼이 계속 그들을 뒤로 밀어냈다. 그러나 아직 카이는 공격할 순간을 잡아내지 못했다.

단 한순간이면 된다!

"지금이야, 실드 해제!"

"그럼 넌 죽어!"

그러면서도 테엘은 실드를 해제하고 카이와 자신의 앞으로만 최소한의 방향으로 실드를 남겼다.

바람의 정령이 그들 주변을 사납게 할퀴면서 흘러간 한순간.

방어막이 없어지자 이르엘의 몸이 꿈틀거렸다. 일순간 바람이 멈췄다.

"지금이야! 화염! 뭐든 좋아!"

"마그마 오브 헬(Magma of Hell), 지옥의 염화여, 자연의 부름에 격렬히 분노하여 이곳에 끓어 넘치리라!"

땅이 투둑거렸다. 그리고 이내 붉은 마그마가 쿠르룽 하면서 땅 위로 솟구쳤다.

이르엘의 눈빛이 잠깐 땅으로 향한 사이, 카이가 앞으로 내달렸다.

"조심해, 로인!"

"용광참!"

검기를 흘려 실드 대신으로 삼았다. 카이는 머뭇거리지 않고 다음 기술을 외쳤다.

"용아구폭—!"

"뭐 하는 거야!"

테엘이 외치면서 실드를 다시 펼치려 했다.

카이가 두 번째 기술을 퍼부은 것은 이르엘과 반대되는 방향이었다. 바로 광장 위쪽의 허공을 향해 기술을 퍼부은 것이었다.

높은 절벽 위에서, 사방 공기를 긁어 대면서 검기가 폭포와 같이 푸르고도 선명한 빛으로 뚜렷하게 일렁였다.

다음 순간!

사람들이 그 검기에 입을 다물었을 때, 카이가 절벽 바로 위에 선 채 고함을 내질렀다.

"이 앞에 선 자들은 모두 피하도록—!"

누구라고 할 것도 없었다. 카이의 목소리가 광장 위에서 쩌렁쩌렁 울려 퍼졌다.

카이의 등 뒤에서 분노에 찬 소리가 울려 퍼졌다.

「크아아아……!」

물의 정령!

홍수를 일으키려는 듯 사방의 땅을 사납게 할퀴면서, 이르엘의 주변으로 거친 회색 물결이 순식간에 일어났다.

이르엘의 발아래에서 벌건 혀를 날름거리던 마그마가 순식간에 식으면서, 뜨거운 김이 주변으로 확 퍼져 나갔다.

카이는 뒤로 돌아선 순간, 자신의 앞으로 닥쳐오는 물살을 보고는 아찔함을 느꼈다.

분노한 물의 정령은 카이의 생각보다 훨씬 더 격렬했다. 바람의 정령과 비교할 바가 아니었다.

땅이 갈라지고 주변 모든 것을 낚아채 자신의 아가리 속으로 밀어 넣는, 아귀지옥이 그의 앞에 펼쳐지고 있었다.

"……카이!"

테엘의 목소리조차 들리지 않았다. 그가 있는 힘껏 외치면서, 이르엘을 공격하려는 것이 언뜻 보였다.

주변으로 물의 정령이 앙상하니 마르고 탐욕스럽게 구부러진 손톱이 달린 팔을 뻗었다. 그것은 안개처럼 시야를 가렸다.

"하지 마, 테엘!"

카이는 바락바락 소리 질렀다.

폭포수 한가운데 갇혔어도, 홍수가 난 강물 한가운데 갇혀 있어도 이렇게 귀가 아플 정도로 우렁찬 물소리를 들을 수는 없을 것이다.

그리고 그 소리에 이렇게 가슴이 시원할 수는 없으리라. 카이는 자신의 안전 따위는 까맣게 잊었다.

"이 한순간이라도 좋아 죽겠단 말이다!"

카이는 이르엘을 향해 외쳤다.

"더 강한 물을 쏘아 내라! 온 땅을 적시란 말이다!"

이제는 누구에게랄 것도 없었다. 카이는 있는 힘껏 가슴을 펴고 외쳤다.

"내 땅에 모든 생명체를 되돌려 놓으란 말이다! 물의 정령을 불러 줘라, 이르엘!"

……이 땅을 그대의 눈물로, 내 눈물로 적셔도 부족하다. 하루라도 빨리 내 백성들에게 물을 주고 싶다. 그것이 설령 미친 물의 정령이라 해도 좋다…….

카이의 외침에 대답하듯 회색 물줄기가 시야를 가렸다.

'죽음보다 더 두려운 것은 무력함에 젖어 죽지 못하는 거다…….
이르엘, 더, 물을 더 다오! 이 땅의 모든 기아를 휩쓸어 낼 광기 어린 물의 정령이라도 좋단 말이다!

카이는 검을 쥔 손에 힘을 꾹 주었다.

'그러나 죽지는 않겠다, 이르엘! 그대의 광기가 이 땅을 해치도록 할 수는 없으니까!

이를 악물었다. 그리고 오러를 끌어올려 자신의 몸을 보호했다.

"주공―!"

회색 물줄기가 카이를 향해 덮쳐들기 직전이었다.

"차핫―!"

누군가가 물줄기를 향해 검을 휘둘렀다.

강한 오러가 뿜어지면서 물의 정령 일부를 베었다. 몇몇 정령이 까맣게 역소환되면서, 찢어지는 소리를 내질렀다. 마치 갈가리 찢기는 듯한 소름 끼치는 소리였다.

"주공!"

카이는 그 목소리를 듣고는 깜짝 놀랐다.

"벨하임이냐!"

"뭐 하는 겁니까, 공작!"

벨하임이 자신의 앞으로 뛰어들었다.

카이는 깜짝 놀라면서도 벨하임의 허리띠를 잡아당겼다. 바짝 다가선 채 서로를 붙든 순간 회색 물줄기가 머뭇거림 없이 그들을 집어삼켰다.

"버텨!"

카이가 외치면서 검을 땅에 내리꽂았다. 벨하임 역시 그를 따라 했다. 두 개의 검이 땅에 깊숙이 박혔다.

거의 검 손잡이까지 땅속에 깊숙이 박아 넣고 둘은 서로의 허리를 붙든 채로 손잡이를 잡은 손에 온 힘을 퍼부었다.

오러로 몸을 둘러치지 않았다면 벌써 물살에 피부가 모두 휩쓸려 나갔으리라. 흙의 무거운 압박감, 불의 맹렬함, 바람의 날카로움. 물은 그 모두를 지니고 있었다!

카이는 눈을 가늘게 뜨고 벨하임을 돌아보았다.

옆의 벨하임은 뭐가 좋은지 히죽거리고 있었다.

"왜 웃는 거냐?"

폭포수 아래에서 물장난하는 걸로 착각할 그런 천진한 표정이었다. 벨하임은 바보처럼 히죽 다시 웃었다.

"옛날 같았음 벌써 죽었을걸요."

피부와 그 곁에 폭풍처럼 몰아닥치는 물 사이에는 미세한 막 같은 것이 있었다.

카이도 웃었다.

"힘을 손에 넣은 건가?"

"10년 동안 헛수고한 거죠."

벨하임은 그러면서도 씩 웃었다.

"굉장히 허무할 겁니다, 제 동기들."

"그런 녀석들 따위는 내버려 둬. 주인을 잘못 만난 죄니까."

"지금 이거 보면 제가 오히려 주인 잘못 만났다고 할 것 같은데요!"

끝없는 물줄기가 허공을 가로질러 힘차게 솟아났다.

대체 이 메마른 땅 어디에, 그런 정령들이 있었던 걸까?

떠난 엘프들이 살짝 원망스러워지기도 했다. 그러나 카이는 지금 이 순간 행복했다.

카이는 보지 않아도 알 수 있었다.

이 높은 언덕 위에서 광장을 향해 퍼부어 나간 물줄기를 보며 사람들이 어떤 표정을 짓고 있을지를…….

비록 그 물줄기의 시작은 극히 흉폭하나, 마지막에는 결국 사람들의 행복이 있을 터.

이 메마른 땅에 회복의 폭죽을 크게 울린 셈이었다. 카이는 저도 모르게 벨하임처럼 씩 웃었다.

테엘은 입술을 악문 채 자신의 손에서 펼쳐진 금빛 봉인의 술을 이르엘의 주변으로 넓게 펼쳤다.

"이르엘, 그 이름에 속한 자와 그 권속이여!"

그의 입이 열리자, 주변 공기를 쩌렁거리는 웅대한 목소리가 울려 퍼졌다.

이르엘이 하얗게 치켜뜬 눈으로 테엘을 노려보았다.

테엘은 그녀가 자신의 용언에 반응했다는 것을 깨닫고 아차 싶었다.

"이르엘. 우네르달리아넨가바리갈."

이르엘이 다시 움찔거렸다.

오래 전에 잊어버린 엘프의 이름이 그녀의 정신 깊숙한 곳에서 눈을 떴다.

뱀처럼 길게 세워졌던 그녀의 눈동자가, 그 부름에 응하듯이 다시 동그란 눈동자로 변했다. 그리고 악에 찬 듯한 표정도 천천히, 순진하면서도 순수한 예전의 것으로 바뀌었다.

더불어 그녀는 자신의 주변에서부터 튀어나가는 정령들의 모습
에 화들짝 놀랐다.

"꺄, 까아악!"

그녀는 그 자리에 털썩 주저앉았다.

그러는 순간 물의 정령들이 기운을 잃고 천천히 허공 속으로 사
그라졌다.

"크, 크헥, 헥……."

벨하임은 갑자기 물이 사라지는 통에 땅 위로 풀썩 떨어졌다. 카
이도 간신히 균형을 잡아 그 자리에 섰다.

이르엘이 카이를 찾아내고는 다시 화들짝 놀랐다.

"카, 카이!"

"이르엘!"

그녀가 자신을 불렀다.

그 사실에 카이는 안도했다.

이르엘은 카이를 향해 달려왔다. 카이는 저도 모르게 그녀를 향
해 팔을 벌려 품을 내주었다.

이르엘은 당연하다는 듯 카이의 품 안에 안겼다. 그리고는 잠시
몸을 떨었다.

"……이르엘. 이제 괜찮은 거야?"

카이는 계속 그녀의 머리를 쓰다듬으며, 귓가에 속삭였다. 말을
하지 않으면 그녀가 다시 정신을 놓을 것 같았다.

"정말 괜찮은 거야? 몸은 좀 어때? 계속 정신을 잃고 있었잖아.

목은 안 말라? 차를 준비할까?”

카이는 부드러운 목소리로 물었다.

벨하임은 멀뚱하니 그의 뒤에서 그들을 바라보았다.

“……이게 뭔 일이야?”

이어 벨하임은 주변을 둘러보고는, 잠시 주변 상황에 적응하지 못했다. 이르엘은 물론, 신전 입구 쪽에는 엘프 다섯이 서 있었다. 광장에는 수많은 사람들이 버글거렸다.

광장 아래로는 커다란 물웅덩이가 있었다. 이르엘 때문에 생긴 곳이었다. 흙탕물이었는데도 사람들은 그 주변에 빽빽이 몰려들어 물을 퍼 올리고 있었다.

“얼레?”

벨하임은 어리둥절해서 주변을 두리번거렸다.

테엘은 그의 어깨를 툭 짚었다.

“언제 나온 거냐?”

“그, 그게……. 갑자기 뭔가가 확 당겨서 나왔는데 말이죠. 아하하하…….”

벨하임은 테엘을 멍하니 바라보았다.

“갑자기 저 엘프들이며 사람들은 어디에서 튀어나온 겁니까?”

‘아차. 이 녀석, 모르고 있지.’

테엘은 정신을 잃은 벨하임을 이공간 속으로 던졌었다. 테엘은 히죽 웃어 주었다.

“그, 그러게 말이다. 이르엘은 알고 있을 거고…… 뭐, 저 녀석들도 그렇게 알고 있을 필요는 없고 말이지……."

아이작이 쪼르르 달려와선 벨하임을 노려보았다.

"넌 뭐야!"

"……넌 또 뭐냐?"

"우리 주인님이야!"

"얼씨구, 우리 주공이다, 어쩔래!"

테엘이 그들 사이로 걸어왔다.

"어이, 벨하임. 아이랑 싸우는 거냐?"

갑자기 소란스러워졌다.

테엘은 이 골치 아픈 상황에 고개를 흔들었다.

골치 아픈 상황은 그게 끝이 아니었다.

언덕 아래 광장에 모였던 사람들은 물이 쏟아지자 기뻐했다. 그들은 흥분했고 생애 처음으로 희망이라는 걸 가졌다.

그런데 물이 뚝 끊겼다.

처음에는 물속에 들어가 첨벙거리느라 깨닫지 못한 사람들도, 시간이 지나면서 물이 하늘에서 내리지 않는다는 걸 깨달았다.

희망이 흔들렸다. 불안이 치솟았다.

이제껏 그들의 발목을 붙들고 늘어진 절망이 스멀거리며 떠올랐다.

"물……."

물웅덩이라 해도 얼마 가지 못할 게 뻔했다. 사람들 허리에나 와 닿는 깊이의 물웅덩이가 무슨 역할을 할 수 있겠는가?

"물이……."

누군가 한두 사람이 중얼거리기 시작했다.

그들은 언덕 위를 바라보았다.

그 위에 있는 사람들은 기껏 머리끝만 삐죽 보일 뿐이었다.

"물······!"

"물을 줘!"

"로인 공작!"

누군가가 외친 소리에 그들은 갑자기 앞으로 한두 사람 뛰어, 신전으로 올라가기 시작했다.

광장 주변을 빙 에워싼 급격한 경사길이 신전으로 사람들이 다가설 수 있는 길이었다.

광장에 모여 있던 사람들 중 처음에는 한 사람, 두 사람이었다. 그러나 이내 그 뒤를 따라 수많은 사람들이 신전을 향해 양쪽으로 뿔뿔이 흩어졌다.

사람들이 양쪽으로 우르르 빠져나가면서, 광장은 중앙에서부터 천천히 비기 시작했다.

테엘이 가장 먼저 그 이변을 눈치 챘다.

"어라? 저 녀석들이 왜 저래?"

그 말에 벨하임이 먼저 고개를 들었다. 다음 순간 그는 굳은 얼굴로 아이작을 자신의 뒤로 숨겼다.

다가오는 사람들의 얼굴이 심상치 않았던 것이다. 그들은 이제껏 굶으면서 살아온 사람들 같지 않았다. 증오에 힘입어 그들의 걸음에는 힘이 넘쳐흘렀다.

"……카이."

테엘이 굳은 목소리로 그를 불렀다.

카이는 이르엘을 다시 한 번 품에 꼭 안았다가, 살짝 놓아주었다. 그리고 그녀의 눈동자를 한 번 더 바라보았다.

"……뭔가."

테엘은 꾸물거리는 카이를 이끌어, 신전 바로 앞까지 물러났다.

"저것들이 왜 저렇게 달려오는 거야?"

"음……?"

카이는 비로소 정신을 차렸다.

자기 여자를 걱정하던 한 남자의 얼굴에서, 그는 순식간에 영주의 얼굴을 되찾았다.

걸어오던 영지민들이 걸음을 재빨리 놀리기 시작했다. 그들은 당장이라도 카이가 희망이라는 괴물만 안겨 준 채 사라질 것 같다는 생각이 들었던 것이다.

테엘이 앞으로 나서려 했지만, 카이는 그를 붙들었다.

"잠깐만, 테엘. 내가 나서겠다."

테엘은 일그러진 얼굴로 그를 돌아보았다.

"뭘 어쩌려고?"

"그러는 넌?"

카이는 그의 어깨를 붙들어 귓가에 대고 나지막하게 속삭였다.

"저들을 학살이라도 하겠다는 건 아니겠지?"

"쳇! 이제 와서 새삼스럽게 뭘……."

그렇게 투덜거리면서도 테엘은 알아서 하라는 듯 어깨를 으쓱이면서 한발 뒤로 물러났다.

카이는 그들의 앞으로 한 걸음 나섰다. 그리고 배에 힘을 주고, 크게 소리쳤다.

"로인의 백성들이여! 나는 그대들의 영주, 로인 공작이다!"

경사를 올라오던 사람들이 일순간 걸음을 멈췄다.

카이의 목소리가 광장에서 메아리로 울려 퍼졌다.

로인 공작이다─!

그 소리에 군중은 일순간 눈이 뒤집혔다. 그들의 살기가 일순간 치솟아 올랐다.

"로인 공작을 잡아!"

누군가가 앙칼지게 소리 질렀다.

그 소리는 우연찮게도 광장을 끼고 이리저리 메아리쳤다.

로인 공작을 잡아─! ……공작을 잡아─! ……잡아─!

카이의 얼굴이 굳었다. 테엘은 흥분해서 외쳤다.

"저것들이 지금 뭐라는 거야?!"

테엘의 목소리는 그가 의도한 거보다 훨씬 더 크게 광장에 쩌렁쩌렁 울려 퍼졌다.

사람들이 그 목소리에 주춤거렸다.

테엘은 당장 몸을 부풀렸다. 그의 길고 붉은색 머리카락이 전신을 덮는가 싶더니만, 이내 몸이 쑥 커지면서 드래곤의 본체가 드러난 것이었다.

"으, 으아아아아악!"

수천 명이었다.

그곳에 모인 사람만 수천, 로인 전역에서 살아남은 생존자가 모두 모인 자리였다.

과거의 화려함에는 비할 바가 아니었다. 그리고 과거의 숫자에 비할 바는 아니었다. 그렇지만 살아남은 사람들은 카이의 생각보다 훨씬 많았다.

그런 사람들이 좁고 거친 경사로를 마구 뛰어오다가 일순간 멈춰섰다. 모든 사람들은 일순간 피가 얼어붙는 두려움에 사로잡혔다.

드래곤, 만물의 제왕!

그의 본체가 완전히 모습을 드러내자 그들은 들어 온 이야기를 떠올리며 두려움에 사로잡혔다.

"드, 드래곤이다!"

기세 좋게 언덕을 달려 올라오던 사람들은, 다음 순간 누가 먼저랄 것도 없이 뒤돌아섰다.

"테엘!"

카이가 순간 소리를 질렀지만 한발 늦었다.

겁에 질린 사람들은, 겁 없이 달려들던 그 기세로 그대로 도망치기 시작했다.

경사진 길을 수많은 인원이, 그것도 도망치려고 한꺼번에 등을 돌리자 카이가 우려하던 사태가 벌어지고 말았다.

한 사람이 급한 김에 사람들 사이를 빠져나가다가 발이 서로 엉켜 넘어지고 말았다. 수천 명이 올라오던 길 한복판에서 사람들이 우르르 앞으로 떠밀려 넘어지기 시작했다.

그것은 시작이었다. 그 넘어진 사람들이 뒤에서 또 떠밀리면서 넘어지고, 이어 위태롭게 깎아지른 절벽 옆쪽에 서 있던 사람들 중 몇이 속절없이 절벽 아래로 떨어졌다.

"으아아아아아악!"

비명이 퍼졌지만 그것을 본 것은 카이뿐이었다.

"안 돼!"

카이가 외치면서 몸을 날렸다.

테엘은 뜻밖의 사태에 놀라 다시 인간의 모습으로 재빨리 변신하는 와중이었다.

"카이!"

테엘이 재빨리 손을 뻗었지만 카이가 한발 빨랐다.

카이는 사람들의 가장 뒤에서 힘차게 발을 굴렀다. 위로 뛰어오른 그는 절벽 끝을 밟고는, 절벽 아래로 떨어지는 사람들이 있는 곳을 향해 그가 할 수 있는 한 최고의 속도로 달려들었다.

절벽의 거친 끝 부분에서 그는 몇 번 발돋움을 해서 떨어지는 사람을 향해 손을 내밀었다.

그의 손끝에 한 여인이 붙들렸다. 그렇지만 그의 몸 역시 아래로 떨어지고 있었다.

"카이—!"

테엘이 당황해 외치는 사이, 이르엘이 단숨에 수인을 맺으며 정령을 불러냈다. 그녀의 손끝에서 피어난 바람의 정령이 허공을 가르고 카이를 향해 달려갔다.

바람의 정령이 지나가고 이어 카이를 붙들었다. 카이는 자신의 손끝에 사람이 턱하니 걸린 것을 놓치지 않았다.

"이르엘, 부탁한다!"

카이가 이어 외쳤다.

"하앗—!"

이르엘의 등 뒤에 바람의 정령왕이 서 있기라도 한 듯, 무수한 바람의 정령이 솟아났다. 테엘이 일순간 놀랐을 정도였고, 카이도 움찔할 정도로 많은 숫자였다.

바람의 정령들이 떨어지는 사람들을 향해 날아들었다. 그리고 그들을 하나씩 안았다. 그리고 그중 한 정령이 카이를 안았다.

사람들이 모두 땅에 무사히 닿았다.

카이는 자신을 감싼 바람의 정령을 보고 안도의 한숨을 내쉬었다.

우르르 도망치던 사람들, 넘어졌던 사람들, 그렇게 복잡한 모습을 보면서 카이는 서글픈 표정으로 외쳤다.

"나는 그대들을 해치러……"

온 것이 전혀 아니었다.

과거의 그때처럼 환영을 하지는 않아도, 자신을 향한 이들의 증오를 억누를 수 있다면 무슨 짓이든 하리.

카이는 말을 채 끝낼 수가 없었다.

"……"

“카이…….”

테엘은 그런 그가 안쓰러웠다. 그의 눈에 다시 분노가 맴돌았다.

그가 지켜야 하는 것은 카이젤. 그의 눈에 다른 인간들 따위는 그저 인간으로만 보였다. 형편없이 약하고, 사악하며, 비틀거리는 연약한 종족!

테엘은 주먹을 꾹 쥐었다. 그리고 카이를 향해 마법력을 보냈다. 카이의 몸이 허공으로 떠올라 다시 절벽 위로 올라왔다.

“금은보화를 주겠다. 네 앞으로 남겨진 드래곤의 보화다. 도성으로 돌려보내 주겠다. 여기에서 더 이상 영주 짓을 한다고 네가 아등바등할 필요 없어, 카이.”

“…….”

카이는 그 말에 주먹을 꽉 쥐었다. 그리고는 이내 고개를 흔들었다. 그는 강한 의지를 담은 눈으로 테엘을 바라보았다.

“이들을 무시하고?”

“…….”

“그럴 수는 없어.”

카이는 사람들을 향해 돌아섰다. 그리고 한발 앞으로 나섰다.

가장 앞쪽, 카이와 가까운 곳에 서 있던 사내가 그 결에 저도 모르게 뒷걸음질치다가 풀썩 넘어졌다.

카이는 그자를 향해 성큼성큼 걸어갔다.

넘어진 사내는 두려움에 몸이 굳어서 꼼짝도 못했다. 그자를 남긴 채, 주변 사람들은 서서히 뒤로 물러났다.

카이는 사내 앞에 이르러 한 손을 내밀었다.

"일어나라."

사내는 두려움에 질린 눈으로 카이를 바라보았다.

카이는 거만하게 명령했다.

"어서 일어나라."

사내는 흠칫 떨면서 카이의 손을 붙잡고 일어나, 곧장 뒤로 후다닥 도망쳤다.

카이는 근처 경사로에 빽빽이 모인 사람들을 바라보았다.

"나는 이 로인의 영주다!"

오늘 벌써 두 번째의 선언이었다.

그의 목소리에는 위엄과 자신감이 가득 차 있었다. 자못 오만해 보일 만큼 가슴을 쫙 편 채 그는 사람들을 천천히 바라보았다.

그들과 눈을 마주치기도 했다. 사람들은 자신들의 속내를 파고드는 듯한 그 눈빛의 강렬함에 놀라 움찔거렸다. 카이는 그렇게 사람들을 바라보며 다시 외쳤다.

"나는 그대들을 구하기 위해, 영주로서의 책무를 다하기 위해 돌아왔다!"

카이의 목소리가 쩌렁거렸다.

"과거 로인에 영주가 왔을 때, 로인은 단 한 번도 굶주린 적이 없었다! 나 역시 그러한 과거를 이 자리에 펼쳐 보일 것이다! 엘프들과의 맹약을 회복할 것이며, 그대들의 어려움은 이제 끝임을, 나, 카이 젤 아민 라 로인, 그대들의 주인으로 약속하겠다!"

카이는 이어 엘프 장로들을 향해 손을 뻗었다.

"엘프들이여, 오늘 이 자리에서 맹약의 회복을 축하하는……."

물의 정령을 불러내라는 신호였다.

엘프 장로들은 테엘의 눈길에 주저주저 앞으로 나섰다. 그들이 팔을 들어 수인을 맺으며 정령을 불러내는 주문을 외우려던 참에, 이르엘이 갑자기 그들의 앞으로 나섰다.

"……이르엘?"

카이는 약간 어리둥절해서 그녀를 바라보았다.

이르엘의 눈빛은 약간 몽롱했다.

그녀는 아까 바람의 정령을 불러낸 이후로 가슴속에서, 머릿속에서 계속 들려오는 소리에 귀를 기울이고 있었다.

'아아, 알 것 같아.'

소멸의 순리 주문처럼 그녀의 영혼 안에서, 그녀의 종족들이 간직하고 있던 본능이 눈을 떴다.

'카이…….'

이르엘은 미소 지었다. 그리고 입을 벌렸다.

순간 그 누구도 들어 본 적이 없는 아름다운 노래가 부드럽게 퍼져 나갔다.

허밍과도 같고, 나무 사이를 스치는 바람 소리와도 같았다. 그 뜻을 정확히는 알 수 없지만, 그 노래를 듣는 모든 사람들이 일순 같은 것을 생각했다.

황폐해진 마음을 보듬는 산들바람이 그들의 귓가를 스쳤다.

정령이 보이는 것은 아니었다. 그렇지만 그 자리에 있는 누구나 알 수 있었다.

이곳에 충만한 정령의 힘을……!

바람이 스치며 지나간 곳마다 정령의 힘이 회복되었다.

카이는 이르엘을 놀란 눈으로 바라보았다. 유일하게 테엘 만이 그 자리에 있는 사람들 중에서 심드렁한 표정을 짓고 있었다.

"순리의 주문을 쓴다면 이 정도는 당연한 거지, 뭘……."

"쉿!'

벨하임은 저도 모르게 테엘이 말하는 걸 가로막았다. 테엘이 삐죽하니 화가 난 표정을 짓는 것에도 아랑곳하지 않았다.

카이는 테엘을 돌아보았다.

"이, 이게……?'

"하이엘프의 힘이야. 하이엘프가 지닌 가장 강한 힘."

테엘은 간단하게 말했다.

모든 사람들은 이르엘의 노래에 귀를 기울였다.

하이엘프의 언어로 이루어진 노래가 자연 구석구석의 숨겨진 정령들을 불러 깨웠다. 광장을 넘어 그녀의 노래는 바람의 정령을 타고 너른 곳까지 서서히 퍼져 나갔다.

그리고 이윽고…….

테엘은 카이의 옆구리를 찔렀다.

"……시작되었군."

"……?'

카이는 이르엘의 노래에서 억지로 관심을 돌려, 테엘이 가리키는 곳으로 고개를 돌렸다.

이르엘의 앞쪽에서부터 땅이 들썩이고 있었다. 딱딱하게 얼어붙은 땅이 마치 그곳에서부터 지진이 서서히 번져 나가듯이 들썩이는 것이었다.

그곳에서부터 풀이 천천히 고개를 내밀고 있었다. 툭, 투툭, 하면서 씨앗에서부터 힘차게 고개를 내민 싹은 이내 태양을 향해 녹색 몸을 뻗는 것이었다. 마치 아기가 어미를 향해 손을 뻗는 것처럼 앙증맞고도 힘찬 생명력 넘치는 광경이었다.

그런 초록의 풀잎이 서서히 그 범위를 넓혔다. 카이는 자신의 귀에 그 풀잎들이 솟아나는 소리가 들리는 것 같다고, 그렇게 생각했다. 환청이어도 좋으니까, 계속 그 광경이 펼쳐졌으면 좋겠다고 그는 간절히 빌고 또 빌었다.

씨앗 돋아나는 그 광경에 사람들의 눈에서는 눈물이 한 방울씩 흘러내렸다. 그러나 그것은 시작이었다. 그녀의 노래가 계속 이어지는 사이, 땅속에서는 이어 물이 솟아났다.

한 곳, 두 곳……. 광장 아래쪽에서는 작은 물줄기가 퐁퐁퐁 솟아나고는, 이내 그 범위를 넓혔다.

연못이 생기고 이어 물은 땅의 굴곡을 따라 휘감아 춤추면서 흘러가기 시작했다.

이르엘의 노래가 그렇게 계속되는 동안, 카이는 그 뜻 모를 소리에 귀를 기울인 채로 조용히 아래를 내려다보았다.

영지민들은 울고 있었다.

이 땅이 되살아나고 있었다.

그들이 살아날 길이 생겼다. 희망이 보였다.

희망이 생겼는데 어째서 우는 것인지…….

그들의 격한 울음소리 속에 카이는 천천히 숨을 들이켰다가 한 번에 뱉어 내며, 우렁차게 외쳤다.

"나, 카이젤 아민 라 로인은……!"

사람들은 울음을 멈춘 채 카이를 올려다보았다. 카이는 그들의 시선 속에서 아까와 같은 살기와 분노가 사라진 것을 느낄 수가 있었다.

"나, 카이젤 아민 라 로인은……."

카이는 그들의 시선에 숨을 다시 가다듬어야 했다.

가슴이 벅찼다.

"카이젤 아민 라 로인, 그대들의 영주가 이 땅에 되돌아왔다! 분노한 자여, 굶주린 자여! 로인의 이름으로 약속한다! 그대들은 이제 다시 굶을 일은 없을 것이다!"

카이는 한 손을 높이 쳐들어 보였다.

"신의 축복을 그대들에게!"

〈『드래곤 킹덤』 제2권에서 계속〉